DROEMER

Über den Autor:
Prof. Dr. Veit Etzold, geboren 1973 in Bremen, ist Autor von neun SPIEGEL-Bestsellern und gefragter Keynote-Speaker. Veit Etzold versteht es, komplexe Themen unterhaltsam und spannend aufzubereiten und zu einzigartigen Thrillern zu verarbeiten. Als Experte für Strategie und Storytelling hat er bereits zahlreiche internationale Unternehmen beraten. Er ist u. a. Mitglied der Atlantikbrücke und Global Bridges und lehrt zudem seit 2018 als Professor für Wirtschaftswissenschaften.

VEIT ETZOLD

DIE ZENTRALE

THRILLER

DROEMER

Besuchen Sie uns im Internet:
www.droemer.de

Aus Verantwortung für die Umwelt hat sich die Verlagsgruppe Droemer Knaur zu einer nachhaltigen Buchproduktion verpflichtet. Der bewusste Umgang mit unseren Ressourcen, der Schutz unseres Klimas und der Natur gehören zu unseren obersten Unternehmenszielen. Gemeinsam mit unseren Partnern und Lieferanten setzen wir uns für eine klimaneutrale Buchproduktion ein, die den Erwerb von Klimazertifikaten zur Kompensation des CO_2-Ausstoßes einschließt. Weitere Informationen finden Sie unter: www.klimaneutralerverlag.de

FSC www.fsc.org
MIX
Papier aus verantwortungsvollen Quellen
FSC® C014496

Originalausgabe April 2023
Droemer Taschenbuch

Ein Imprint der Verlagsgruppe
Droemer Knaur GmbH & Co. KG, München

Ein Projekt der AVA international GmbH Autoren- und Verlagsagentur, München. www.ava-international.de
Redaktion: Antje Steinhäuser
Covergestaltung: SO YEAH DESIGN, Gabi Braun
Coverabbildung: © Abigail Miles / Arcangel Images
Satz: Adobe InDesign im Verlag
Druck und Bindung: GGP Media GmbH, Pößneck
ISBN 978-3-426-30927-8

2 4 5 3 1

Entweder du stehst auf der Gästeliste
oder auf der Speisekarte.

Charles Territo

PERSONENLISTE

Laura Jacobs, Wertpapierberaterin in der BWG Bank Berlin
Timo Jacobs, Handwerksmeister und Ehemann von Laura
Dr. Heinrich Hortinger, Vorstandschef der BWG Bank AG
Thomas Fischer, früherer Regionalvorstand der Region Ost, BWG Bank AG
Tom Harding, Filialleiter bei der BWG Bank und direkter Chef von Laura
Sören Fink, Leiter Konzernstrategie, BWG Bank AG
Linus Haller, Ermittler Bundeskriminalamt (BKA)
Sina Ramirez, Ex-Hackerin und IT-Expertin der BWG Bank AG
Jürgen Ehringer, Leiter BWG Bank Liechtenstein
Clemens Weber, Vice President im Bereich Global Markets beim Investmentbanking der BWG Bank AG
Frank Deckhard, Hauptkommissar, LKA Berlin
Sophie, Hauptkommissarin und Deckards Freundin
Juliane und Robert, neue Nachbarn von Laura und Timo
Seniorpartner einer unbekannten Kanzlei
Silence, Mann, der für »Stille« sorgt

PROLOG

Tun Sie, was zu tun ist«, sagte der riesige Mann und gab ihm die Waffe. »Sie ist geladen. Drei Projektile.«

Er hatte lange auf den Mann gewartet. Hatte die Wand angestarrt, all die Risse an der Decke, und gewusst, dass er irgendwann kommen würde. Er hielt eine Hand mit der anderen umklammert. Die Hand zitterte trotzdem.

Er war am Ende. Er war im Gefängnis. Wer das Tor durchschritt, der musste die Kontrolle über sein Leben abgeben. Jetzt war der Staat am Zug. Er zerlegte im Gefängnis die Zeit der Insassen und bestimmte exakt, was und wann es innerhalb dieser Zeiteinheiten passierte. Er hatte ein Zugangsbündel mit siebzehn Dingen bekommen, darunter Teller, Besteck, Schüssel, Einwegrasierer, Rasierschaum, Pinsel mit wenigen, weichen Borsten, Bettlaken, Handtuch, Zahnbürste, Zahncreme, Shampoo und noch ein paar andere Sachen für die Neun-Quadratmeter-Zelle, die auf ihn wartete. Name, Vorname, Datum und Uhrzeit wurden festgehalten, und dann öffnete sich die Stahltür. Ab der Minute wurde die Haftzeit gezählt. Er war allein. Der Anwalt hatte ihn besucht. Und der Mann. Sonst niemand.

Er war am Ende. Aber nicht ganz am Ende.

Er hatte versagt. Und jetzt musste er es zu Ende bringen.

Darum war der Mann bei ihm gewesen und hatte ihm die Waffe gegeben. Nicht nur die Waffe.

Es war der riesige Mann mit den ausdruckslosen Augen. Nur er brachte es fertig, hier eine Waffe hereinzubringen.

Die Waffe war eine Sig Sauer. Sie war schwer und irgendwie warm. Komisch, dachte er, dass Metall warm sein konnte.

»Tun Sie, was zu tun ist.« Das waren die letzten Worte des Mannes. Die letzten Worte, die der Mann zu ihm gesagt hatte. Und vielleicht die letzten Worte, die er jemals hören würde.

Dann war es wieder still. So still, wie es hier immer war. Ab und an gedämpfte Gespräche, manchmal Geschrei, irgendwo, oder das Klirren von Schlüsseln.

Und das Ticken. Das Ticken der Uhr, die über der Tür des kleinen Besuchsraumes hing. Es gab kleine Räume, große Räume und auch sogenannte Familienzimmer, wo Paare sogar intim werden konnten. Sein Besuchsraum war klein. Und intim würde er allenfalls mit der Waffe werden.

Die Waffe ist geladen, hatte ihm der Mann gesagt. Drei Projektile. Er fragte sich, wofür die anderen zwei Projektile sein sollten. Glaubten die, er würde danebenschießen? Oder glaubten sie, er würde gar nicht schießen? Er lud die Waffe durch. Das Geräusch des Einrastens war tief und satt. Die Patrone war im Lauf. Neun Millimeter Luger.

Er hatte keine andere Wahl. Er hatte etwas versprochen und nicht geliefert. Er hatte sich ein riesiges Vermögen erhofft und war hier gelandet. Er wollte siegen und er hatte verloren. Die größte Niederlage, dachte er, ist der Tod.

Er schaute zu der Uhr, die so klang, als würde sie seit Anbeginn der Zeit ticken. So wie hier alles einen Rhythmus hatte. Aufstehen, Frühstück, Gang nach draußen, Arbeiten in der Werkstatt, Mittagessen. Dazwischen Leere. Er hatte sich einmal mit Meditation beschäftigt. *Was,* fragte der Zen-Meister damals, *ist diese Leere zwischen den Atemzügen? Zwischen Ausatmen und Einatmen?* Er hatte es nicht gewusst, und es hatte ihn nicht interessiert, weil man mit dieser *Leere* kein Geld verdienen konnte. Jetzt aber war die Leere da. Die Leere und das Ticken der Uhr. Zu jeder vollen Stunde gab sie einen synthetischen Gongschlag von sich. Ihn störte das Ticken und ihn störte der Gong. Der große Zeiger bewegte sich auf die Zwölf. Der kleine Zeiger auf die Sieben. Noch nicht einmal eine Minute.

»Tun Sie, was Sie tun müssen.«

Die Worte hallten in seinem Kopf. Sei gut zu deinem Körper, hatte ihm sein Personal Trainer einmal gesagt, du wirst ihn nicht lebend verlassen.

Er saß in diesem Raum. Und würde ihn nicht lebend verlassen.

Er war in seinem Körper. Und würde ihn nicht lebend verlassen.

Er hatte sich auf diesen Stuhl gesetzt. Und würde nie wieder aufstehen.

Er stellte sein Smartphone vor sich auf. Die SIM-Karte hatten die Ermittler längst herausgenommen. Und WLAN gab es hier natürlich keins. Dafür konnte er sich die Fotos anschauen. Bilder von seinen Eltern, die nicht mehr lebten. Von seiner Ex-Frau, von der er nicht mehr wusste, wo sie war. Von seiner Tochter und der schrecklichen Nachricht, die er eben bekommen hatte. Die Bilder waren alt, doch auf dem Smartphone waren sie zeitlos. Digital, nicht verblichen, ohne Knicke. Es schien eine andere Zeit gewesen zu sein. Aber nicht allzu anders. Schon damals hatte er dem Geld, dem Erfolg und der Karriere alles untergeordnet. Seine Eltern, seine Frau, seine Tochter, sein Leben. Doch jetzt war es das erste Mal, dass es ihm leidtat.

Er schaute abwechselnd von einem Bild zum anderen, dachte daran, wann er die Bilder gemacht hatte. Die von seinen Eltern hatte er aus einem Fotoalbum abfotografiert, das von seiner Frau und seiner Tochter hatte er gemacht, als das erste iPhone gerade auf den Markt kam. Es war eine andere Welt in einer anderen Zeit.

Vielleicht, dachte er, würde er sie wiedersehen. Und vielleicht würden sie ihm verzeihen?

Die Uhr tickte. Richtung sieben Uhr. Gnadenlos, ein Schritt nach dem anderen.

Als er in die Gesichter seiner Frau und seiner Tochter schaute, wusste er nicht, ob in ihnen so etwas wie Vorwurf oder Genugtuung lag. Doch er wusste, dass auch sie wussten – oder wissen mussten –, dass es für ihn keinen anderen Ausweg gab.

Wenn er es nicht tat, dann taten es die anderen für ihn.

In dem Moment hielt er sich die Waffe an den Kopf, schloss die Augen und drückte ab.

Die Uhr über der Tür schlug sieben, und er hörte den ersten Schlag.

SONNTAG

KAPITEL 1

BLANKENFELDE-MAHLOW, BEI BERLIN

Rolf Wennig, der Bürgermeister von Blankenfelde-Mahlow, war beim letzten Part seiner Rede angekommen. Wennig war etwas untersetzt, mit schütterem schwarz-grauem Haar, einer nicht entspiegelten Brille und einem Anzug, der eher zu einem Sparkassen-Azubi gepasst hätte. »... danken wir besonders Laura Jacobs, der es gelungen ist, den Verkauf dieser Grundstücke zu verhindern. Sie alle werden weiter hier Ihre Heimat haben. Laura Jacobs, es ist mir eine große Ehre, Ihnen die Ehrenbürgerschaft von Blankenfelde-Mahlow zu überreichen.« Er zupfte kurz an seinem Hemd, was er auch schon während der Rede gemacht hatte, so als wollte er das Hemd am liebsten ausziehen. Laura fragte sich, ob Wennig als Kind unter Atemnot gelitten hatte. Dann gab er Laura eine Urkunde in die Hand. Blitze von Pressefotografen zischten. Laura und der Bürgermeister posierten auf der Bühne, die jeweils rechte Hand zum Handschlag verbunden, während sie mit den linken Händen die Urkunde hielten. Wieder Blitzgewitter.

»Wir stoßen an auf Ihr Wohl.« Rolf Wennig erhob sein Glas mit Rotkäppchen-Sekt und prostete Laura zu, die neben ihm auf der kleinen Bühne stand und der das Ganze sichtlich unangenehm war. Zu Ehren von Laura war ein kleines Ortsfest ausgerichtet worden, es gab Würstchen, Kuchen, Bier, Saft und Kaffee und einige Spielstände für Kinder. Vorher hatte sogar eine kleine Band gespielt. Einige Klassiker der *Neuen Deutschen Welle,* die mittlerweile auch vierzig Jahre alt war und eigentlich *Alte Deutsche Welle* heißen sollte, zudem einige Popklassiker aus dem Osten, die Laura nicht kannte. Der Geruch von Grillkohlen lag in der Luft.

Laura lächelte und winkte in die Menge. Sie sah Timo, ihren Mann, Jörg und Heike, die Buchhändlerin, und ihre neuen Nachbarn, die sie noch gar nicht kannte. Sandra, ihre frühere Nachbarin und Kollegin in der Bank, war mit ihrem Freund weggezogen, nachdem ein Junkie sie in ihrem Haus belästigt und ihre Katze erschlagen hatte.

»Wenn ich schon einmal hier bin«, sagte Wennig und rückte seine Brille nach oben, »dann können Sie ein paar Fragen stellen.« Er wandte sich an die Zuschauer. Wennig wurde im Volksmund auch »Wenig« genannt, weil in der Gemeindekasse das Geld immer knapp war und seine Kämmerer sich ständig irgendetwas ausdenken mussten, um doch noch heil das Ende des Monats zu erreichen. Wahrscheinlich war das vor Jahrzehnten schon ähnlich gewesen, als die Gemeinde die Grundstücke, auf denen auch Lauras Haus stand, an die BWG Bank verkauft hatte.

»Gehören die Siedlungen noch der Bank?«, fragte eine rothaarige Frau in der ersten Reihe.

»Nein«, antwortete Wennig, »sie gehören wieder der Gemeinde.«

Das war Laura neu, und sie hörte genau hin. Sie erinnerte sich an den Brief, den sie vor einigen Wochen von der Bank bekommen hatte. Etwas von *strategischer Verkauf* stand darin, *bis 30. November, bedauern sehr, dass Sie Ihre Häuser und Wohnungen verlassen müssen.* So falsch das Wort »bedauern« auch war, denn es kam meist von denen, die gar nichts bedauerten, weil sie das, was sie scheinbar bedauerten, selbst herbeigeführt hatten, so sehr war das Ganze nun Geschichte. Sie würden alle in den Häusern bleiben. Und das war die gute Nachricht.

»Hat die Gemeinde die Grundstücke zurückgekauft?«, fragte ein alter Herr mit Rollator, Bart und einer beigen Weste mit vier Taschen an der Brust.

»Dazu kann ich mich nicht äußern«, erklärte Wennig, »aber Sie können sicher sein, dass sich niemand mehr Sorgen um diese Grundstücke und Häuser machen muss. Auch das Unternehmen ...«, er schaute auf seinen Zettel, als habe er den Namen noch immer nicht parat, »... Xenotech möchte, falls Sie hier doch investieren wollen, alles in Absprache mit der Gemeinde und damit ganz besonders mit Ihnen, den Bürgerinnen und Bürgern, gestalten.« Wennig setzte nun endgültig den Sprachduktus von Sonntagsrede, Absichtserklärung und evangelischer Predigt auf. »Denn Sie alle *sind* die Gemeinde.«

Laura ging zurück zu Timo, Jörg und Heike. Ihr stand gleich ein kurzes Gespräch mit Wennig im Rathaus bevor, sie wollte sich aber zunächst noch unters Volk mischen. Ihrem Mann Timo hatten sich ein Mann und eine Frau angeschlossen. Die Frau hatte rotbraune Haare, trug eine weiße Bluse und Jeans, der Mann trug einen blauen Anzug von Daniel Hechter, hatte die Haare kurz rasiert und einen genauso gestutzten Bart. Beide sahen sehr nach Business aus.

»Das sind Juliane und Robert«, sagte Timo, »unsere neuen Nachbarn. Sie wohnen seit Mittwoch in dem Haus, in dem Sandra gewohnt hat.«

Sandra arbeitete noch in der Bank, würde aber bald in den Mutterschutz gehen. Sie war schwanger, worüber in der eher konservativen Siedlung oft getuschelt wurde, denn Ralf und Sandra waren noch nicht verheiratet. Sandra war dabei gewesen, als die drei Junkies die Filiale überfallen hatten. Einer war auf *Cold Turkey*, brauchte also dringend Stoff, und hatte zudem eine scharfe Waffe dabei. Am Ende war es Laura gewesen, die die Situation gerettet hatte, da Sandra zusammengebrochen war. Dafür hatte Sandra jetzt bald ein Kind. Das erinnerte Laura daran, dass sie ihr Kinder-Thema auch noch nicht geklärt hatte. Timo war es relativ egal, er war zwar nicht unbedingt erpicht auf die Arbeit, die Kosten und die schlaflosen Nächte, die ein Kind nun einmal mit sich brachte, wollte sich dem Vorhaben aber nicht entgegenstellen, falls es wirklich Lauras Wunsch war. Lauras Problem war, dass sie es selbst nicht wusste. Sie schob dann immer ihren stressigen Job vor und die Delegation in die Frankfurter Zentrale, die unmittelbar bevorstand. Aber vielleicht bot ihr die Lage auch eine Möglichkeit, diese Entscheidung mit hektischer Aktivität so lange vor sich herzuschieben, bis die biologische Uhr ihr die Entscheidung endgültig abgenommen hatte. Wäre da nicht der alte Spruch, den sie mal in irgendeinem Motivationsbuch gelesen hatte: *Es ist besser, zu bereuen, etwas getan zu haben, als etwas nicht getan zu haben.*

»Ah, angenehm«, sagte Laura und schüttelte Juliane und Robert die Hand. »Wir hatten gesehen, dass neue Leute eingezogen sind, aber es war so viel los, dass wir noch gar nicht dazu gekommen sind, Hallo zu sagen.«

»Die Retterin der Gemeinde«, sagte Juliane, »da haben Sie sicher viel anderes zu tun. Wir sind auch gestern erst endgültig angekommen. So ein Umzug ist ja leider in der Regel nicht so schnell zu Ende, wie man hofft.«

»Wem sagen Sie das«, meinte Laura. Sie hörte in einiger Entfernung einen Kinderchor schief singen, was sie an irgendeinen Loriot-Film erinnerte.

»Ich weiß ja leider, wie der Immobilienmarkt tickt«, fügte Juliane dann hinzu.

»Sind Sie da unterwegs?«, fragte Laura.

»Ja, als Maklerin.«

»Interessant.« So richtig interessant fand Laura das nicht. Makler waren nicht viel anders als Banker. Nur dass sie für noch weniger Arbeit noch mehr Provision bekamen.

»Sagt mal«, sagte Juliane dann, »wollen wir nicht *Du* sagen? Jetzt, wo wir Nachbarn sind?«

»Klar«, sagte Timo, »warum nicht. Wir können mal zusammen grillen.«

Was kommt noch?, dachte Laura. *Zeigt er denen als Nächstes unser Haus?*

»Wir grillen gern«, sagte Juliane. »Kommt doch Freitag gleich zu uns.«

»Laura, das geht, oder?«, fragte Timo begeistert.

»Ja«, nickte Laura, »das sollte gehen.« Begeistert war sie nicht. Die erste Arbeitswoche auf einer Delegationsstelle galt als sehr stressig, und sie hätte den Freitag gern freigehabt. Auch irgendetwas anderes gefiel ihr nicht an dieser sehr schnellen Kontaktaufnahme. So als würde man jemanden mit Liebe ertränken. Ein Teil des Gehirns von ihr war misstrauisch, aber sie wusste nicht, warum.

Sie schaute nach vorn und sah Wennig, der ihr ein Zeichen gab.

»Entschuldigt mich«, sagte Laura, »ich muss kurz zum Bürgermeister.«

KAPITEL 2

RATHAUS BLANKENFELDE-MAHLOW

Laura und Wennig hatten das kleine Rathaus der Gemeinde betreten. Vor dem Gebäude stand eine Weltkugel aus Metall, so als wäre Xenotech hier längst eingefallen. In jedem Fall hätte dem Unternehmen, das Datenüberwachung und -analyse anbot, die Weltkugel sicherlich gefallen.

Sie durchschritten einen dunklen Flur. Linoleumböden, links gekachelte Toiletten und einige zerknitterte Aushänge.

»Es war mir wichtig, noch kurz mit Ihnen zu sprechen, Frau Jacobs«, erklärte Wennig.

Laura nahm ihm gegenüber Platz. Wennig saß auf dem Sessel, von dem aus er als Bürgermeister immer seine Weihnachts- und Neujahrsansprachen hielt, die dann ins Internet gestreamt wurden. Dahinter die typische Behördendekoration: eine Pinnwand, eine hässliche Topfpflanze, eine weiße Heizung und auch hier Linoleumfußböden. Bei den Weihnachtsansprachen kam noch ein Tannenkranz mit klobigen roten Kerzen dazu. Wobei einige Etagen der BWG-Filialen nicht besser aussahen, egal ob zu Weihnachten oder sonst.

»Ich freue mich sehr über die Ehre«, sagte Laura. »Ich habe für unser Haus gekämpft und damit auch für die Häuser der anderen.« Sie machte eine kurze Pause. »Darf ich Sie etwas fragen?«

»Natürlich.« Wennig putzte seine Brille an seiner Krawatte, auf der, wie Laura erst jetzt sah, tatsächlich kleine Snoopys abgebildet waren.

»Hat die Gemeinde die Grundstücke wirklich von der BWG Bank zurückgekauft?«

Wennig nickte. »Der politische Druck, auch in den Medien, war groß, und die Bank konnte es sich, allein wegen der sonstigen Skandale, in die die BWG verwickelt war, nicht leisten, hier weiter auf stur zu stellen.«

»Aber die Gemeinde konnte es sich leisten, die Grundstücke einfach so zurückzukaufen?«

Die Frage gefiel Wennig nicht. Er zupfte wieder an seinem Hemd und grinste unsicher. »Wo ein Wille ist, da ist ein Weg.«

Laura war von diesem Spruch aus der Mottenkiste der Motivationstrainings nicht überzeugt. Fehlte nur noch die alte Leier von Rom, das auch nicht an einem Tag erbaut wurde.

»Aber der Preis war doch sicher nicht so hoch wie der, den Xenotech für die Grundstücke geboten hat?«

Wennig rutschte auf seinem Stuhl hin und her. »Nun ja, über die tatsächliche Höhe kann ich mich natürlich nicht äußern. Aber der Preis war in der Tat etwas geringer. Dafür hat die Bank ein Reputationsrisiko weniger, und das ist ja heutzutage gerade bei Banken und gerade für die BWG viel wert.« Er rieb die Fingerspitzen aneinander.

Laura glaubte ihm die Sache mit der Reputation sofort. Das war sicher einer der Gründe, warum sie nach Frankfurt delegiert worden war. Die Bank war angezählt und hatte bestimmt weitere Leichen im Keller. Dennoch fragte sie sich, ob eine Gemeinde wie ihre und ein Bürgermeister, der für klamme Finanzen bekannt ist, *Wennig* steht halt für *Wenig*, mal eben so das Geld hatte, um eine große Fläche zurückzukaufen.

Laura ließ nicht locker. »Herr Wennig, mich interessiert das trotzdem: Wo hat denn die Gemeinde so schnell das Geld her? Hier gibt es keine großen Industriecluster, wie man das so nennt. Kein BioNTech wie in Mainz.« *Und erst mal auch kein Xenotech,* dachte sie. Als sie sein erstauntes Gesicht sah, fügte Laura hinzu: »Als Bankerin interessiert mich so etwas natürlich.«

»Natürlich …« Wennig setzte seine Brille umständlich mit beiden Händen wieder auf, als würde er sich ein Fernglas vor die Augen halten. »Nun ja, mal eben so haben wir das Geld nicht. Aber Gemeinden können sich verschulden. Und das sollte es allen Bürgerinnen und Bürgern wert sein.«

»Ganz normal über Kommunalanleihen?«

»Nein, das hätte nicht so schnell geklappt. Die BWG musste wegen ihrer angespannten finanziellen Situation zügig verkaufen, weil sie das Geld braucht und die Einnahmen aus dem Verkauf bereits bilanziell gebucht hat. Müsste die Bank das verschieben, wäre wohl eine Ad-hoc-Meldung, oder wie man das nennt, fällig gewesen. Das hätte zu einer Abschreibung geführt, und der Aktienkurs wäre noch mehr gefallen.«

Laura schaute mitleidig drein. Der Aktienkurs der BWG war bei 11. In guten Zeiten war er mal bei fast 100 gewesen. »Ja, als Aktieninvestment ist die Bank keine Freude gewesen. Der Kurs ist auf dem Zehn-Jahres-Tief.« Sie schaute nach draußen. Vor dem Fenster sah sie die Weltkugel. »Also ein privater Geldgeber? Für die Grundstücke?« Sie fixierte Wennig.

Der hatte wohl nicht erwartet, dass er hier so gründlich ausgefragt wurde, und legte noch einmal ein Bein über das andere, während er intensiver an seinem Hemd zupfte. *Wenn er so weitermacht,* dachte Laura, *ist bald das Hemd kaputt, und er hat aus seinen Beinen eine Schraube gedreht.*

»Sagen wir mal so«, sagte er. »Wir stecken noch immer in einer Niedrigzinsphase. Da ist zu viel Bargeld oft ein Problem. Ihnen als Bankerin muss ich ja nichts von Strafzinsen erzählen.«

»Nein.« Laura lächelte.

»Man sollte es nicht glauben, manche haben das Problem, dass sie zu viel Geld haben.«

Da gehört diese Gemeinde aber nicht dazu, dachte Laura.

»Wir haben hier«, fuhr Wennig fort, »eine Institution, die zu viel Bargeld hat und das gern zu attraktiven, aber nicht zu hohen Zinsen an zahlungskräftige öffentliche Schuldner verleiht. Und zwar schnell. So etwas brauchten wir. Und Sie alle in der Siedlung doch auch, oder nicht?«

»Natürlich.« Dem konnte Laura kaum widersprechen.

»Nun mal zu etwas Spannendem!« Wennig beugte sich vor. »Erzählen *Sie* mir mal etwas. Bei dem Banküberfall, wie haben Sie das gemacht? Wie kriegt man das hin, dass man in einer solchen Situation so cool bleibt? Sich vorzunehmen, cool zu sein, das ist einfach. Aber es dann im Ernstfall wirklich sein, das ist etwas ganz anderes.«

Allerdings. Bemerkenswert im Übrigen, wie Sie meiner Frage ausweichen, dachte Laura.

Er beugte sich noch weiter nach vorn.

»Wie haben Sie das gemacht?«

KAPITEL 3

RATHAUS BLANKENFELDE-MAHLOW

Laura verließ das Rathaus und ging an der Weltkugel vorbei. Ein kühler Wind wehte, und man merkte, dass, Gartenfest hin oder her, tatsächlich der Herbst nahte. Sie hörte die Musik von dem Fest und das Zwitschern der Vögel.

Sie hatte dem Bürgermeister von dem Banküberfall erzählt. Doch tatsächlich hallten die Worte von Wennig in ihrem Kopf wider.

Eine Institution, die zu viel Bargeld hat und das gern zu attraktiven, aber nicht zu hohen Zinsen an zahlungskräftige öffentliche Schuldner verleiht. Und zwar schnell. Wer könnte das sein?

Ihr Handy klingelte. Es war Marc. Marc hatte ihr in Frankfurt bei der Aufklärung einiger Geheimnisse rund um Xenotech geholfen. Er war früher selbst bei der BWG gewesen. Im Derivatehandel und später bei den Alternativen Anlageprodukten. Dann war er gefeuert worden. Laura hatte ihn vor einigen Wochen bei LinkedIn entdeckt und einfach kontaktiert.

Sie nahm den Anruf an.

»Hallo, Marc.«

»Hallo, Laura. Bist du schon in Frankfurt?«

»Woher weißt du von Frankfurt?«

»Man hört so einiges.«

»Von wem?«

»Irgendwem.«

»Irgendwer redet wohl gern. Also, woher weißt du das?«

»Ich kenne noch eine aus dem Büro von Hortinger.« Hortinger war der Vorstandschef der BWG. Er selbst hatte Laura nach Frankfurt delegiert, und sie würde ihn sicher nächste Woche sehen. »Abgesehen davon wären die bescheuert, wenn die dich für so was nicht nehmen. Bei all den Leichen, die die Bank im Keller hat.«

»Welche Leichen denn noch?«

»Es kommt wohl eine neue Klagewelle gegen die Bank wegen Falschberatung«, sagte Marc. »Da wollen sie diesmal proaktiv sein, bevor die Hütte lichterloh brennt und alles zu spät ist.«

»Da bin ich ja mal gespannt, was auf mich zukommt.«

Eine Sache, die auf sie zukam, kannte Laura allerdings schon. Oder besser: Sie hatte sich gerade eben im Büro des Bürgermeisters dafür entschieden: Herauszufinden, wer der großzügige Geldgeber war, der der Gemeinde mal eben so schnell Geld geliehen hatte.

»Ab wann bist du dort?«, fragte Marc.

»In Frankfurt? Ab Dienstag. Muss aber erst mal schauen, was so alles anliegt.«

»Dann sollten wir uns sehen.«

»Ja, sollten wir. Ich sag Bescheid, wenn ich angekommen bin.«

»Noch eine Sache«, meinte Marc, »in Frankfurt musst du höllisch aufpassen.«

»Ist es da so kriminell?«

»Ich meine nicht die Straßen. Ich meine die Zentrale der BWG. Das ist Sozialdarwinismus pur. Alles, was du dort rausfindest …«

Laura beendete den Satz. »… kann gegen einen verwendet werden?«

»Exakt. Dann gilt der YoYo-Effekt.«

»Aber nicht der vom Abnehmen?«

»Nein: You're on your own. Du bist allein auf dich selbst gestellt.«

KAPITEL 4

BLANKENFELDE-MAHLOW, BEI BERLIN

Timo verzog das Gesicht, denn er hatte einige Bier getrunken, was ihm nachmittags normalerweise nicht gut bekam. Fröhlich war er davon jedenfalls nicht geworden, eher übellaunig.

»Morgen geht's los nach Frankfurt?«, fragte er und mümmelte einen Apfel.

»Nein, Dienstag«, sagte Laura, »habe ich doch gesagt.«

»Ist auch egal. Ich muss morgen weg und bin dann erst Dienstagnachmittag wieder zurück. Bin in Leipzig auf Montage, und zurückfahren lohnt sich nicht.«

»Das hast du mir gar nicht erzählt.«

»Doch, hab ich«, sagte Timo, fast ein wenig trotzig. »Außerdem: Wenn du die Woche über weg sein darfst, darf ich das wohl auch.«

»So weit ist Leipzig ja nun nicht«, sagte Laura.

»Ja, aber hin und zurück mit dem Auto ist doch zu weit, um täglich zu pendeln. Außerdem kriegen wir ein schönes Hotel am Bahnhof. Die Leute lassen sich Handwerker endlich mal was kosten. Kein Wunder bei diesem Mangel.« Er kaute weiter seinen Apfel. »Außerdem bist du auch im Hotel, oder?«

Laura wollte keinen Streit anfangen. Sie hatte Timo kennengelernt, als sie noch mit einer Freundin in einer Wohngemeinschaft wohnte. Der Grund war eine Katze, die sie mit der Mitbewohnerin zusammen besaß. Die Katze, Morpheus, war in der Lage, die Klospülung zu betätigen, und warf gerne

Waschlappen und Ähnliches in die Toilette. Als das Klo einmal verstopft war, musste ein Handwerker im Notdienst anrücken. Und das war Timo gewesen. Morpheus, die Katze, hatte sie zusammengebracht. Nun war Morpheus schon seit einiger Zeit tot und hatte ein kleines Grab im Garten des Hauses.

Laura liebte Timo und er sie, doch was Timo nicht liebte, war Lauras Karriere. Wenn es nach ihm ginge, würde sie einfach in der Filiale bleiben und ansonsten das Leben genießen.

Laura schaute sich um. »Nutzt du den 3-D-Drucker gar nicht mehr?«

»Ab und zu«, antwortete Timo. Er hatte die Eigenart, sich seltsame technische Produkte sowie allen möglichen anderen Kram wie Webcams, Darth-Vader-Figuren oder Computerspiele zu kaufen. »Ich hab damit ein paar Warhammer-Figuren gedruckt, dann aber gemerkt, dass das Drucken genauso teuer ist, wie wenn man die Figuren im Laden kauft.«

»Immerhin musst du sie nicht zusammenbauen, oder?«

»Das stimmt, aber den Drucker mit den richtigen Daten füttern macht auch Arbeit.« Timo gähnte. Er schien die Biere in seinem Kopf zu spüren. »Wie war's beim Bürgermeister?«

»Ganz nett. Irgendeiner hat der Gemeinde Geld geliehen, damit sie die Siedlungen zurückkaufen können, aber Wennig kann nicht sagen, wer.«

»Na, hoffen wir, dass der ominöse Partner sein Geld nicht zu bald zurückwill.« Timo streckte sich und warf lässig das Apfelgehäuse in den Müll.

»Was ich mit dir besprechen wollte«, sagte Laura. »Ich bin nächstes Wochenende wieder hier. Willst du am Wochenende danach nach Frankfurt kommen?«

»Ich soll nach Frankfurt?« Timo fragte in einem Ton, als ob Laura ihn aufgefordert hätte, nach Nordkorea zu gehen.

»Ja, warum nicht? Ich habe da eine schöne Wohnung. Wird dir auch gefallen.«

»Bankfurt«, sagte Timo abschätzig. »Was gibt es da schon für mich? Das ist doch nur für Banker!«

»Warst du mal da?«

»Ich war mal in Sossenheim auf Montage. Das ist ja in der Nähe.«

»Na ja. Sind das nicht die mit *Schwester S* gewesen? Sabrina Setlur?«

»Nein, das war Rödelheim. Aber du kriegst doch sowieso alles von der Bank bezahlt mit der Pendelei. Ich nicht. Dann kannst du auch nach Berlin kommen.«

Das war typisch Timo. Ihm passte es nicht, dass Laura pendelte und in der Woche weg war, während er es völlig okay fand, wenn er einmal auf Montage war.

»Das hatten wir anders geplant. Schau dir doch Frankfurt erst mal an.«

»Okay, aber kommendes Wochenende bist du hier.« Und er fügte noch hinzu: »Und solltest du auch.«

»Warum?«

»Hast du selbst gehört: Wir sind immerhin bei unseren neuen Nachbarn eingeladen. Juliane und Robert.«

»Wieso *immerhin?*«

»Na, ist doch schön, oder?«

»Ja, klar.« Was sollte Laura sonst sagen? »Freitag, stimmt's?«

»Freitagabend, genau. Das klappt doch bei dir?«

»Ja, wenn ich den richtigen Flieger nehme.« Laura merkte, dass sie sich ärgerte, wie wichtig Timo der Termin bei den neuen Nachbarn war. Und mit Juliane hatte er ein bisschen zu viel herumgeschäkert.

»Ich pack meine Sachen«, sagte Timo, »ich muss morgen ganz früh los.«

Laura blickte ihm hinterher. Das letzte Mal, als Laura ein paar Tage weg war, hatte sich Timo im Trading versucht. Hatte mit Optionen, Währungen und Kryptos spekuliert. Und dabei dreißigtausend Euro verzockt.

Was, fragte sie sich, würde er diesmal machen, während sie nicht da war?

MONTAG

KAPITEL 5

BWG BANK, FILIALE KOPPENSTRASSE, BERLIN

Die neue Woche hatte begonnen, und Laura hatte ihr neues Businesskostüm angelegt, wie eine Uniform oder eine Rüstung, mit der man in die Schlacht zieht. Das, um das sie monatelang herumgeschlichen war, weil es ihr eigentlich zu teuer war, und das sie sich dann doch gekauft hatte. Schließlich verdiente sie jetzt mehr Geld als vorher. Bisher hatte sie es nicht bereut. Man sagte *Karrierefrau*, aber niemals *Karrieremann*, so als ob Karriere bei Männern ganz selbstverständlich wäre und bei Frauen eher die Ausnahme. Ebenso nannte man nur Frauen *bossy*, Männer nannte man *durchsetzungsstark*.

Sie betrat die Filiale und unterdrückte ein Gähnen. Laura war keine Frühaufsteherin. Timo schaffte das viel besser, schaffte es aber auch, am Wochenende trotzdem sehr lange zu schlafen, so als könnte er mit einem Fingerschnippen von einem Schlafrhythmus auf den anderen umstellen. Laura war dazu nicht in der Lage. Das Problem der heutigen Arbeitswelt, dachte Laura, war, dass alles nur auf Frühaufsteher ausgelegt war. Das ging schon in der Schule los. Sie hatte sich deswegen einmal ein Buch gekauft, in dem die Gewohnheiten großer Persönlichkeiten aufgeführt waren.

Thomas Mann zum Beispiel schrieb jeden Tag von neun bis elf Uhr, der Rest des Tages bestand aus Lesen, Freunde treffen oder ab und zu mal einen Artikel schreiben. Gustave Flaubert hingegen schlief von drei Uhr nachts bis neun Uhr, trank kaltes Wasser zum Frühstück, rauchte Pfeife und begann mit der eigentlichen Arbeit erst um halb zehn abends, nachdem er mit seiner Mutter gegessen hatte.

Lauras Blick schweifte durch die Räumlichkeiten. Hier hatte vor wenigen Wochen der Überfall stattgefunden. Sandra hatte ihre blöde Zopffrisur getragen, die sogar den Bankräubern aufgefallen war. *Reserve-Pippi-Langstrumpf, das ist hier nicht die Villa Kunterbunt. Komm in die Gänge!*, hatten sie gebrüllt. Hier hatte Laura die rätselhaften Zahlungen entdeckt, durch die Thomas Fischer aufgeflogen war. Der frühere Regionalvorstand, der jetzt in U-Haft saß.

Schneller, schlanker, digitaler sollte die neue BWG, die *BWG 4.0* werden. Davon war noch nichts zu sehen. Hier und heute war es wie immer. Eine lange Schlange vor der Kasse, als würde es dort irgendetwas umsonst geben. Sie sah Sandra, die gerade eine Auszahlung machte und einer älteren Dame die Scheine abzählte. Oben, auf den Beraterplätzen, herrschte wieder gähnende Leere. Kein einziger Kunde, dafür einige Wertpapierberater, die angespannt in ihre Bildschirme schauten oder halbherzig irgendwelche Kundenlisten abtelefonierten. Ansonsten irrten einige Kunden, die von der langen Schlange an der Kasse abgeschreckt waren, oben bei den Beraterplätzen herum. Die Berater aber gingen davon aus, dass diese Kunden sich offenbar das Onlinebanking noch nicht erschlossen hatten, sonst würden sie nicht in die Filiale kommen. Und diese Kunden sahen auch nicht so aus, als wollten sie Geld anlegen, zumal sie dann sicher einen Termin hätten. Also hütete sich jeder Berater, einen der herumirrenden Kunden anzusprechen, was er denn wollte. Manchmal hatte doch einer, meistens eine der Beraterinnen, Mitleid, oder der Kunde gab resigniert auf und stellte sich unten in die lange Schlange. Meist ging es darum, dass das Konto überzogen war, eine Lastschrift zurückging und einer der Berater entscheiden sollte, wie es nun mit diesem Konto weiterging. Dann saß der Kunde wieder schneller, als ihm lieb war, oben bei den Beratern, diesmal nicht als Kunde, der König war, sondern als Verurteilter, der sich verschiedene Bankprodukte wie Versicherungen gefallen lassen musste, damit er sein Guthabenkonto weiter überziehen durfte. Besonders gefürchtet waren die Gespräche beim Filialleiter.

Der Platz von Tom Harding, dem Filialleiter, war leer. Sie hatte heute Morgen ein offizielles *Entsendungsgespräch,* wie es in der Bank hieß.

Laura ging vorsichtig zur Kasse. »Morgen Sandra, wo ist denn Tom?«

»Oben im FK«, sagte Sandra. Heute hatte sie keine Pippi-Langstrumpf-Frisur. »Da ist wohl irgendein Training für die obere Heeresleitung. Vermögensberatung und so was. Da ist er auch mit den anderen Großkopferten.«

Laura nickte. »Danke!«

»Sogar Dirty Harry ist da«, sagte Sandra und setzte ein wissendes, geheimnisvolles Gesicht auf.

FK war das Firmenkundengeschäft, wo auch das Private Banking, die Vermögensberatung für Geschäftsführer, angesiedelt war. Wobei sich Laura immer fragte, was das sollte. Als Geschäftsführer und sogar Inhaber eines Unternehmens sollte man doch zuerst in das eigene Unternehmen investieren und dann erst in irgendwelche Kamikaze-Aktien oder Fonds.

Laura ging nach oben. Im Konferenzraum saßen einige der Vermögensberater. Vorn am Flipchart stand Harald Kienzle, Leiter der Vertriebssteuerung der Region Ost. Er trug einen teuren Nadelstreifenanzug, hatte aber etwas ungepflegte Haare und einen struppigen braun-grauen Bart. Wegen dieses Bartes, aber auch wegen seiner sonstigen Art und Weise, wurde er *Dirty Harry* genannt, nicht nur von Sandra, sondern bankübergreifend. Tom Harding saß gegenüber der Tür. Als Laura in den Raum trat, nickte er ihr zu und zeigte auf einen leeren Platz. Dann blickte er auf seine Uhr und spreizte die Hand. Noch fünf Minuten.

Laura nickte und setzte sich.

»Wir dürfen doch Leute, die wir gar nicht kennen, nicht einfach so kalt anrufen?«, sagte einer der Vermögensberater zu Harald Kienzle, der offenbar höchstpersönlich durch das Training führte. »Das ist verboten.«

»*Verboten*«, knurrte Kienzle, »das ist Mangeldenken. Hält sich James Bond an Verbote?«

»Nein.«

»Also! Seid ihr James Bond?«

»Nein«, sagte ein fülliger Mitarbeiter, der wirklich alles andere als nach James Bond aussah, nach Daniel Craig schon gar nicht.

»Doch«, knurrte Dirty Harry und schlug auf den Tisch. »Erst einmal gilt: Wo kein Kläger, da kein Henker. Und außerdem gilt das Verbot von Kaltakquise oder Cold Calling nur bei Privatkunden. Bei Unternehmen ist das erlaubt. Und wenn ihr die Geschäftsführer anruft, ruft ihr sie ja in ihrer Funktion als Geschäftsführer an. In dem Moment ist er keine Privatperson mehr, sondern Geschäftsführer einer Gesellschaft und damit Vertreter des Unternehmens. Und damit Unternehmenskunde.« Laura fiel auf, dass Harald Kienzle die Banker abwechselnd duzte und siezte.

»Aber das ist doch die GmbH?«, fragte ein anderer.

Dirty Harry verdrehte die Augen. »Haben Sie schon einmal eine GmbH gesehen, die sprechen kann?«

Dem anderen wurde klar, wie blöd seine Frage war. Die nächste Frage kam aber sofort. »Und wie komme ich am Vorzimmer vorbei?«

»Durch Beharrlichkeit. Und Bestimmtheit. So, als würdet ihr mit einem alten Freund sprechen wollen.« Er schaute auf das Namensschild. »Herr Gerres, richtig? Marius Gerres?«

Der Mann nickte.

»Sie sagen: Schönen guten Tag, Gerres ist mein Name, Marius Gerres. Sind Sie so gut und verbinden mich mit Herrn Schmidt. Mein Name ist Gerres, Marius Gerres.«

»So wie bei James Bond? Nachname und dann Vorname?«

»Ja, und immer wiederholen. Daraufhin denkt das Vorzimmer, der Herr Schmidt muss Sie kennen.«

»Dann fragen die aber immer, worum es geht.«

»Klar fragen die das. Müssen die ja.« Kienzle lockte mit dem Finger. »Kommen Sie nach vorn, Herr Gerres, wir üben das mal.«

»Wir sind ja in zehn Minuten durch?«, fragte Tom Harding, als er mit Laura die Treppe hinunterging.

»Ich weiß nicht, wie lange so ein Entsendungsgespräch dauert«, sagte Laura.

»Nicht länger als zehn Minuten. Nur ein paar Formalia.«

Laura merkte es Harding an, dass er froh war, wieder alleiniger Filialleiter zu sein, der seine Vertretung in nichts einbinden musste, weil er keine Vertretung mehr hatte. Gleichzeitig war er allerdings ein wenig neidisch auf Lauras Delegation in die Zentrale. Tom Harding gönnte den Erfolg vor allem sich selbst. Wer ihm im Weg stand, hatte ein Problem. Wer nicht nach den Regeln spielte ebenso. Daher zögerte Tom auch nicht, ein Konto zu sperren, wenn der Inhaber das

Konto immer überzog, obwohl er keinen Dispokredit hatte und auf Anrufe nicht reagierte.

Harding trug heute wieder seine protzige Uhr und Manschettenknöpfe, auf denen ebenfalls Uhren waren. Echte Uhren mit New Yorker und Tokio-Zeit. Dazu einen Nadelstreifenanzug und eine Krawatte in Pink und Hosenträger wie ein Wall-Street-Banker.

»Macht Dirty Harry jetzt selbst Trainings?«, fragte Laura, als sie die Treppe hinuntergingen.

»Ja, die FK-Leute stellen sich dämlich an bei der Akquise. Haben alle keinen Bock drauf. Die wollen natürlich nur auf ihrem dicken Hintern sitzen und warten, bis die Kunden von selbst kommen und mit einem Auftrag drohen.«

»Die Zeiten sind, fürchte ich, vorbei«, sagte Laura.

»So ist es«, stimmte Harding zu. »Da muss sogar Dirty Harry jetzt selbst in die Bütt, wie er das nennt. Sie wissen ja, *Lachen und Erträge machen.*«

»Muss wieder etwas Großes verkauft werden?«

»Ja, ein Schiffsfonds. Die Frachtraten gehen hoch, da ist die Rendite sogar mal ganz gut. Das soll alles bis Ende der Woche platziert sein.«

Sie waren an Toms Platz angekommen und setzten sich.

»Erst einmal muss ich mich bei Ihnen entschuldigen«, sagte Tom Harding. »Ich hatte mich in Ihnen getäuscht und Sie ebenfalls verdächtigt, an den Geldschiebereien beteiligt zu sein. Das tut mir leid.«

»Vielen Dank«, sagte Laura. »Es sah ja auch wirklich alles sehr bizarr aus.«

»Bizarr«, sagte Tom, »das trifft es.« Er aktivierte seinen Computer und zog eine Mappe aus der Schublade.

»Das ist Ihre Delegationsmappe. Ich habe bereits unterschrieben, fehlt nur noch Ihre Unterschrift. Das Einfachste ist, Sie bringen das einfach nach Frankfurt mit und geben es im Büro von Herrn Fink ab, Leiter Konzernstrategie. Die wissen Bescheid.«

»Alles klar.«

»Noch einmal zu den Fakten«, sagte Tom und klopfte mit der Chipkarte auf den Tisch. Dies tat er immer, wenn er der Meinung war, dass jetzt von ihm eine wichtige Information kam oder er selbst eine Information oder Antwort von seinem Gesprächspartner oder besonders von einem begriffsstutzigen Kunden erwartete.

Sie müssen sparen, was werden Sie tun?

Sie müssen sich absichern, was werden Sie tun?

Dabei klopfte er immer mit der Chipkarte auf den Tisch.

»Sie sind drei Monate nach Frankfurt delegiert«, sagte er. »Bahnfahrt erste Klasse wird übernommen, Sie dürfen sogar fliegen, Economyclass. Wohnen werden Sie im Innside Eurotheum, das heißt, Sie können zur Neuen Mainzer Straße laufen. Nur fünf Minuten.«

»Klingt gut.«

»Ist es. Ist ein Superpaket. Delegationsprämie gibt es auch noch. Das Eurotheum hat tolle Zimmer, es gibt sogar eins, wo eine Badewanne mitten im Raum steht.«

»Hübsch.«

»Ich weiß aber nicht, ob Sie das Zimmer kriegen.«

»Ist nicht schlimm.« Laura lächelte. »Abgesehen davon kann man leicht ausrutschen, wenn man mitten im Raum badet.«

Tom lächelte. »Sie sehen das praktisch, sehr gut. Allzu oft werden Sie das Zimmer eh nicht sehen, die Delegationsprojekte sind berüchtigt dafür, dass dort lange gearbeitet wird.«

»Klar«, sagte Laura, »man ist ja nicht zu Hause und nicht verpflichtet, pünktlich daheim zu sein, weil jemand mit dem

Essen wartet.« Tatsächlich war es öfter Timo, der das Essen machte und sich beschwerte, wenn Laura zu spät nach Hause kam.

»Genau das ist das Kalkül der Bank«, bestätigte Harding.

Laura wusste, dass Harding geschieden war. Ihm würde die ständige Abwesenheit von zu Hause sicher nichts ausmachen. Laura hatte immer ein bisschen Mitleid mit Leuten, die Singles waren, auch mit Harding. Zum Abendessen Fertigpizza vor dem Fernseher und die Frage vor dem Wochenende: *Was mache ich heute?* Deswegen hätte er sicher auch gern eine solche Delegation, hatte aber keine.

Er sprach weiter: »Trotzdem ist das eine tolle Chance für Sie, die Sie wirklich verdient haben.«

Als Laura in Toms Augen blickte, hatte sie den Eindruck, dass er das wirklich ernst meinte.

»Passen Sie aber trotzdem auf. Das ist die Zentrale. Da hat man schnell ein Messer im Rücken. Bildlich gesprochen natürlich.« Er lehnte sich zurück und blickte nach oben, als würde er seine Worte einzeln zusammensammeln. Laura hörte angespannt zu. Hatte nicht Marc so etwas Ähnliches gesagt? *YoYo. You're on your own.*

»Man spricht«, sagte Tom, »bei solchen Projekten gern von Ikarus-Projekten. Man kommt weit nach oben. Aber je näher man der Sonne kommt, desto schneller schmelzen die Flügel. Dann stürzt man ab, und die Karriere ist zu Ende.«

Er schlug wieder mit der Karte auf den Tisch.

DIENSTAG

KAPITEL 6

BWG HAUPTQUARTIER,
NEUE MAINZER STRASSE, FRANKFURT AM MAIN

Laura war mit der Lufthansa in Frankfurt gelandet und direkt mit der S-Bahn zum Hauptbahnhof gefahren. Von dort mit dem Taxi zum Hauptquartier der BWG, der Bank für Wirtschaft und Gesellschaft, in der Neuen Mainzer Straße.

Wasserkopf, Elfenbeinturm oder englisch »Waterheadquarter«, so wurde die Zentrale der BWG genannt. Manchmal auch »Dunkler Turm«, in Anlehnung an Saurons Festung im *Herrn der Ringe,* was Timo immer witzig fand. »Zentraletti« nannte man bankintern die, die dort arbeiteten, was von vornherein eine gewisse Ferne zu den wirklichen Problemen des Unternehmens und besonders den Anforderungen der Kunden unterstellte. Jetzt war Laura selbst so eine, wenn auch nur für drei Monate.

Sie schob ihren Rollkoffer mit Laptoptasche durch das große Foyer. *Schneller, schlanker, digitaler* stand auf einem großen Banner, das in etwa fünf Metern Höhe an der Innenfassade des Atriums hing. Den Slogan *Schneller, schlanker, digitaler* hatte Thomas Fischer damals auf der Betriebsversammlung als Motto ausgegeben, aber hier sah es, abgesehen von dem Banner, immer noch feudal aus. Von Sparen und Zurückhaltung keine Spur. Man könnte meinen, die BWG hätte nicht die Gewinne der BWG, sondern die von JP Morgan. *Mutig nach vorne schreiten* stand unter dem Slogan. Laura erinnerten diese Mutmacherparolen immer an Sprüche wie *vorwärts immer, rückwärts nimmer,* die oft nicht gerade für Erfolg sorgten.

Laura meldete sich beim Empfang. Die Dame dort telefonierte mit einer anderen Dame aus dem Büro von Sören Fink. Dann kam Judith, die Assistentin von Fink, nach unten, begrüßte Laura und brachte sie nach oben in den zwanzigsten Stock. *Konzernstrategie* stand in die Glaswand vor dem Korridor eingraviert. Judith und Laura liefen den Gang hinunter, der durch ein Vorzimmer in ein lichtdurchflutetes Büro führte. Sören Fink arbeitete am Stehpult und blickte auf, als beide den Raum betraten. Er hatte die Haare kurz rasiert und eine Brille mit durchsichtigem Rahmen, sodass er eher wie ein Architekt aussah. Groß, schlank, mit teurem Anzug. Große Leute, hatte Laura mal gehört, haben es viel leichter, Karriere zu machen.

Er kam auf sie zu und drückte ihre Hand.

»Frau Jacobs, herzlich willkommen in der Filiale der BWG! Wir alle freuen uns sehr, dass Sie uns bei einigen internen Prozessen unterstützen. Sind Sie gut angekommen?«

»Alles perfekt«, gab Laura zurück. Unten hinter der Glasscheibe sah sie den Bahnhof, davor die Kaiserstraße mit den allgegenwärtigen Rotlichtlokalitäten, über die sich die Frankfurter Banken seit Jahrzehnten ärgerten, aber seit Jahrzehnten nichts dagegen tun konnten.

»Wunderbar. Tom Harding sagt, Sie bringen die Delegationsunterlagen gleich mit?«

Laura nickte. »Habe ich hier in meiner Tasche.«

»Perfekt.« Fink warf Judith einen Blick zu. »Geben Sie sie einfach Judith. Als Nächstes gehen wir runter zu Ihrem Team, wir haben dafür extra eine Art *War Room* eingerichtet.«

»Ist ja wie bei Churchill«, bemerkte Laura.

»Ich hoffe, so schlimm ist die Situation noch nicht. In jedem Fall berichten Sie ausschließlich an mich und natürlich an Dr. Hortinger.«

»Nicht an die Revision?«

Fink verzog das Gesicht. »Nun ja, die Revision hat sich bei einigen Geschehnissen der jüngsten Vergangenheit nicht mit Ruhm bekleckert. Die Regularien haben sich durch Geldwäsche, Terror und Kriege verschärft, und die Bank ist von der Finanzaufsicht ohnehin schon angezählt, da wir leider als ›ertragsschwach‹ gelten. Darum wünschen wir uns ein schnelles Beiboot, Leute mit frischem Blick.«

Frischer Blick, dachte Laura, *konnte auch ein Synonym für »Ich habe keine Ahnung« sein.* Aber sie sagte nichts.

Fink sprach weiter. »Von daher werden Sie mit der Revision gar nichts zu tun haben. Wir gehen gleich runter, stellen Ihnen das Team vor, danach steht ein Lunch mit Dr. Hortinger persönlich auf der Agenda, und dann können Sie loslegen. Noch irgendwas?«

»Den Schlüssel zum Bankappartement kriegen Sie direkt im Eurotheum«, sagte Judith, bevor Laura fragen konnte. »Adresse kennen Sie?«

Laura nickte.

»Gut«, sagte Fink, »dann gehen wir doch mal runter.«

Der Teamraum lag zwei Etagen tiefer, in der achtzehnten Etage. Auch hier war die Aussicht grandios.

»Das ist Linus Haller«, sagte Fink. »Ihr direkter Kollege.« Der Mann am Rechner drehte sich um. Er sah ein bisschen aus wie Stan in *Mad Men,* wenn auch ein wenig schlanker, trug ebenfalls einen kurzen Bart und ansonsten die typische Bankerkleidung. Seine Krawatte lag zusammengerollt auf dem Tisch, so als würde er sie nur für wichtige Termine umbinden. Er stand auf.

»Laura Jacobs«, sagte Fink, »unsere Geheimwaffe. Sie ist bisher stellvertretende Filialleiterin, hat aber durch ihre analytische Schärfe die Bank vor einem Riesenskandal bewahrt.«

»Man erzählt viel von Ihnen«, sagte Haller und drückte Lauras Hand.

»Hoffentlich nur Gutes.«

»Wenn es nichts Gutes wäre, wären Sie nicht hier«, sagte Fink. »Ebenfalls im Team ist Sina Ramirez, sie ist für die IT zuständig und gerade im Meeting mit dem Kryptoteam. Sie werden Sie spätestens nach Ihrem Lunch mit Hortinger kennenlernen.«

»Finden Sie sich erst mal zurecht«, sagte Haller. »Und dann machen wir ein Briefing, worum es geht.«

»Was machen Sie denn sonst«, fragte Laura, »wenn Sie nicht gerade in die BWG-Zentrale delegiert sind. Oder sind Sie immer hier?«

»Keineswegs«, sagte Haller. »Ich bin sonst beim Bundeskriminalamt. BKA.«

KAPITEL 7

BWG HAUPTQUARTIER,
NEUE MAINZER STRASSE, FRANKFURT AM MAIN

Das Mittagessen mit Heinrich Hortinger, dem Vorstandsvorsitzenden der BWG, fand im abgetrennten Bereich des sogenannten Kasinos statt. Es gab Steak, mediterranes Gemüse, Country Fries und dazu Rotwein, ein Nero d'Avola, dessen Flaschenpreis mit Sicherheit dreistellig war.

Laura musste an den Film *Margin Call* mit Jeremy Irons denken. »Sprechen Sie so, als wäre ich ein kleiner Junge. Oder ein Golden Retriever. Glauben Sie mir, ich sitze nicht auf diesem Stuhl, weil ich so viel weiß«, sagte Jeremy Irons als Bankchef in dem Film. Sie fragte sich kurz, ob diese Beschreibung auch bei Hortinger zutraf, dem man unterstellte, dass er Leute, die auf der Karriereleiter nach oben kommen wollten, einfach platt saß und deswegen mitunter *Hortinger die Hortensie* genannt wurde, weil unter ihm nichts anderes mehr wuchs. Insgesamt erinnerte Laura diese Aussage an die alte Vertriebsweisheit der BWG: »Fachidiot schlägt Kunden tot.«

Laura nippte nur an ihrem Rotwein und trank Wasser, da ihr Rotwein normalerweise schlechter bekam als Weißwein und es noch recht früh am Tag war. Hortinger hingegen ließ sich fröhlich von den dezenten Bediensteten nachschenken.

»Nun sehen wir uns live und in Farbe«, sagte er und tupfte sich den Mund ab. »Herr Fink hat Sie sicher schon mit allem vertraut gemacht.«

Laura kaute und nickte daher nur. Es gab Benimmtrainer,

die einem sagten, dass man beim Kauen gar nicht sprechen sollte. Andere sagten, man solle beim Sprechen die Hand vor den Mund halten. Laura nickte und brachte dann hervor: »Lief alles sehr gut«, bevor sie den Bissen hinunterschluckte.

»Wir sind jedenfalls sehr froh, dass Sie hier sind«, sagte Hortinger, »Sie werden mir verzeihen, dass ich in wenigen Minuten schon wieder weitermuss, die üblichen Termine mit den Gremien, die ungefähr achtzig Prozent der Zeit eines deutschen Vorstands ausmachen, aber Sie essen einfach in Ruhe zu Ende.« Er lehnte sich zurück. Sein Steak hatte er nur halb gegessen, von dem Gemüse fast gar nichts.

»Die BWG ist in einer schwierigen Lage«, sagte er. »Es ist Ihnen«, er zeigte auf Laura, »gelungen, einen großen Skandal abzuwenden, wofür der gesamte Vorstand und ich besonders Ihnen sehr dankbar sind. Gleichzeitig sind wir vom Kollegen Fischer maßlos enttäuscht. Hinzu kommt …«, er schlug ein Bein über das andere, »… die ungünstige Berichterstattung in den Medien. Es häufen sich Klagen gegen die Bank von geprellten Anlegern, ob das nun so war oder nicht, die mit verlustreichen Zertifikaten der Bank auf die Nase gefallen sind.«

»Geht es darum auch in meiner Delegation?«

»Da ist die Sache noch etwas delikater, aber das wird Ihnen Herr Haller alles erklären. Es geht hier besonders darum, verdächtigen Zahlungsströmen auf die Spur zu kommen. Gerade was das Vermögen von russischen Oligarchen angeht. Darum ist das BKA mit im Boot, das uns um eine Kooperation gebeten hatte, der wir natürlich sehr gern entsprochen haben.«

Er blickte aus dem Fenster. »Es gibt große Beträge von illegalen Oligarchengeldern, die zuerst in Kryptowährungen transferiert wurden und dann über Immobilienkredite wieder in den normalen Wirtschaftskreislauf integriert werden sollen. In Südamerika verfährt die mexikanische Drogenmafia schon lange so. Frau Ramirez aus Ihrem Team hat die Aufgabe, besonders auch Schwarzgeldtransaktionen über Kryptowährungen auf die Spur zu kommen.« Laura erinnerte sich. Linus hatte ihr gesagt, dass Sina ein Meeting mit dem *Kryptoteam* hatte.

»Immobilienkauf als Kredit zur Geldwäsche?«, fragte Laura.

»Ganz richtig. Schwarzgeld wird als Sicherheit für Immobilienkredite hinterlegt und damit in den legalen Geldkreislauf gebracht. Jeder sollte sich dabei fragen, warum diese Person die Immobilie eigentlich nicht gleich bar bezahlt, wenn sie das Geld hat.«

»Weil Immobilien normalerweise nicht mit einem Haufen Bargeld bezahlt werden.«

Hortinger nickte. »Das ist der Punkt. Leider mussten wir beobachten, dass sowohl Sparkonten als auch Immobilienkredite der BWG für genau solche Praktiken missbraucht worden sind. Es ist vollkommen klar, dass wir als Bank keinerlei Interesse daran haben, wegen solcher Praktiken im Rampenlicht zu stehen, und daher das Übel lieber proaktiv an der Wurzel packen.«

»Ich freue mich in jedem Fall auf die spannende Arbeit«, sagte Laura, weil sie nicht wusste, was sie sonst sagen sollte. Dieses Wort, *spannend*, das man immer dann sagte, wenn einem eben nichts Besseres einfiel.

Hortinger erhob sich. »Frau Jacobs, Sie entschuldigen mich. Herzlich willkommen noch einmal und einen guten Start! Wir werden uns in unregelmäßigen Abständen immer mal wieder hören. Mein Büro kommt auf Sie zu!«

Laura erhob sich ebenfalls, und sie schüttelten sich die Hand.

Immobilienkredite, um illegale Gelder wieder in den normalen Geldkreis zu bringen, dachte sie, als sie sich wieder gesetzt hatte, ihr Steak zu Ende aß und die Aussicht auf die City genoss. *Jemand, der Geld loswerden will, Zinsen erhält und wenige Fragen stellt.*

War das nicht genau die Methode, wie die Gemeinde Blankenfelde-Mahlow unkompliziert Geld bekommen hatte?

KAPITEL 8

BAR EUROTHEUM, FRANKFURT AM MAIN

Von der Bar des Eurotheums hatte man einen perfekten Blick auf die Stadt. Nebenan war die Citigroup, etwas weiter weg erkannte man die Frankfurter Oper und das lange Gebäude der Frankfurter Welle.

Laura, Linus und Sina saßen an einem Tisch. Linus trank Bier, Sina einen Cocktail und Laura einen Weißwein mit Eiswürfeln.

Als Laura nach dem Lunch mit Hortinger zurück ins Büro gekommen war, war Linus unterwegs. Er hatte ein sogenanntes Asset, wie man im US-Geheimdienst sagte, also einen Informanten, den er im Gefängnis besuchte. Dafür hatte Laura Sina kennengelernt, die ihr erzählte, dass ein Teil ihrer Familie ursprünglich aus Kuba kam.

Da die drei jetzt intensiv zusammenarbeiten würden, war man schnell zum *Du* übergegangen.

»Wie war es im Knast?«, fragte Sina.

»Ging so. Der Typ, der eigentlich was wissen sollte, wusste viel weniger. Ist manchmal so.« Linus checkte sein Handy und steckte es in die Tasche.

»Das Problem mit den Oligarchen ist«, fuhr er fort, »dass es in Deutschland sehr schwer ist, Vermögensgegenstände sanktionierter Personen überhaupt zu sichern. Wenn man das darf, können die Leute diese Sachen zwar nicht verkaufen, aber immer noch selbst nutzen.«

»Der Oligarch nutzt seine Villa und seine Jacht einfach normal weiter?«, fragte Laura. »Das ist ja mal eine Strafe.«

»Richtig. Es kommt hinzu, dass hier halt nichts verknüpft ist. Digitale Dritte Welt eben. Immobilienbesitz und Unternehmensbeteiligungen kann man in anderen Ländern nachverfolgen, in Deutschland natürlich nicht. Da wird dann an den Zoll verwiesen, der aber nur für Ein- und Ausfuhren zuständig ist und nur bei einem Straftatbestand aktiv wird. Wenn wegen der fehlenden Daten nichts gegen den Oligarchen vorliegt, gibt es auch keinen Straftatbestand, denn nur *Oligarch zu sein* reicht als Straftatbestand nicht aus.«

»Und wenn es doch mal reicht?«, fragte Sina.

»Dann wird es schwierig, weil die Oligarchen eine Riesenarmada von Anwälten losschicken, die die Staatsanwaltschaft in Papier ersticken kann.« Er trank von seinem Bier. »Da muss man halt unkonventionell vorgehen, und das sollte eigentlich mein Gespräch mit der Kontaktperson im Knast erreichen. Na ja, nächstes Mal.«

»Ich wäre da auch fast gelandet«, sagte Sina.

»Im Knast?«, fragte Laura.

Sina nickte.

»Als Bankerin im Knast? Na, die sind ja sowieso immer mit einem Bein im Gefängnis«, sagte Linus.

Laura grinste.

»Nein, in meiner früheren Zeit. Ich war mal Hackerin«, sagte Sina. »Richtig krass. Und ich war gut! Black Hat, wie man die nennt. Also die Bösen.«

»Ach«, sagte Laura. »Und jetzt hast du die Seiten gewechselt?«

»Ja. Man hat mir eine lange, heftige Gefängnisstrafe angedroht. Oder aber ich arbeite für die Gegenseite. Also Ermittler und Finanzdienstleister.«

»Tolle Kombi, oder?«, fragte Linus.

»Ansonsten bin ich noch Zigarrenlieferantin für Hortinger«, sagte Sina. »Gute Beziehungen nach Kuba. Wir haben zwar kein Embargo, wie die USA, aber das geht mit Connections natürlich trotzdem leichter.«

»Was raucht denn Hortinger gern?«, fragte Laura.

»Montecristo zum Beispiel. Er erzählt dann immer die Geschichte von dem Investmentbanker, den Zigarren und der Versicherung.«

»Die kenne ich noch nicht.«

»Also«, sagte Sina, »ein Investmentbanker kauft ganz teure Zigarren und raucht sie. Vorher schließt er eine Feuerversicherung ab. Er raucht die Zigarren und macht einen Versicherungsschaden geltend.«

»Die Versicherung will aber nicht zahlen?«, fragte Laura.

»Nein, also muss der Banker sie verklagen. Und was macht die Versicherung?«

Beide zuckten die Schultern. »Keine Ahnung«, sagte Linus.

»Sie verklagt den Banker wegen Brandstiftung.«

»Das bringen auch nur Investmentbanker fertig«, sagte Laura. »Jedenfalls ausgehend von dem, was ich sonst so über die höre.« Sie wandte sich Linus zu. »Warst du schon immer beim BKA?«

»Nein.« Er trank von seinem Bier. »Ich habe mal Medizin studiert, habe meine Weiterbildung in der Unfallchirurgie begonnen.«

»Ach. Und dann?«

»Dann abgebrochen und BWL studiert. Danach bei einer der Big Four als Wirtschaftsprüfer angefangen. In der Forensik, Betrugsfälle aufdecken, Fraud Detection, all so was. Ich fand aber den forensischen Aspekt, also das Aufdecken von Straftaten, nach wie vor spannend. Und so bin ich beim BKA gelandet. Da bin ich seit vier Jahren.«

»Unfallchirurgie und BKA«, sagte Sina, »das ist ja eine tolle Kombi.«

»Ja, passt zu meiner Arbeit«, sagte Linus. »Manchmal muss es schnell gehen, wie bei der Unfallchirurgie. Und manchmal hat man viel Zeit für die Analyse. Wie in der achtstündigen Herzoperation. Die besten Methoden sind die, mit denen man gründlich arbeiten kann, auch wenn es schnell gehen muss.«

»Und was hast du vor dem BWG-Projekt gemacht?«, fragte Laura. Sie schaute aus dem Fenster und sah in einiger Entfernung den Flughafen und das letzte rötliche Schimmern der Sonne, die schon untergegangen war. Flugzeuge landeten und erhoben sich in den dunklen Nachthimmel.

»Finanzhacking. Teilweise aber auch Industriesabotage. Mittlerweile ist ja alles digital verbunden. Industrie 4.0, Internet der Dinge und so weiter, das klingt zwar toll, birgt aber Gefahren.«

»Nämlich?« Laura war sicher, dass das ein Thema war, das Timo interessierte.

»Na ja, man kann nicht nur Computer im Büro hacken, sondern auch die, die zum Beispiel Industrieroboter steuern, in der Autoindustrie oder sonst wo.«

»Dann bewegt sich der Roboter so, wie der Hacker will?«

Linus nickte. »Auf diese Weise sollte mal ein Vorstand eines Autoherstellers erledigt werden. Bei einer Werkbesichtigung wollten die Hacker tatsächlich den Roboter fernsteuern, der dann den Vorstand erschlagen hätte. Konnte zum Glück verhindert werden.«

»Klingt ja wie bei Terminator.«

»Ja, nur hier war es kein böses Eigenleben der Maschine, sondern ein böser Hacker. Oder wer auch immer dahinterstand.«

»Ich habe mit Hortinger über Geldwäsche mit Immobilienkrediten gesprochen«, sagte Laura, nachdem alle eine Weile geschwiegen und durchs Fenster auf die abendliche Stadt geschaut hatten. »Das scheint ihm ein wichtiges Thema zu sein.«

»Ist es«, sagte Linus, »schauen wir uns morgen an. Ich habe einen Termin im Investmentbanking. Die platzieren Anleihen, bündeln aber auch kleinere Kredite in größere Tranchen. Da ist in letzter Zeit einiges schiefgelaufen.«

»Dann sind die sicher nicht begeistert von unserem Besuch?«, fragte Sina.

»Überhaupt nicht.« Linus lachte. »Aber das ist halt Befehl von ganz oben.«

»Machen die auch Gemeindefinanzierung?«, fragte Laura.

Linus zuckte die Schultern. »Finden wir raus. Wieso?«

»Ihr kennt ja die Story mit Xenotech und den Grundstücken, da, wo ich wohne. Die Gemeinde hat die Grundstücke von der BWG zurückgekauft. Und um das zu bezahlen, hat sie wohl einen recht dubiosen Geldgeber gefunden.«

»Und woher weißt du das?«, fragte Linus.

»Der Bürgermeister hat sich mir gegenüber am Sonntag verquatscht.«

Linus lachte. »Du bist die Richtige in unserem Team. Morgen geht's ins Investmentbanking, und wir klären die Sache!«

Zurück in ihrem Bankappartement im Innside schwirrte Laura der Kopf. Morgen würde ein intensiver Tag werden.

Sie rief Timo an. Ließ lange klingeln. Er musste von seiner Montage wieder zu Hause sein? Und sein Handy hatte er doch sonst immer dabei?

Auf dem Handy ging niemand ans Telefon, nur die Mailbox sprang an.

Auf dem Festnetz tat sich auch nichts.

KAPITEL 9

BWG BANK, INVESTMENTBANKING,
MESSE, FRANKFURT AM MAIN

Clemens Weber war Vice President im Bereich Global Markets beim Investmentbanking der BWG Bank. Das Investmentbanking war nicht im Hauptquartier, sondern in einem gläsernen Schlauch nahe der Messe untergebracht. Selbst wenn das Firmenkundengeschäft der BWG nicht sonderlich gut lief und auch das Trading mit Aktien und Optionen Luft nach oben hatte, war die BWG nach wie vor eine Macht, was die Platzierung von Anleihen anging. Die Bank hatte dazu in den Neunzigern einige sehr teure Expertenteams mit siebenstelligen Jahresgehältern von großen US-Häusern wie Morgan Stanley und Merrill Lynch abgeworben. *Global Markets* hieß die Transaktionsmaschinerie, die mit Währungen, Rohstoffen, aber ganz besonders Anleihen handelte.

Weber hatte rote Haare und Sommersprossen. *Der, der so rot leuchtet, dass die Autos stehen bleiben, wenn er an der Kreuzung steht,* hatte einer der Banker als Anspielung auf dessen auffällige Haarfarbe gesagt, als Linus nach Clemens Weber gefragt hatte.

Sie gingen gemeinsam durch einen der Handelsräume. Händler waren am Telefon, redeten auf Kunden ein und kauften oder verkauften Aktien.

Falls man einen abstrakten Begriff wie Kapitalismus versinnbildlichen wollte, dachte Laura, dann war es hier. Sie schaute auf die Hunderte von Bildschirmen und Computern, die alle an das gigantische Netz der Finanzströme angeschlossen waren. Die Aggression und die gespannte Aufmerksamkeit waren fast mit Händen zu greifen. Das Herz des Kapitalismus: systolischer und diastolischer Blutdruck, Venen und Arterien, Erwartungen enttäuscht, Erwartungen übertroffen, Kurs nach unten, Kurs nach oben, kaufen und verkaufen. Der Handelsraum war ein Teil des Kreislaufs, in dem die riesigen Aktien- und Anleihenblöcke transferiert wurden, die dann irgendwann von den Anwälten als geltendes Recht in Besitz verwandelt wurden. Besitz und Kontrolle – von Firmen, von Menschen, von der Welt.

Lachen und Erträge machen, hieß es in den Filialen, hier hieß es *Smile and Dial.* Lächeln und Anrufen. Manche der Sales-Leute mussten über zweihundert Telefonate pro Tag führen. Die meisten Kunden erteilten Absagen. Doch das war den Sales-Leuten egal. Die Provision auf zustande gekommene Geschäfte, also *Deals, die closed waren,* war hoch genug, um den Schmerz der Ablehnung zu ertragen und das Ego auszuschalten.

Laura hörte das Stimmengewirr.

Der kauft heute. Der glaubt an mich.

Dann ist der aber ein ganz schöner Trottel.

Ja, Idiot, die gibt es aber nur heute. Morgen sind die alle verkauft.

Ich habe ihn vorhin im Videocall gesehen. Sieht aus wie Scheiße.

Ach, so gut?

Da waren wir schlauer als die Zentrale. Das ist ja auch nicht schwer.

»Linus?«, fragte Weber, als sie durch den Saal gingen und gegen den Krach anschrien.

»Ja, Linus. Und das sind Laura und Sina.«

»Freut mich«, sagte Weber. »Wir sagen hier alle du, nicht so wie die verkniffenen Lackaffen in der Zentrale, die alle mit ’nem Stock im Arsch geboren wurden.«

»Hi, Clemens«, sagte einer der Banker. »Warst du im Solarium? Du siehst so aus, wie ich mich fühle.«

»Ihr verzeiht den Ton, oder?«, fragte Clemens. »Wir sind extra etwas weiter weg vom HQ, damit wir uns hier benehmen können, wie wir möchten. Eigentlich sollte das Investmentbanking in einen noch höheren Tower als den der BWG kommen. Genau neben dem BWG Tower. Mit Glas-Pissoir, damit man auf den Vorstand pissen kann.« Er lachte schallend über seinen eigenen Witz.

Sie hatten Clemens’ Büro erreicht. Ein Eckbüro mit Blick auf die Messe und den Messeturm.

»So, nehmt Platz«, sagte er und checkte seine Mails. »Linus, du hast mir geschrieben, worum es geht. Einmal Geldwäsche allgemein und dann noch dieses spezifische Ding mit der Gemeindefinanzierung.«

»Richtig. Vermittelt die BWG so was auch?«

»Wir hier im I-Banking schon«, antwortete Clemens. »Unser Chef hat sich darauf spezialisiert. David. David Rokes. Der ist nur heute in London. Wir nennen ihn hier *Old Potatohead II.*«

»Wie John Gutfreund?«, fragte Laura.

»Genau! Den kennst du?« Clemens schien begeistert.

»Klar. Hat der nicht damals bei Salomon Brothers die Immobilienkredite in Anleihen gebündelt und die an große Investoren verkauft?«

»Ja, und eine Menge Geld gemacht. Bis dann bei der Finanzkrise alles in sich zusammenfiel.«

Clemens schaute durch einige Listen.

»Folgendermaßen sieht es aus: Es gibt einige Anleihen, die

wir für Kommunen gebaut haben und die dann Anleger gezeichnet haben. Soll heißen, sie haben den Gemeinden Geld geliehen.«

»Blankenfelde-Mahlow auch?« , fragte Laura.

»Finde ich heraus«, sagte Clemens.

»Echt schräg«, sagte Laura, »dass scheinbar spießige Gemeinden solche Geschäfte machen.«

»Gar nicht«, sagte Clemens, fast schon entrüstet. »Guck dir die ganzen Kämmerer an, die bei Greensill Geld angelegt haben, weil es da ein Viertelprozent mehr Zinsen gab. Und nun? Greensill pleite und Geld weg. Da ist sie mal wieder, die typische ökonomische Umverteilung von Dumm zu Schlau.«

Laura musste an Wennig, genannt »Wenig«, denken, der sich bei solchen Aktionen wohl ganz clever und ausgekocht vorkam, es aber nicht war. Sonst wäre er vielleicht im Team von Clemens und nicht Bürgermeister.

Clemens schaute weiter durch die Listen auf seinem Monitor. »Hier ist etwas«, sagte er.

»Was denn?« Linus und Laura steckten die Köpfe nach vorn.

»Das hier ist keine typische Anleihe. Ich kann auch noch nicht sehen, ob es da um deine Ossi-Gemeinde geht. Wie heißt die gleich?«

»Blankenfelde-Mahlow, südlich von Berlin.«

»Ach, das ist in Berlin? Dachte, das wäre irgendwo bei Bitterfeld. Aber egal.«

»Kannst du das rausfinden?«, fragte Laura. »Ob es Blankenfelde ist?«

»Klar. Aber die Anleihenstruktur ist ungewöhnlich.«

»Warum?«

»Weil das eine Wandelanleihe ist. Gibt es sonst nur in Bezug auf Aktien.«

»Da ist es doch so, dass der Geldgeber bei einem bestimmten Kurs der Aktie entweder Geld zurückkriegt oder sonst Anleihen?«

»Genau«, sagte Clemens. »Und zwar meistens so, dass der Geldgeber der Dumme ist. Das Geld kriegt er nur, wenn der Kurs der Aktie hoch ist. Sonst kriegt er die Aktie. Für den, der die Wandelanleihe ausgibt, ist das super. Wenn seine Aktie hoch ist, muss er Geld bezahlen, was er aber gern macht, weil der Kurs höher ist. Ist die Aktie niedrig, kann er die heiße Kartoffel abgeben. Ist eigentlich so eine Art Short Put für Doofe.«

»Und wie macht man das dann bei Gemeindefinanzierungen?«

»Hm«, sagte Clemens und kratzte sich an seinem feuerroten Haarschopf. *Scheiße, alle bullish wegen der Fed,* schrie draußen jemand, wahrscheinlich in Reaktion auf irgendwelche Nachrichten. *Und ich war short!*

Clemens verzog das Gesicht und sprach weiter. »Na ja, bei Firmen ist es so. Du leihst Daimler Geld, und wenn die Aktie über X ist, kriegst du das Geld zurück. Ist sie unter X, kriegst du eine bestimmte Zahl Aktien. Dir gehört dann also ein Teil des Unternehmens.«

»Und diese Wandelanleihen gibt es auch bei Gemeindefinanzierungen?«

»Nicht unbedingt, aber eigentlich ist das ja nichts anderes als eine Hypothekenbesicherung. Oder ein Kredit an die Gemeinde, der mit dem Recht auf Grundstücken abgesichert ist.«

»Aber Moment«, sagte Laura. »Wenn die Gemeinde sich verschuldet, um Grundstücke zu kaufen, und diese Grundstücke als Hypothek für die Verschuldung gelten, dann ist sie die Grundstücke, die sie eigentlich kaufen wollte, ja schnell wieder los?«

Clemens grinste. »Richtig. Nicht unbedingt strategisch. Hat aber auch keiner behauptet, dass Gemeindekämmerer schlau sind. Siehe Greensill-Bank.«

Laura schaute angestrengt aus dem Fenster. Draußen fuhren Autos an der Messe hin und her, und vorwiegend Männer in Anzügen telefonierten hektisch oder winkten Taxis herbei.

»Das heißt«, begann sie, »es kann sein, dass jemand der Gemeinde Geld leiht, damit sie zum Beispiel Grundstücke zurückkaufen kann?«

»Wenn die Gemeinde das so will, kann das sehr gut sein. Völlig üblich. Gibt es auch als Pfandbriefe, eines der ältesten Anlagepapiere.«

»Und bei Daimler kriegt der Anleger Aktien statt Geld, wenn der Kurs unter X ist«, sprach Laura weiter. »Hier ist es so: Wenn die Gemeinde nicht zahlen kann, kriegt der Geldgeber eben kein Geld …«

Clemens beendete den Satz: »… sondern die Grundstücke.«

Mit anderen Worten, dachte Laura, *der Geldgeber hat der Gemeinde zwar Geld gegeben, will aber eigentlich die Grundstücke.*

FREITAG

KAPITEL 10

BLANKENFELDE-MAHLOW, BEI BERLIN

Laura war am späten Nachmittag am neuen Berliner Flughafen gelandet und mit dem Taxi nach Hause gefahren. Sie hatte, wie immer nach einem Flug, diesen Druck in den Ohren und schon alle Tricks wie Kaugummi kauen, den Kiefer zusammenpressen oder die Nase zuhalten und reinschnauben probiert, um das unangenehme Gefühl loszuwerden. Bisher hatte nichts davon funktioniert. Vielleicht war das Gewöhnungssache, dachte sie. Sie hatte über einen Dauerparkplatz am BER nachgedacht, aber das wäre teurer als das Taxi. Eigentlich, dachte sie, könnte sie mit der Bahn fahren, aber sowohl der Hauptbahnhof als auch der Bahnhof Südkreuz waren weit weg. Und wenn man mit den Fluglinien, die leider ebenfalls alle unzuverlässig waren, abhob, war die Chance, dass man ankam, recht hoch. Bei der Bahn war das, selbst wenn der Zug den Bahnhof verließ, keineswegs garantiert.

Die Informationen von Global Markets ließen auf sich warten, da sich die Anleihen nicht klar zuordnen ließen. Nächste Woche, so versicherte Clemens, wäre alles da.

Sie ging ins Haus und stellte Rollkoffer und Laptoptasche in die Ecke. Dann öffnete sie den Kühlschrank und schenkte sich eine Cola Light ein. Sie kam sich vor wie einer dieser Unternehmensberater, die aus ihren Rollkoffern lebten, müde die Rote-Augen-Flieger am Montagmorgen bevölkerten und von dort in die Hiltons und Sheratons dieser Welt verteilt wurden, wo sie die Woche über lebten, während sie bei ihren Kunden irgendwelche Projekte durchpeitschten.

Ein früherer Wettbewerber der BWG Bank, den es heute nicht mehr gab, wurde nicht wegen der Beratungsqualität gegenüber den Kunden, sondern wegen der Dichte von Unternehmensberatern in der Zentrale *Beraterbank* genannt. Wobei Laura den Eindruck hatte, dass auch in der BWG die Beraterheerscharen eher mehr als weniger wurden.

»Timo«, rief sie. Er sollte doch um diese Zeit schon zu Hause sein? Es war 18:30 Uhr.

»Hier.« Die Stimme kam aus dem Badezimmer.

»Kann ich reinkommen?«

»Klar.«

Timo rasierte sich. Es roch nach Channel Égoïste, das Aftershave, das ihm Laura gekauft hatte, da sie sein altes Zeug im wahrsten Sinne des Wortes nicht riechen konnte. Hemd und Stoffhose lagen auf dem Wäschekorb. Ansonsten sah das Bad wieder aus wie eine Mischung aus orientalischem Bad und finnischer Sauna.

»Was brezelst du dich denn so auf?«, fragte Laura.

»Wir sind doch gleich eingeladen.« Er zeigte nach draußen. »Bei Juliane und Robert.«

»Ach ja, verdammt!« Die Einladung hatte sie total vergessen, obwohl sie sonst immer Timo vorwarf, alles zu vergessen. Laura hatte sich eigentlich auf einen ruhigen Fernsehabend gefreut, nachdem sie ein paar Mails abgearbeitet hatte, die sie während des Fluges noch aus der Bank bekommen hatte. Und jetzt war der Abend auf einmal blockiert, und Timo rasierte sich extra. Was er sonst nicht mal morgens tat.

»Habe ich dir gesagt. Und auch gesimst. Damit du dich beeilst und Zeit zum Umziehen hast. Wir hatten das doch auf dem Nachbarschaftsfest besprochen.« Timo schielte mit einem Auge in den Rasierspiegel. »Hast du mir sogar bestätigt.«

Laura schaute auf ihr Handy. Musste zugeben, dass er damit recht hatte.

»Und mir vorwerfen, ich höre nie zu«, sagte Timo triumphierend.

Sie verzog das Gesicht. Auch damit hatte er recht. »Okay. Wann ist das?«

»19 Uhr. Ich habe mich schon gefragt, wann du kommst.«

Laura schaute auf die Uhr. 18:35 Uhr. »Mein Gott, das ist ja gleich.«

»Eben deswegen habe ich mich ja schon gewundert, dass du nicht auftauchst.«

»Timo, das ist keine Papstaudienz oder Tee bei der Queen. Wenn wir zehn Minuten später bei denen klingeln, macht das nichts.«

»Müssen wir nicht«, sagte Timo und hielt irgendetwas in die Höhe.

»Klingeln müssen wir nicht?«, fragte Laura und fixierte blinzelnd den Gegenstand, den Timo vor seinem Gesicht bewegte. »Was ist das? Eine Zeitmaschine?«

»Nein, der Schlüssel von denen.«

»Die haben dir einfach ihren Schlüssel gegeben?«

»Ja, falls mal was ist«, sagte Timo. »Die sagen, wir können ihnen unseren Schlüssel für Notfälle auch gern geben.«

Laura zog die Stirn kraus. »Dafür würde ich die gern erst mal näher kennenlernen.«

»Tun wir ja«, sagte Timo und schaute demonstrativ auf die Uhr. »In gut zwanzig Minuten.«

»Na super!« Laura streckte die Arme über den Kopf. »Schlüssel hin oder her, ich würde auch gern kurz die Füße hochlegen. Heute Morgen ging es früh los, und die Reiserei strengt an.«

»Du wolltest doch unbedingt dieses Projekt?«

»Wollte ich.«

»Das ist eben der Deal«, sagte er. »Und kein Grund, zu spät zu kommen. Das würdest du ja im Job auch nicht machen. Juliane wäre bestimmt pünktlich.«

»Job ist Job, und das hier ist Freizeit«, sagte Laura bissig. »Außerdem sind wir hier nicht im Bewerbungstraining beim Arbeitsamt, und meist bin ich diejenige, die pünktlicher ist.« *Was hat er mit dieser Juliane?* »Ich würde mich aber gern etwas frisch machen vorher. Bin gerade erst angekommen.«

»Bin gleich durch«, knurrte Timo. »Wenn die uns so nett einladen, sollten wir das honorieren.«

»Du tust so, als wäre Juliane eine Prinzessin. Ich darf dich daran erinnern, dass sie schon vergeben ist. Und du auch!«

»Was soll das Gemotze?«, fragte Timo und wischte sich den Schaum vom Gesicht. »Ich habe nie gesagt, dass sie eine oder meine Prinzessin ist. Kommt mir so vor, als ob du Streit suchst.«

Laura suchte keinen Streit. Aber sie ärgerte sich. Für sie rasierte Timo sich oft nicht, und er hatte sie auch schon mehr als einmal warten lassen.

Der Abend entwickelte sich interessanter, als Laura gedacht hatte. Das Haus war deutlich geschmackvoller eingerichtet als vorher bei Sandra und Ralf. Juliane trug eine blau-weiße Bluse und Jeans, Robert kam direkt von der Arbeit und hatte sein Sakko aufgehängt und sich über sein hellblaues Hemd einen Pullover gezogen.

Da es auf der Terrasse Heizstrahler gab, konnte man noch draußen sitzen. Es gab Steak, Western Fries, verschiedene Soßen und als Vorspeise sogar Langusten und Austern. Robert hatte dazu extra einen Holzblock, in den man die Auster einspannen konnte, und einen Kettenhandschuh, sodass man mit dem Messer abrutschen konnte, ohne sich zu verletzten. Timos Augen leuchteten sofort, und er wollte natürlich beides auch haben.

»Sich mit einem Austernmesser zu verletzen, ist nicht witzig«, sagte er. »Da kann sich die Wunde durch die Bakterien aus den Austern böse entzünden. Laura, das kommt auf die Liste.«

»Wusste gar nicht, dass du auf einmal Bakterienexperte bist«, sagte Laura.

Zum Essen gab es verschiedene Weine. Juliane erzählte von ihren Kunden, die alle riesige Objekte in Toplagen bei geringen Preisen erwarteten. Sie war gerade dabei, Objekte in Schönegarten zu verkaufen, Mitte Tiergarten.

Robert war in der Computerbranche und arbeitete bei einem Unternehmen, das nicht nur Firewalls herstellte, sondern eine Art intelligente Abwehr aufbaute.

»Eine Firewall ist eine Mauer«, erklärte er, »aber die Mauer ist nicht intelligent. Was wir machen, ist ein digitaler Wachschutz, der jedem nur die Befugnisse gibt, die er braucht beziehungsweise die er haben kann.«

»Also auch Concierge, und wenn es sein muss, auch Rausschmeißer?«

»Ganz genau!« Robert nickte erfreut. »Und das Ganze kann von überall aus aktiviert werden.«

Laura musste an die Geschichte von Linus denken. Mit den ferngesteuerten Robotern, die in den Produktionsstraßen von Fabriken gehackt wurden und dann Leute erschlagen hatten. Sie wollte dazu gerade etwas sagen, als ihr Handy klingelte.

Sie kannte die Nummer. Sophie.

Timo sah sie mit dem typischen Gesichtsausdruck an, der

sagen sollte *Jetzt ist Wochenende, das ist nicht wichtig.* Dazu passte aber nicht ganz, dass er aus diesem, wenn auch wirklich netten, Abendbesuch einen Staatsakt gemacht hatte.

Laura hätte wohl viele Anrufe tatsächlich weggedrückt. Aber Sophie kannte sie schon länger. Sie waren im gleichen Fitnessklub im Ullstein Center und hatten dort Yoga und Zumba-Fitness gemacht. Sophie hatte sich dort immer als Ärztin vorgestellt. Was Laura erst seit einiger Zeit wusste, war, dass Sophie Rechtsmedizinerin war. Sophie sagte, sie würde den meisten nicht erzählen, was sie beruflich machte, da sonst die eine Hälfte ein Interview und die andere Hälfte sich bei ihr bewerben wollte.

»Hi, Sophie«, sagte Laura, »ist es wichtig?«

»Ja, ist es. Dauert auch nicht lange. Kann dich jemand hören?«

Laura blickte sich auf ihrem Stuhl um. »Ähm, ja. Warte, ich gehe kurz raus.«

Sie nickte allen zu, drängelte sich etwas umständlich an den Stühlen vorbei und ging nach draußen.

Ihr Herz klopfte.

KAPITEL 11

BLANKENFELDE-MAHLOW, BEI BERLIN

Laura trat auf den Weg, wo sich die Eingänge zu den beiden Häusern befanden. Links das von Juliane und Robert, in dem Sandra gewohnt hatte. Rechts das von ihnen. Hier war sie erst vor wenigen Wochen laufen gegangen und war dann in die schwarze Limousine gezerrt worden.

»So, ich kann in Ruhe sprechen«, sagte sie. »Was gibt's?«

»Thomas Fischer ist tot.«

»Was? *Der* Thomas Fischer?«

»Ja, der von der Bank.«

»Ist der nicht noch in U-Haft?« Laura staunte über sich selbst, wie schnell sie von dieser Information zu den Fakten kam. Aber was sollte sie tun? Trauern über den Mann, der sie erst übers Ohr hauen, dann in den Knast bringen und schließlich hatte umbringen wollen? Ein Teil von ihr hatte allerdings das ungute Gefühl, dass jetzt wieder Dinge ins Rollen kamen, die sie eigentlich hinter sich lassen wollte.

»Ja. Alle Indizien deuten auf einen Suizid hin.«

»Hat er sich erhängt?« Laura kannte aus den Krimis die Geschichten von den Häftlingen, die sich mit Bettlaken an der Türklinke aufhängten oder sich mit aus den Fenstern gebrochenen Glasscheiben die Pulsadern durchschnitten.

»Er hat sich erschossen.«

»In seiner Zelle?«

»In einem kleinen Besucherraum.«

»Wo hat er im Gefängnis die Waffe her?«

»Laura«, sagte Sophie, »dir ist hoffentlich klar, dass ich

dich hier als Freundin anrufe und das Ganze streng vertraulich unter uns bleibt? Du bist wirklich allein?«

»Ja, bin ich. Und ich bin dir sehr dankbar für die Information.« Ob Laura wirklich dankbar war, wusste sie in dem Moment nicht, denn die ganze Sache wühlte sie doch mehr auf, als sie im ersten Moment dachte. War es wahrscheinlich, dass sich einer wie Fischer einfach erschoss? Denn das war die totale Niederlage, das absolute Eingeständnis, dass er auf ganzer Linie in seinem Leben gescheitert war und mit diesem Leben nichts mehr zu tun haben wollte. Dass er nur noch einem Menschen Gewalt antun konnte, und das war er selbst. Dass er nur eine Sache besiegen würde, und das wäre sein eigenes Leben. Würde einer wie Fischer sich das eingestehen?

»Ist das wirklich sicher«, fragte Laura, »dass er sich erschossen hat?«

»Das Ganze klingt wirklich erst mal ungewöhnlich. Deswegen ging die Gefängnisleitung auch zunächst von Mord aus, da wohl niemand eine Waffe in den Knast schmuggelt, mit der sich dann jemand anders erschießt. Allerdings ist es nicht das erste Mal, dass sich jemand in der U-Haft erschießt, obwohl da viel strengere Kontrollen herrschen als in der konventionellen Strafhaft.« Sophie machte eine kurze Pause. »Die Waffe hatte zudem einen Schalldämpfer.«

»Das heißt doch«, sagte Laura, »dass ihm jemand eine Waffe in den Knast bringt und ihm sagt: *Hier, erschieß dich damit.*«

»Genau das ist aber scheinbar geschehen.«

»Wirklich?« Laura stellte sich vor, wie jemand eine Waffe mit Schalldämpfer ins Gefängnis trug und sie dem Häftling überreichte. So wie andere Angehörige den Gefangenen Zigaretten, Bücher oder sonst was mitbrachten.

Sophie sprach weiter. »Die Sektion spricht eine klare Sprache und hat einen klaren Suizid festgestellt: Es gibt Schmauchspuren an der rechten Hand, die Waffe war aufgesetzt, und es fand sich an der Schläfe eine sogenannte Stanzmarke vom Lauf der Waffe. Rechte Schläfe. Mit der rechten Hand abgedrückt. Fischer war Rechtshänder. Außerdem waren seine Fingerabdrücke an der Waffe. Nahschuss. Laut unseren Gutachten eindeutig Suizid.«

»Hat er einen, äh, irgendeinen Abschiedsbrief geschrieben?« Vor Lauras innerem Auge tauchte Fischer auf, wie er ihr in dem Büro am Pariser Platz gegenübersaß.

»Er hatte sein Handy dabei. Aber natürlich ohne SIM-Card. Das hat er vor sich aufgestellt. Das Letzte, was er angeschaut hatte, waren Fotos seiner Familie.«

»Wer hat ihm überhaupt die Waffe gebracht?«

»Seht gute Frage. Das hat die Polizei auch gleich gefragt. Das steht derzeit noch nicht fest. Der Besucher wurde zwar gefilmt, und sein Ausweis wurde fotokopiert, aber der Ausweis hat sich als gefälscht herausgestellt, genau wie die Unterschrift auf den Besucherformularen.« Sophie atmete ein. »Eine erste Abfrage hat wohl keine Treffer in den Fotodatenbanken gefunden, aber das verwundert niemanden – der deutsche Datenschutz hat die Hürde für die Aufnahme in die Fotodatenbank so hoch gehängt, dass die wenigsten Menschen dort enthalten sind.«

»Der Datenschutz ...«, sagte Laura. »Der wird dieses Land noch vernichten.«

»Er ist schon dabei.«

Laura musste sofort an den großen, unheimlichen Mann denken, der ihren alten Chef Althaus ins Adlon gelockt und ihm dort einen Mord an einer Prostituierten in die Schuhe geschoben hatte.

»Und war nichts auf dem Handy?«, fragte Laura. »Irgendwas, was irgendwelche Spuren hinterlassen oder Hinweise geben könnte?«

»Die Kriminaltechnik hat alles durchforstet. Das Handy war so gut wie leer.« Sophie schwieg ein paar Sekunden. »Wir hatten auch gehofft, dass es da noch mehr gibt. Aber Fehlanzeige.«

»Er hat sein Handy wohl absichtlich gelöscht«, sagte Laura. *Vielleicht hat er woanders etwas hinterlassen,* dachte sie. »Wie geht es denn jetzt weiter?«

»Die Ermittlungen laufen«, sagte Sophie, »darum braucht die Polizei deine Aussage. Frank, also Hauptkommissar Deckhard fragt, ob du in Berlin bist und morgen in den Abschnitt Keithstraße kommen kannst, um auszusagen. Er hat Samstag Dienst.«

Frank Deckhard war Sophies Freund und Hauptkommissar am Landeskriminalamt, dem LKA, in der Keithstraße.

»Ja, bin in Berlin. Mein Frankfurter Projekt läuft schon, aber an den Wochenenden bin ich hier. Bist du morgen auch vor Ort?«

»Eventuell ja. Wann passt es? Frank, also Deckhard, ist bis 15 Uhr dort.«

»Dann komme ich so gegen 14 Uhr.« Laura wollte nicht allzu früh aufstehen und noch etwas vom Vormittag haben, nachdem Timo ihr schon den Freitagabend so zugekleistert hatte, selbst wenn es doch ganz nett war. Wie gerufen sah sie Timo, der seinen Kopf über die Hecke streckte und nach Laura Ausschau hielt. Er machte eine Geste mit der Hand, Laura machte auch eine, die man mit viel Fantasie als *ich bin gleich wieder da* deuten konnte.

»Das passt«, sagte Laura. »Sagst du ihm Bescheid wegen der Aussage?«

»Mache ich«, sagte Sophie. »Dann sehen wir uns morgen. Trotzdem schönen Abend noch.«

Laura ließ das Handy sinken.

Fischer war tot. Selbst erschossen durch eine Waffe, die ihm jemand mithilfe eines gefälschten Ausweises in Gefängnis gebracht hatte. Jemand, dem es egal war, ob er dabei gefilmt wurde oder nicht. Weil die Person danach wahrscheinlich sofort das Land verlassen hatte. Und falls Fischer sich gar nicht umbringen wollte, war dieser irgendjemand stark genug, Fischer dazu zu bringen, sich mit genau der Waffe zu erschießen.

Die Sache war noch nicht vorbei.

Und Laura spürte ein Gefühl, das sie seit einiger Zeit nicht mehr gespürt hatte.

Angst.

SAMSTAG

KAPITEL 12

LKA, KEITHSTRASSE, BERLIN

Laura hatte ihren Wagen nahe einem Hotel geparkt. Timo und Laura hatten sich am gestrigen Abend noch gestritten. Laura hatte ihm noch mal vorgeworfen, dass er Juliane wie eine Prinzessin behandelte, Timo hatte ihr vorgeworfen, dass ihr ihr Job wichtiger sei als er. Es hatten wohl beide irgendwie recht und auch unrecht.

Das LKA in der Keithstraße befand sich in etwa zwischen KaDeWe und Potsdamer Platz und war ziemlich nahe an dem berüchtigten Straßenstrich in der Kurfürstenstraße, bei dem sich die Berliner Politik, wie bei allen anderen Fällen, als unfähig erwies, den grausamen Menschenhandel zu unterbinden; und auch sonst irgendein Problem zu lösen. Wer die Szene genau beobachtete, sah häufiger junge Mädchen, die bei Männern ins Auto stiegen und zu irgendeiner Ecke fuhren. Parkplätze von Supermärkten, auf denen der kurze Akt zwischen zwei Autos stattfand, waren oft übersät mit Kondomen. Der Senat sagte, das sei Sache der Bezirke, die wiederum sagten, es sei Sache der Länder, die Länder verwiesen an den Bund und der Bund an die EU. So war in jedem Fall sichergestellt, dass niemand zuständig war. Ich bin nicht zuständig, dachte Laura, war daher auch eine reflexhafte Antwort, die ein Berliner Beamter sofort von sich gab, sobald man sich ihm näherte. Was allerdings die Prostitution tatsächlich wirksamer unterband als jede politische Absichtserklärung, war das allgegenwärtige Phänomen der Gentrifizierung. Teure Wohnprojekte wurden entlang der Kurfürstenstraße mit einer Geschwindigkeit in die Höhe gezogen, die man sonst nur aus Dubai oder Peking kannte, aber sicher nicht aus dem trägen Berlin oder Deutschland. Das Einzige, was mit dieser Geschwindigkeit Schritt hielt, war der Anstieg der Immobilienpreise. Hatte nicht Juliane erzählt, dass sie hier auch gerade Objekte verkaufte?

Im Revier kamen Laura die beiden Polizisten Stapel und Freydank entgegen. Sie kannte die beiden von dem Banküberfall vor einigen Wochen und nickte ihnen zu. Bei ihnen … Laura zuckte zusammen. Sie kannte das bleiche Gesicht, die Augenringe, die Unterarme, die voller Einstiche waren. »Spritzenstraßen«, wie man sie im Drogendezernat nannte. Der Mann blickte sie kurz an, Laura war nicht sicher, ob er sie erkannt hatte, bevor er von den Polizisten Richtung Ausgang geschoben wurde. Der Mann hatte sie vielleicht nicht erkannt, aber sie ihn. Ulf, oder wie hieß er? Er war bei dem Banküberfall beteiligt gewesen, bei dem Laura ein Blutbad verhindert hatte. Er war einer von drei Junkies, die die BWG-Filiale in der Koppenstraße überfallen und Sandra niedergeschlagen hatten. Wahrscheinlich war es sogar der, der auch bei ihr in das Haus gekommen war und Sandras Katze getötet hatte. Einer der drei war später erschossen worden. Was mit den anderen beiden passiert war, wusste Laura nicht.

Hauptkommissar Frank Deckhard kam ihr entgegen. Er bewegte sich wie ein Boxer oder Kampfsportler und hatte dabei das schlecht gelaunte Gesicht von einem, der gerade Prügel eingesteckt hatte. Sein Lieblingsspruch war, wie Laura wusste, auch der von Mike Tyson: *Jeder hat eine Strategie. Bis er eins in die Fresse bekommt.*

»Laura«, sagte er, »schön, dass es so schnell geklappt hat. Wir legen gleich los. Ich muss nicht sagen, dass das alles hochvertraulich ist? Für die Regenbogenpresse wäre das ein gefundenes Fressen.«

Laura blickte sich um. Sie sah die Silhouetten von Stapel und Freydank, die Ulf durch die Außentür in der Halle zerrten.

»Versteht sich«, sagte sie. »Was macht das Karate?«

»Geht so. Komme ich viel zu wenig zu«, knurrte Deckhard, »bin ja ständig hier.«

Laura senkte die Stimme und machte eine Kopfbewegung Richtung Ausgang. »Das war doch einer von den Junkies, die die Bank überfallen haben?«

»Ja, genau, das war einer von den Drecklappen.«

»Geht es noch mal um den Fall?«

Deckhard führte sie in ein Büro, setzte sich und schob einen Stapel Papiere beiseite. Die papierlose Behörde war in Deutschland genauso unwahrscheinlich wie die papierlose Toilette. Er wies Laura einen Platz gegenüber zu.

Er schnaubte, ehe er ihre Frage beantwortete: »Der Fall ist noch offen. Die hat damals ein ziemlich raffinierter Anwalt rausgehauen, war aber nicht Freispruch-Frehse. Jetzt war es wieder das Übliche: Beschaffungskriminalität. Hat einem Mann den Rucksack weggerissen. Ist nur an den Falschen geraten. Ein Engländer. Früherer Weltmeister im Thaiboxen. Der hatte seinen Rucksack schnell wieder und Ulf eine kostenlose Gesichtsmassage. Sieht man heute noch.«

»Ist mir nicht aufgefallen«, sagte Laura, »aber vielleicht war es zu dunkel.«

»Kann sein«, sagte Deckhard. »Bei der Hackfresse fallen

Verletzungen auch nur auf, wenn man ihm gleich den Kopf abschlägt.« Er drehte sich auf seinem Drehstuhl herum Richtung Computer, einem etwas älteren Modell mit grau-braungrünlicher Tastatur und monströsem Monitor. »Wir sollten mit der Aussage in zehn Minuten durch sein. Der Einfachheit halber per Sie, da das so auch in den Berichten steht. Also, erste Frage: In welcher Beziehung standen Sie zu Thomas Fischer?«

Als sie mit der Aussage durch waren, war Sophie dazugekommen. Sie hatte Deckhard einige Anweisungen gegeben, was er auf dem Heimweg noch mitbringen sollte, woraufhin Deckhard die Augen rollte. Laura gegenüber hatte er einmal zugegeben, dass er, wenn die Zeit knapp war, das meiste bei Lieferdiensten wie Flink bestellte und es dann in einer anderen Tasche stolz nach Hause brachte.

Nun standen beide vor dem Eingang an der Keithstraße und tranken einen Kaffee aus dem Automaten, bei dem man froh sein musste, wenn Kaffee und Becher in der richtigen Reihenfolge herauskamen.

»Ich habe eine Sache bei Fischer vergessen, die ich dir noch sagen wollte«, sagte Sophie. Sie trank einen Schluck. »Er hat sich etwas in den Arm geritzt.«

»Mit einem Messer?«

»So ähnlich. Es war das Wort *Schuld!*.«

»Schuld?«

»Ja, mit Ausrufezeichen.«

»Das war er selbst? Komisch, oder?«

»Nicht unbedingt. So etwas sehen wir gar nicht selten. In der Rechtsmedizin haben wir es oft mit Leuten zu tun, die Straftaten vortäuschen, obwohl sie sich selbst geritzt haben. Meist machen sie das, um Aufmerksamkeit zu erlangen.«

»Oder um eine andere Person zu beschuldigen?«

»Das auch«, sagte Sophie. »Oder Borderliner machen so was. Die Indikatoren sprechen für eine selbst beigebrachte Verletzung.«

»Schuld …« Laura wiederholte das Wort. »Hast du davon ein …«

»Ein Foto?« Sophie kniff die Lippen zusammen, als würde sie sich ärgern. »Nein, die Fotos von der Sektion habe ich noch nicht, die bekomme ich erst nächste Woche. Die Fotos wurden ja von einem Polizeifotografen gemacht.«

»Und schnell per Smartphone?«

Sophie schüttelte den Kopf. »Habe ich leider nicht dran gedacht.«

Laura hatte plötzlich eine Idee. »Ist er noch in der Rechtsmedizin?«

»Ja, der Bestatter kommt Anfang der Woche. Sektion ist durch. Todesursache Suizid durch Erschießen.«

»Kann …« Laura zögerte. Es war ähnlich wie bei den Verkaufsanrufen, die man bei Kunden tätigen sollte. Man ging auf Leute zu und sollte ihnen etwas verkaufen und musste sich erst mal überwinden. Wenn man eine hübsche Frau oder einen attraktiven Mann ansprechen wollte, war das genauso. Es setzte dann oft das ein, was man als *analytische Lähmung* bezeichnete. Das Gehirn erfand tausend Gründe, warum das gerade nicht ginge: Den erreiche ich sowieso nicht, der hat kein Interesse, den haben wir doch vor drei Wochen schon angerufen, jetzt ist es zu früh am Tag, jetzt hat er Mittagspause, jetzt ist es zu spät, jetzt ist er eh nicht da. Laura hatte gelernt, dieses Gefühl zu überwinden. Den Kopf und das Ego auszuschalten. Und einfach anzurufen. Oder, wie jetzt, zu fragen.

»Kann ich mir die Leiche einmal anschauen?«, fragte sie. Jetzt war es raus.

Sophie stockte einen Moment. »Das … das geht nicht.«

»Ist da jetzt jemand?«

»Samstag?« Sophie schüttelte den Kopf. »Wenn nichts im Dienst reingekommen ist, dann nicht. Aber du kannst nicht einfach so eine Leiche besichtigen. Das könnte mich meinen Job kosten.«

»Das verstehe ich. Aber Thomas Fischer wollte mich umbringen. Wäre Timo nicht gewesen, würde ich jetzt wahrscheinlich tot auf irgendeinem Alpengletscher liegen.«

Fischer wollte sie damals in einen Privatjet stopfen und während des Fluges abwerfen. Ohne Fallschirm versteht sich. »Was ich sagen will: Ich habe vielleicht in der Rechtsmedizin nichts zu suchen. Aber die Sache Fischer betrifft mich. Vor allem, wenn er eine derartige Nachricht hinterlassen hat.«

Sophie zögerte.

»Passt auf, wenn wir nichts finden, finden wir nichts. Aber wir sollten es versuchen, noch etwas herauszufinden.«

»Das ist nur das Wort Schuld«, sagte Sophie. »Das ist bei Suiziden nichts Besonderes.«

»Trotzdem«, sagte Laura. »Du weißt, ich kann Muster erkennen. Und die Sache ist ja längst nicht zu Ende ermittelt. Der unheimliche Typ, der Althaus ins Adlon verschleppt hat, läuft immer noch frei rum. Vielleicht hat Fischer eine Spur gelegt für den Fall, dass ihn seine früheren Kooperationspartner abservieren.«

»Auf dem Handy waren sonst keine Spuren«, sagte Sophie.

»Eben. Auf seinem Handy war nichts. Alle sind enttäuscht, dass er alles gelöscht hat. Und jetzt diese Nachricht«, sagte Laura. »Ich kenne ihn besser als die anderen. Vielleicht führt uns das zu etwas hin, was Fischer selbst vor seinen früheren Kooperationspartnern geheim halten wollte.«

Sophie blies die Backen auf und pustete Luft nach draußen. »Ich weiß nicht, wie oft ich noch sagen muss: Das darfst du auf keinen Fall irgendjemandem erzählen. Aber ich sage es noch mal.« Dann lächelte sie. »Zudem habe ich ja gesehen, dass in dir eine kleine Kriminalkommissarin steckt.« Sie nickte zur Bestätigung. »Also gut. Fahren wir!«

KAPITEL 13

RECHTSMEDIZIN MOABIT, BERLIN

Thomas Fischer hatte die Augen geschlossen.

In dem Moment fiel Laura auf, dass sie erst ein einziges Mal eine Leiche gesehen hatte. Das war ihr Großvater gewesen, der in seinem Lieblingssessel nachts eingeschlafen und nie mehr aufgewacht war. Der Arzt hatte ihm damals den Kiefer nach oben gebunden, damit der Tote nicht die ganze Zeit mit offenem Mund auf dem Sessel saß. Vielleicht, dachte Laura, waren die meisten heutzutage so fasziniert vom Tod, da es ihn in der Lifestyle-Gesellschaft eigentlich nicht mehr gab. Früher wurden Leichen aufgebahrt, noch früher sah man Tote auf den Schlachtfeldern. Und der Rückgang der Religion sorgte dafür, dass auch das Thema Existenz nach dem Tod kaum mehr eine Rolle spielte. Der Tod wurde des Hauses verwiesen. Und kam dann doch als faszinierendes Tabu durch die Hintertür immer wieder herein.

Thomas Fischers Mund war ebenfalls geschlossen. Er lag auf dem Rücken und sah irgendwie friedlich aus, falls »friedlich« überhaupt ein Attribut war, das zu Thomas Fischer passte. Die Toten, dachte Laura, sahen vor allem immer müde und irgendwie schutzbedürftig aus, wenn sie so still dalagen. Auch wenn ein Toter gar keinen Schutz mehr brauchte, da er ja alles hinter sich hatte.

Ganz kurz fragte Laura sich, ob sie Hortinger davon erzählen sollte. Vom Suizid vielleicht schon, davon, dass sie hier im Vorraum des Sektionssaals war, wo sie überhaupt nichts zu suchen hatte, sicher nicht. Sie sah Hortinger vor sich sitzen wie am Dienstag beim Mittagessen, vor ihm das Steak, in der Hand der Rotwein. Dann war das Bild wieder weg.

»Der is von drüben«, hatten die Mitarbeiter der BWG auf dem Flur getuschelt, als bekannt wurde, dass Fischer neuer Regionalvorstand der Region Ost werden würde. Damit meinte man, dass er aus dem Westen kam. Auch sonst war Fischer für viele in der Region Ost die typische Personifizierung des angelsächsischen Raubtierkapitalismus gewesen. MBA, Ex-Investmentbanker mit Berufserfahrung in London und den USA. Dreißig Jahre nach dem Mauerfall waren noch alte Mauern vorhanden. Und Fischer, dachte Laura, der war jetzt wirklich *drüben*. Auf der anderen Seite.

»Macht Ihnen die Arbeit Spaß?«, hatte er Laura gefragt.

Laura hatte bejaht, und sie hatte es ernst gemeint. »Mehr als die ganzen Dokumentationspflichten«, hatte sie gesagt, und Fischer hatte ihr zugestimmt. Er war ihr damals nicht unsympathisch. Weniger sympathisch war, dass er Laura töten wollte, als sie dachte, dass sie aus allem raus war. Warum hatte er Laura überhaupt gefördert? Wollte er sie gefügig machen für den großen Plan, den die Bank mit Xenotech hatte? Oder besser, Xenotech mit der Bank? Laura wusste immer noch nicht, was genau ihre Rolle in diesem ganzen Spiel gewesen sein sollte. Oder weiterhin war. Sie wollte es aber unbedingt herausfinden. Es gab vielleicht einige wenige, die da durchblickten – einer von ihnen lag hier vor ihr tot auf dem Stahltisch.

»Todeszeitpunkt gestern Abend, gegen 19 Uhr«, sagte Sophie.

»Und die eingeritzten Worte?«, fragte Laura.

Sophie drehte mit ihren blauen Handschuhen Fischers linken Arm nach außen. Dort stand das blutige Wort: *SCHULD!*

»Und wann war das?«

Sophie zuckte die Schultern. »Gemäß den Wundrändern vielleicht zwei Stunden vor seinem Suizid. Wir haben zudem Blutreste an der Kleidung. Er hat die Wunde nicht verbunden und auch dem Arzt nichts gesagt.«

»Das hat er mit Sicherheit selbst gemacht?«, fragte Laura.

»Ja, hat er«, sagte Sophie. »Schau mal auf die oberflächlichen Schnitte daneben, das sind sogenannte Probierschnitte oder Zauderschnitte.«

»Weil man da noch zaudert?«

»Ganz genau. Die sind ganz typisch für selbst beigebrachte Schnittverletzungen. Außerdem ist es der linke Arm. Hervorragend für einen Rechtshänder zu erreichen.«

Laura schüttelte unmerklich den Kopf. Fischer, die Dominanz in Person, verletzt sich selbst, dachte sie.

Bevor du mit den richtigen Leuten Geld machen kannst, hatte Fischer zu Laura damals gesagt, *das gilt für Kunden und Mitarbeiter, musst du erst einmal den ganzen Dreck loswerden, das gilt auch für Kunden und Mitarbeiter.*

Jetzt war er selbst weg.

Lauras Blick schweifte von Fischer zu Sophie.

»Aber warum?«

»Wahrscheinlich ist ihm die ganze U-Haft nicht bekommen«, antwortete Sophie. »Wir dürfen nicht vergessen, von welch hohem Ross er gefallen ist. Dr. Friedrich von der forensischen Psychiatrie beim LKA 113 ist der Ansicht, dass Fischer kurz vor seinem Suizid eine akute Psychose entwickelte und sich daher selbst verletzt hat. Er hat uns dazu sogar ein akademisches Paper geschickt.«

»Dass er es selbst getan hat, ist ja möglich«, sagte Laura. »Aber Fischer psychotisch? Und deswegen ritzt er sich?«

»Es könnte sein, dass er sich schuldig fühlte und seine Schuld sichtbar machen wollte. Und sich auch mit dem Ritzen bestrafen wollte«, sagte Sophie. »Wobei ich dir recht gebe: Das Phänomen des Ritzens passt eigentlich nicht zu einem eher dominanten Typus wie Fischer.«

»Warum hat er es dann getan?«, fragte Laura. »Will er etwas mitteilen?«

»Vielleicht, dass er Schuld auf sich geladen hat?« Sophie zuckte die Schultern. »Die Psychiatrie ist halt der Meinung, dass das eine psychotische Reaktion war, die nichts weiter zu bedeuten hat. Und du wirst es nicht glauben, es ist bei Psychotikern nicht unüblich, dass sie irgendwo *Schuld* hinschreiben oder sich das Wort einritzen. Sie fühlen sich schuldig, dass sie in diese Situation geraten sind, und schuldig, dass sie die anderen einfach so zurücklassen. Fischer hatte ja ebenfalls Familie. Auch wenn er geschieden war.«

Fischer, dachte Laura, *der macht doch nichts ohne Grund. Und von irgendeiner Familie habe ich noch nie gehört. Er hatte nie den Eindruck gemacht, dass er seine Familie irgendwie vermisste. Geschieden sein gehört bei Leuten wie ihm dazu.*

Dass er Schuld hat, wissen alle. Da muss noch etwas sein.

KAPITEL 14

BLANKENFELDE-MAHLOW, BEI BERLIN

Laura betrat mit schnellen Schritten das Haus.

»Timo«, rief sie. Keine Antwort. Der würde doch nicht schon wieder bei dieser Juliane sein? Laura ging ins Wohnzimmer und umschiffte geschickt einen leeren Karton, der mitten im Weg stand. Offenbar hatte Timo sie deutlich später erwartet.

Sie blickte aus der Terrassentür in den Garten. Timo stand neben dem Grab von Morpheus und schraubte an einer der Kameras herum.

»Hast du mich nicht gehört?«, fragte sie.

Timo blickte sich um. »Jetzt schon.«

Laura war überzeugt, dass Timo, wie so viele Männer, auf Befehl schlecht hören konnten. Er sagte dann immer, Laura spreche nicht deutlich genug und spreche vor allem immer dann mit ihm, wenn sie im Haus beschäftigt war. »Du sprichst immer in irgendwelche Schränke«, sagte er. »Ich dachte, man bringt euch Bankern bei, dass man Leute anschaut, wenn man mit ihnen spricht.« Laura konnte nicht von der Hand weisen, dass Timo damit nicht komplett falschlag. Sie hatte dennoch vermutet, dass Timo bereits einen Gehörschaden hatte, weil er ständig über Kopfhörer Heavy Metal hörte, und ihn deswegen zu einem Hörtest geschickt. Doch laut HNO-Arzt war Timo keineswegs schwerhörig, brauchte kein Hörgerät und hörte laut Gutachten sogar besser als beim letzten Test im Jahr 2015 – was Laura überhaupt nicht glauben konnte. Aber Timo hatte ihr das Testergebnis triumphierend lächelnd schwarz auf weiß vorgezeigt. Laura musste sich geschlagen geben. Immerhin war das besser als das Vorgehen von Jörg, dem Freund von Heike, der Buchhändlerin. Der war zum Ohrenarzt gegangen und hatte gesagt: *Meine Frau sagt, dass ich schlecht höre.*

Das sagt meine Frau auch, hatte der Ohrenarzt erwidert.

Also alles in Ordnung?, hatte Jörg gefragt.

Ja, war die Antwort gewesen.

»Hast du dich wieder beruhigt?«, fragte Timo.

»Hatte ich gestern schon.«

»Das erschien mir aber nicht so.«

»Mein Gott, du bist ein erwachsener Mann, und ich gehe davon aus, dass du in meiner Abwesenheit keinen Mist machst.«

»Warum sollte ich?«

»Na ja, was war mit den dreißigtausend?«

»Okay.« Timo steckte den Schraubenzieher in die Tasche. »Du bist aber nicht gekommen, um mir das noch mal unter die Nase zu reiben?«

»Nein, es ist etwas wirklich Ernstes.« Laura blickte sich um und senkte die Stimme. »Komm am besten rein, muss nicht jeder hören.« Am liebsten hätte sie *vor allem nicht Juliane* hinzugefügt, die, wie es sich anhörte, hinter der Hecke im Nachbargarten irgendetwas machte, doch diesen Zusatz verkniff sie sich.

Timo trottete ihr hinterher.

Nachdem Laura die Terrassentür geschlossen hatte und Timo mehrfach aufgefordert hatte, das Ganze unbedingt für sich zu behalten, erzählte sie ihm die Geschichte von Fischer.

»War das die Sache, wegen der Sophie gestern Abend angerufen hat?«

»Genau. Und deswegen musste ich heute aufs Revier.«

»Hm …«, machte Timo, was Laura als Reaktion auf das, was sie gerade erzählt hatte, nicht zufriedenstellend fand.

»Was heißt *hm?*«

»Das hat er sich aber im Gefängnis reingeritzt?«, fragte Timo.

Laura zog die Brauen zusammen. »Ja, wo denn sonst?«

»Kann doch sein, dass er das vorher schon gemacht hat.«

»Warum sollte er?« Laura fragte sich, ob Timo etwas sah, was sie nicht sah. Oder ob sie seine Frage einfach nur doof fand.

»Na«, sagte Timo und zog sein Handy. »Es gab mal von Slayer ein Album, wie hieß das noch, *Divine Intervention,* da …«

»Jetzt hör doch auf mit deinen Slayer! Haben die sich nicht aufgelöst?«

»Ja, leider. Aber warte mal …« Timo wischte und tippte vornübergebeugt mit angespanntem Gesicht auf seinem Handy herum. »Hier!«

Er zeigte Laura stolz das Foto auf dem Handy. »Das war das ursprüngliche Cover des *Divine Intervention*-Albums. Wurde dann aber verboten.«

»Was für ein Verrückter.« Laura verzog das Gesicht. Auf dem Foto waren zwei nackte Arme zu sehen. In einen Arm war ebenfalls ein Wort geritzt, und Blut lief an den Innenseiten herunter. Nur hier war das Wort nicht »Schuld«, sondern »Slayer«.

»Ist das echt?«, fragte Laura.

»Klar!« Timo nickte. »Das war ein Die-Hard-Slayer-Fan! Das hat er selbst gemacht. Und das haben die dann natürlich sofort als Cover genommen!«

Laura stemmte die Hände in die Hüften. »Fischer hat das auch selbst gemacht. Aber warum?«

»Vielleicht wollte er ›Slayer‹ schreiben und hat sich verschrieben? Fängt ja beides mit ›S‹ an?«

»Das ist mir zu blöd«, sagte Laura. »Und du bist doof! Ich geh laufen. Vielleicht fällt mir dann was ein!«

KAPITEL 15

BLANKENFELDE-MAHLOW, BEI BERLIN

Laura hatte die Kopfhörer im Ohr, ihre Smartwatch am Handgelenk und verließ den Wald. Die *Focus Music* genannten Klänge entspannten sie zwar, brachten sie aber nicht dazu, eine Antwort auf ihre drängende Frage zu finden. *Warum zum Teufel hat er sich das Wort »Schuld« eingeritzt?*

Warum wohl?, sagte sie zu sich selbst. *Weil er Schuld trug an allem. Und weil er klar zeigen will, dass er sich tatsächlich selbst umgebracht hat.*

Okay, aber vielleicht spricht genau das dafür, dass er sich eben doch nicht umgebracht hat? Dass er die Schuld nur scheinbar auf sich nimmt, obwohl eigentlich andere die Schuld haben?

Na ja, unschuldig ist er nun wirklich nicht. Und die Rechtsmedizin und einer der forensischen Psychologen sagten auch, dass so eine selbst beigebrachte Verletzung häufig bei Menschen auftritt, die aus einer starken Position mit viel Autorität auf einmal im Gefängnis landen und dadurch psychotisch werden. Und dass er sich umgebracht und vorher selbst verletzt hatte.

Vielleicht war es eine Art Versicherung für ihn? Oder irgendein Code, den man entschlüsseln muss? Und warum Schuld? Gerade bei Fischer mit seinem Mega-Ego ist ein Schuldeingeständnis etwas sehr Ungewöhnliches.

Mein Gott, weil das ja wohl ein Wort ist, das naheliegend ist. Was soll er sich denn sonst einritzen? Frohe Weihnachten?

Der Kiosk am Berliner Damm war eine wahre Allzweckwaffe. Laura ging dort oft am Freitag oder Samstag hin, um das *Handelsblatt* oder die *FAZ* zu kaufen. Bei beiden kam es ihr immer so vor, als wäre sie die einzige Interessentin weit und breit. Seit Neuestem gab es die Sonntagszeitungen auch schon Samstag, und sie beschloss, sich eine Zeitung zu kaufen und damit nachher in den Garten zu setzen. Vielleicht fiel ihr ja dann ein, warum Fischer sich nun gerade »Schuld« eingeritzt hatte. Und ob er es wirklich selbst gewesen war.

Kiosk und Bistro stand auf dem Schild an der Straße. Im Inneren gab es alles, was det Herz bejehrt, wie Inhaber Winfried immer sagte. Kaffee, Cola, Bier und auch Schnaps. Ebenso belegte Brötchen, Salate, Würstchen, Kartoffelsalat, Bouletten, sogar Kuchen und alle möglichen Zigaretten. Die Selektion an Gästen war immer genauso vielfältig wie die Anzahl der Waren. Bundeswehrleute aus irgendeiner Kaserne saßen draußen beim Kaffee, ebenso einige Geschäftsleute aus den langsam entstehenden Geschäftsvierteln nahe dem Flughafen, die einen Vorgeschmack lieferten, was passieren würde, wenn Xenotech hier seine Server bauen würde. Handwerker genossen hier ihre Mittagspause, aber auch Menschen aus der Halbwelt und Trinker, die schon morgens ihr erstes Bier tranken, saßen auf den Tischen vor dem Bistro.

Laura nahm eine *Welt am Sonntag* und eine *Frankfurter Allgemeine Sonntagszeitung* aus dem Zeitungsständer vor dem Kiosk und betrat das Lokal. Die typische Mischung aus dem Fauchen der Kaffeemaschine und dünner, nerviger Radiomusik empfing sie. Sie reichte Winfried die zwei Zeitungen über den Tresen. Zum Glück hatte sie Bargeld mitgenommen, denn mit EC-Karte konnte man hier nicht zahlen und mit Apple Pay auf der Smartwatch erst recht nicht.

Winfried hatte graue struppige Haare, ein fleckiges grünes

T-Shirt und eine Brille, die in doppelter Weise nicht passte. Nicht nur saß sie schief auf seiner Nase, er musste sich immer sehr nah über die Zeitungen beugen, um den Preis zu entziffern, besonders bei den Zeitungen, die von der Klientel des Kiosks so gut wie nie gekauft wurden, wozu definitiv Lauras Auswahl gehörte. Auch diesmal beugte er sich angestrengt über die Zeitungen, wie ein Vogel, der im Dunkeln in einem Futtertrog nach Körnern pickt.

»Neun Euro fuffzig«, sagte er. Und dann: »Werden echt immer teurer.« Winfried war einer der wenigen, der sich als Verkäufer über hohe Preise bei seinen Kunden beschwerte.

»Zehn«, sagte Laura, »passt so.«

»Na, dann danke ich schön!«

Laura verließ den Kiosk und überflog die erste Seite der *FAS*, wo wie immer eine aktuelle Meldung aus der Politik stand. »Schuldenbremse in Gefahr?«, stand dort, »Nachtragshaushalt gefährdet solide Staatsfinanzen.«

Laura ging weiter. *Solide Staatsfinanzen*, dachte sie, *die haben wir sowieso nicht mehr. Oder glaubt irgendjemand, dass die ganzen Schulden jemals zurückgezahlt werden?*

Sie schaute auf das Wort.

Schulden.

Dann blitzte das andere Wort vor ihren Augen auf.

Die Rechtsmedizin.

Die Leiche von Fischer.

Der Arm.

Das eingeritzte Wort.

Schuld.

Verdammt, dachte sie und blieb stehen. *Das ist es!*

»Schulden« und »Schuld« hatten den gleichen Ursprung! Es war etwas, was man zurückzahlen musste. Seine Schuld wiedergutmachen, seine Schulden zurückzahlen.

Vielleicht, dachte sie, meinte Fischer gar nicht »Schuld«, sondern »Schulden«?

Sie scrollte durch einige Wikipedia-Einträge. In der deutschen Sprache entstammten *Schuld* und *Schulden* dem gleichen Wortstamm. Schulden aufzunehmen war in Deutschland verpönt, auch wenn jeder irgendwie Schulden hatte. Die Reichen oft noch mehr als die Armen, da sie billig Geld aufnahmen und dieses Geld dann renditestärker anlegten. Laura las weiter. Doch auch im Lateinischen sprach man von *debitores,* woraus zum Beispiel *Debitorenbuchhaltung* sowie das englische Wort für Schulden, *debt,* wurde.

Und was waren Schulden bei einer Bank?

Kredite!

Wer glaubwürdig war, der hatte Kredit. Darum hieß *ich glaube* auf lateinisch *credo.* Auch *credit* leitete sich davon ab, das wusste sie, obwohl die Schulzeit mit Lateinunterricht bei Laura schon lange her war.

Vielleicht, dachte sie, hatte Fischer irgendwelche Informationen in irgendwelchen Kreditunterlagen versteckt?

KAPITEL 16

BWG HAUPTQUARTIER, PARISER PLATZ, BERLIN

Schon wieder da?«, fragte Timo, als Laura mit den Zeitungen ins Haus kam.

»Ja, und gleich wieder weg.« Sie ging sofort ins Schlafzimmer und zog eine Jeans und einen Pullover an. Heute war nicht die Zeit für Businesskostüme.

»Kann ich dir irgendwie helfen?«, fragte Timo. Das fragte er immer, wenn Laura ein Problem hatte, das er nicht verstand. Meistens sagte Laura dann »Nein«, was Timo auch in den meisten Fällen ganz recht war. Heute kam es anders.

»Ja, kannst du tatsächlich. Du kannst mich zum Pariser Platz fahren.«

Timo machte ein erstauntes Gesicht. »Und dann?«

»Das war's. Ich muss mir dort etwas anschauen.«

»In der Bank?«

»Du merkst auch alles.«

Timo war so weit wie möglich an den Pariser Platz herangefahren. »Setz dich doch irgendwo ins Café«, sagte Laura, »ich brauch sicher eine Stunde.«

Timo war beleidigt weitergefahren.

Laura spurtete die Treppen zum Haupteingang hinauf. Am Brandenburger Tor die üblichen Touristen mit Selfiesticks, irgendwelche Leute in Anzügen stiegen am Adlon aus Taxis, und Gäste genossen die letzten Sonnenstrahlen im Starbucks neben der französischen Botschaft, wo Laura damals mit Schubert gesessen hatte.

Sie ging am Pförtner vorbei und aktivierte mit ihrer Schlüsselkarte den Aufzug. Dritter Stock.

Oben angekommen, lief sie die Räume ab.

Der von Fischer war verschlossen. Sein Namensschild stand noch an der Tür.

Thomas Fischer, Regionalvorstand, Region Ost.

Ein gutes Zeichen, dachte Laura, dann hat noch niemand in seinem Büro herumgeräumt.

Sie legte ihre Karte an das Schloss.

Nichts.

Noch einmal.

Die Tür blieb zu.

Sie dachte kurz daran, ob sie wieder Jörg vom Schlüsseldienst rufen sollte, verwarf den Gedanken aber sofort wieder. Wofür gab es unten den Pförtner?

Der Pförtner, laut seinem Namensschild hieß er Gerd Wilkens, las die *BZ* und blickte kurz auf.

»Junge Frau, wat jibt's?«, berlinerte er.

»Ich muss ins Büro von Thomas Fischer.«

»Der arbeitet hier nicht mehr.«

»Das weiß ich selbst. Ich arbeite an einem wichtigen Projekt in der Filiale in Frankfurt«, sie zeigte ihre Bankkarte, »und muss dringend ein paar Unterlagen herausholen.«

»Dit kann ja jeder sajen.«

»Es ist aber so.«

»Kommen Se nicht rein?«

»Sonst würde ich nicht hier stehen.«

»Denn müssen Se bis Montag warten, bis zum Beispiel Herr Kienzle wieder hier ist. Aber ick kann Se nich einfach da rinlassen.«

»Und nun?«

»Warten Se bis Montag. Ick mach hier nur men Job.«

Laura musste zugeben, dass er recht hatte. Ein Pförtner war nun einmal dafür da, nicht jeden hereinzulassen.

»Okay, danke.«

Sie ging den Korridor hinunter Richtung Forum, wo oft größere Bankenveranstaltungen stattfanden. Auch die Betriebsversammlung, auf der Fischer die neue Bankstrategie vorgestellt hatte, hatte hier stattgefunden.

Wer könnte sie reinlassen?, fragte sie sich. Dann fiel ihr das Gespräch mit Fischer ein, das sie damals nach der Betriebsversammlung geführt hatte. Sie überlegte, wen sie alles auf der Betriebsversammlung gesehen hatte. Die Sekretärin von Fischer hatte sie damals nach oben begleitet. Sie hatte doch bestimmt noch eine Karte, die aktiviert war. Wie hieß seine Sekretärin …? Emily? Und wie weiter?

Sie aktivierte ihr Smartphone. Durchpflügte die Adressen der Bank. Sie fand eine Emily, die auch in Berlin stationiert war. Sie kam, soweit Laura wusste, ursprünglich aus England, und Fischer hatte sie seit seiner Tätigkeit im Investmentbanking für die BWG immer auf alle neuen Positionen mitgenommen.

Emily Smith, Vorstandsassistenz Region Ost, BWG, Pariser Platz, Telefon …

Da stand aber nur eine Festnetznummer. Vielleicht, dachte Laura, gehörte sie zu den Leuten, die auf ihr Handy umstellten? Sie wählte die Nummer. Nach fünfmal klingeln eine Voicemail-Ansage. Deutsch mit englischem Akzent.

»Dies ist die Nummer von Emily Smith, Vorstandsbüro Region Ost, Thomas Fischer. Ich bin zurzeit nicht am Platz, bitte hinterlassen Sie eine Nachricht für …«

»Mist«, sagte Laura. »War das ihr Handy, das Emily vielleicht später abhörte, oder war das nur das Festnetz oben im Büro?«

Da kam ihr eine Idee. Sie fuhr noch einmal in den dritten Stock und stellte sich direkt vor das Büro von Fischer. Wählte die Nummer. Es klingelte drinnen. Dann hörte das Klingeln auf. Wieder die Ansage. *Dies ist die Nummer von Emily Smith …*

Laura legte genervt auf. Es war das Festnetz. Sie brauchte die Handynummer von Emily.

Sie ging wieder nach unten zu dem Pförtner.

»Na, sind Se rinjekommen?«, fragte er.

»Nein«, sagte Laura. »Ich brauche die Telefonnummer von Emily Smith, der Sekretärin von Thomas Fischer.«

»Die is aber heut nich im Haus. Is ja Samstag.«

»Das weiß ich. Haben Sie eine Nummer für mich?«

»Ick schau mal.«

Die Nummer, die ihr der Pförtner gab, war die Festnetznummer.

»Die bringt mir nichts«, sagte Laura.

»Dit dachte ick mir«, sagte der Pförtner. »Die is ja och nich da. Kann also nich ranjehen.«

»Ich brauche die Handynummer.«

»Die hab ick nich. Und wenn ick die hätte, dürfte ick die Ihnen nich enfach so jeben. Dit is die private Handynummer. Da dürfen Arbeijeber jar nicht anrufen. Dit is wejen Datenschutz und so.«

»Klar.« Laura drehte sich um. Der Datenschutz mal wieder. Deutschland und der Datenschutz! Es war, dachte sie, in Deutschland legaler, zehn Menschen zu ermorden, als einmal gegen den Datenschutz zu verstoßen. Dennoch: Was sollte sie tun? Sollte sie warten, bis der Pförtner mal auf Toilette war, und sich dann selbst an dem Terminal zu schaffen machen? Doch da kam ihr eine Idee: Wer konnte denn an alle Handynummern rankommen? Die Polizei. Oder gleich das BKA!

Sie ging zurück in das große Plenum. Nahm das Handy und rief Linus an.

»Na, auch fleißig?«, fragte Linus zur Begrüßung.

»Pass auf, ich muss in das Büro von Thomas Fischer. Erkläre ich dir alles später.«

»Hast du was rausgefunden?«

»Allerdings. Ich habe ein Art Botschaft«, sie senkte die Stimme, »an der Leiche von Fischer gesehen.«

»Du warst in der Rechtsmedizin?«

»Ja«, sagte sie leise.

»Direkt bei der Leiche?«

»Manchmal findet man in der Rechtsmedizin auch Leichen.« Dann fiel Laura ein, dass Linus früher kurz in der Rechtsmedizin gearbeitet hatte und wissen musste, wie es läuft. »Ich muss das, was er hinterlassen hat, überprüfen. In seinem Büro. So schnell wie möglich. Ich komme aber nicht ins Büro rein, weil meine Karte da nicht gilt. Der Pförtner stellt auf stur, und ich will keinen Ärger machen. Ich kann mir allerdings vorstellen, dass seine Sekretärin noch reinkommt.«

»Die aber nicht vor Ort ist«, sagte Linus. »Richtig?«

»Genau. Könnt ihr beim BKA nicht Handynummern von Leuten ermitteln?«

»Ohne richterlichen Beschluss eigentlich nicht.«

»Ohne Ermittler zu sein, darf man eigentlich auch nicht in die Rechtsmedizin. War ich aber heute trotzdem. Ich habe das Gefühl, dass Fischer irgendetwas hinterlassen hat, was uns übel um die Ohren fliegen kann, wenn wir nichts machen.«

»Okay, du hast gewonnen«, sagte Linus, »wir sind ja da, um Probleme zu lösen.« Er atmete aus. »Du kriegst in fünf Minuten einen Anruf mit der Nummer. Hast du was zum Schreiben?«

Laura tastete an Jeans und Pullover. »Nein, aber das hole ich mir vom Pförtner. Da wird er wohl nicht Nein sagen. Ich melde mich, wenn ich mehr weiß. Danke schon mal!«

Fünf Minuten später klingelte eine anonyme Nummer. Laura stand, mit Zettel und Stift bewaffnet, im Foyer.

»Ich habe eine Mobilnummer für Sie«, sagte die Stimme.

KAPITEL 17

BWG HAUPTQUARTIER, PARISER PLATZ, BERLIN

Laura hatte Emily tatsächlich auf der Mobilnummer erreicht. Sie war mit ihrer Bürokarte zum Pariser Platz gekommen und weinte, denn sie hatte fast fünfzehn Jahre mit Thomas Fischer zusammengearbeitet. Sie konnte einfach nicht glauben, was man Fischer vorwarf. Die Erinnerung schien immer wieder aufs Neue bei ihr aufzusteigen, wenn sie Menschen traf, die auch mit Fischer zusammengearbeitet hatten.

»Weißt du, wie es ihm geht?«, fragte sie.

Laura schüttelte den Kopf. »Er ist in U-Haft, glaube ich. Mehr weiß ich leider nicht.« Dass Fischer tot war, behielt Laura für sich. Das war Emily gegenüber vielleicht nicht fair, aber erstens war es eine hochvertrauliche Information, die Laura offiziell gar nicht bekannt sein durfte, und zweitens hatte sie keine Zeit, Emily alles zu erklären und sie zur absoluten Verschwiegenheit zu verpflichten. Sie hatte allerdings Mitleid mit ihr, und sicher hatte Fischers Sturz sie mehr getroffen als alle anderen.

»Ich kann das alles nicht glauben«, sagte Emily. »Zu mir war er immer nett.«

Psychopathen sind immer nett zu denen, die ihnen nutzen, dachte Laura und schaute auf die Uhr.

Emily sprach weiter. »Er hat immer an meinen Geburtstag gedacht. Immer am dritten September bekam ich ein Geschenk. Meist einen Amazon-Gutschein, das, sagte er, war zwar nicht kreativ, aber am einfachsten. Und ich kann mir etwas kaufen, was mir wirklich gefällt.«

»Das ist gut«, sagte Laura.

»Und sogar immer einen Fünfhundert-Euro-Gutschein!«

Laura nickte anerkennend. Das war deutlich mehr als die fürchterlichen Musical-Karten, die in der Bankfiliale immer zu Geburtstagen wie Sauerbier verschenkt wurden. »Okay«, sagte sie. »Wollen wir?«

Emily nickte ebenfalls.

Laura hatte Timo nach Hause geschickt, da es bei ihr noch dauern würde. Sie würde mit der Bahn, dem Taxi oder sonst wie nach Hause fahren.

Emily wusste, dass Laura in der Bank eine extrem schnelle Transformation zur aufstrebenden Führungskraft, dann zur Persona non grata und dann zur Retterin der Bank durchgemacht hatte. Vielleicht hatte sie sich deswegen bereit erklärt, trotz Wochenende sofort zum Pariser Platz zu kommen.

»Was genau suchst du denn?«, fragte Emily. Sie standen beide in Fischers Büro. Vorne das Vorzimmer, in dem Emily früher gesessen hatte, dahinter das große Büro mit Blick auf den Pariser Platz, der Schreibtisch von Fischer, die Garderobe, wo noch ein Hemd in Klarsichthülle aus der Wäscherei, ein Anzug und eine Krawatte hingen. Vorne die schwarze Designer-Couch mit dem Glastisch, an dem Laura mit Fischer gesessen hatte.

»Er hat irgendeine Botschaft in einem der Kreditordner hinterlassen.«

»Hier in seinem Büro?«

»Ich denke, ja.«

»Und woher weißt du das?«

»Das darf ich leider nicht sagen. Du weißt, ich bin bei einem Spezialprojekt in der Zentrale.« Sie konnte schlecht sagen, dass sie die Leiche von Fischer und auf seinem Arm das eingeritzte Wort *Schuld!* gesehen hatte.

»Ja, habe ich gehört.« Emily schien das interessant zu finden. »Ich arbeite jetzt für Harald Kienzle, Vertriebssteuerung.«

»Dirty Harry.«

»Richtig«, sagte Emily, »der ist aber nicht so schlimm, wie man denkt.« Sie wuchtete einige Ordner auf den Tisch.

»Und es ist sicher ein Kreditordner?«, fragte Emily. »Ich glaube nicht, dass er Schulden hatte. Er verdiente doch zehnmal so viel wie wir beide zusammen.«

»Das glaube ich auch nicht. Es müssen nicht seine eigenen Kredite sein.« Laura schaute auf die Ordner. »Aber es könnte irgendwas sein, was mit Krediten zu tun hat.«

»Da sind einige Ordner zu Großkrediten, die Fischer als Regionalvorstand überprüfen sollte. Schließlich war er der oberste Geschäftsleiter der Bank in dieser Region und damit für Großkredite zuständig.«

»Ich kann mir nicht vorstellen, dass ihm das Spaß gemacht hat.«

»Nein, hier in Berlin hat er sich die auch nicht angeschaut. Aber das war ja gar nicht so lange, dass wir zusammen hier waren.« Es waren wieder Tränen in ihren Augen. Am liebsten hätte Laura sie in den Arm genommen, unterließ es dann aber.

Laura durchblätterte die Ordner. Es waren große Immobilienkredite, Infrastrukturprojekte, irgendwelche Finanzierungen für Werften im Norden und einige Wertpapierkredite für das kleine Trading-Team in Berlin. Ebenso größere Kredite für vermögende Kunden aus dem Private Banking.

Schuld, dachte Laura, während sie einen Ordner nach dem anderen durchstöberte. Alles, was hier stand, konnte wichtig oder unwichtig sein.

»Ich kann dir nicht helfen?«, fragte Emily und schaute aus dem Fenster nach draußen.

»Nein, ich fürchte nicht. Ich weiß selbst nicht, wo ich am besten anfangen soll. Du musst aber nicht hierbleiben. Ist ja schließlich Wochenende. Ich mache die Tür hinter mir zu.«

»Okay, und … sag bitte nicht allen, dass du hier warst«, sagte Emily. »Ich weiß gar nicht, ob ich dich einfach so reinlassen durfte.«

»Durftest du«, sagte Laura, »das ist direkt im Auftrag vom Vorstand in Frankfurt. Falls es da irgendwie Ärger geben sollte, sag mir sofort Bescheid.«

»Alles klar. Die Kaffeemaschine ist leider aus. Ich kann sie aber gern anschalten.«

»Vielen Dank, ich bin aufgeregt genug.«

Emily verschwand.

Laura durchwühlte einen Ordner nach dem anderen. Es war das gleiche Problem wie vorher: Es konnte alles oder nichts wichtig sein. Irgendein Immobilienbesitzer konnte eine Spur sein, irgendein Firmenkredit für eine neue Lagerhalle, irgendeine Kreditlinie für eine Werft. Aber was genau? Andererseits sprach die Tatsache, dass Fischer sich nie um die Kreditsachen gekümmert hatte, dafür, dass hier die Information enthalten war. Wo er selbst nie hinschaute, dachte er vielleicht, schauen auch andere nicht hin.

Sie zog genervt ihr Smartphone aus der Tasche. Wischte zu den Fotos, die sie von Fischers Arm gemacht hatte.

SCHULD!

Schuld konnte doch nur Schulden heißen? Also Kredite? Aber wo war die Spezifizierung?

Dann schaute sie erneut auf das Foto. Den Arm, die Haut, das Blut.

SCHULD!

Da war aber noch etwas …

Ja … das Ausrufezeichen, dachte sie. Das konnte es sein!

Sie nahm sich alle Ordner noch einmal vor.

Einen nach dem anderen.

Irgendwann hatte sie es gefunden. Das hoffte sie jedenfalls.

Auf einem Kreditausdruck stand direkt neben einem Absatz ein mit Bleistift geschriebenes Ausrufezeichen.

Kein Kundenname, keine Adresse.

Nur eine IBAN-Nummer, eine internationale Kontonummer.

Sie rief noch einmal Linus an.

»Und?«, fragte er.

»Ich bin in Fischers Büro. Eventuell haben wir was. Bist du am Bankrechner?«

»Bin ich. Hier in Wiesbaden regnet's, da ist unser Ausflug ins Wasser gefallen. Meine Frau motzt aber schon, dass ich mal langsam beim Abendessen helfen soll.«

Laura schaute auf die Uhr. Fast 20 Uhr.

»Pass auf, schau mal nach, zu welchem Konto diese Nummer gehört.«

»Okay, schieß los.«

Linus tippte die Nummer in seinen Rechner.

»Und?«, fragte Laura.

»Das ist eine BWG-Zweigstelle. In Liechtenstein.«

MONTAG

KAPITEL 18

FLUGHAFEN BER, BERLIN

Laura stand am Abfluggate der Lufthansa nach Frankfurt. Timo hatte am Samstag noch gemault, da Laura erst um 20:30 Uhr nach Hause gekommen war, nachdem ihre Suchaktion in Fischers Büro beendet war.

»Hast du dir die Überstunden aufgeschrieben und Wochenendarbeit?«, hatte er gefragt.

Laura hatte es aufgegeben, Timo erneut darauf hinzuweisen, dass sie mittlerweile außertariflich vergütet wurde und es auf Delegationen, wo ohnehin noch ein höheres Ausbeutungsniveau herrschte, für Überstunden und Wochenendarbeit lediglich Ruhm und Ehre und vielleicht irgendwann einmal eine Beförderung gab.

Sie hatte am Sonntag mit Linus gesprochen und über den Fall Liechtenstein beraten. Der Plan war, sobald Laura in Frankfurt war, mit Sören Fink von der Konzernstrategie zu sprechen, um zu schauen, wie die nächsten Schritte laufen könnten. Derzeit wussten weder Laura noch Linus, was es überhaupt mit Liechtenstein auf sich haben konnte. Vielleicht war ja etwas ganz anderes im Ordner oder auch gar nichts von alledem relevant. Und was natürlich keiner wusste, war, ob dieses Ausrufezeichen, das Laura neben dem Beleg gefunden und zusammen mit der Bankverbindung abfotografiert hatte, überhaupt von Bedeutung war. Denn ebenso stellte sich die Frage, ob Fischer nicht doch seine eigene Schuld meinte und Laura daher mit den Kreditordnern womöglich auf einem völlig falschen Weg war.

Als sie gerade ins Flugzeug steigen wollte, rief Linus an. Er war bereits im Büro in Frankfurt.

»Laura, das wollte ich dir vor dem Flug nicht vorenthalten«, sagte er.

»Was gibt's?«

»Es geht um diese Anleihentransaktionen, bei denen die BWG auch geholfen hat, von denen Clemens Weber uns letzte Woche im Investmentbanking erzählt hat. Er hat mit seinem Boss David gesprochen. Old Potatohead II., oder wie sie den nennen.«

Allein die Erwähnung gab Laura einen mentalen Tritt, wie es der Espresso vorhin nicht vermocht hatte. Sie war sicher, dass das keine guten Nachrichten waren. Und dass die Sache mit den Grundstücken noch längst nicht geklärt war.

»Ja, was ist damit?« Sie fummelte ihre AirPods in die Ohren, steckte das Handy in die Kostümtasche und wuchtete mit den freien Händen ihren Koffer in die Ablage über dem Sitz. Gleichzeitig ins Flugzeug zu steigen, den Platz anzusteuern, das Gepäck zu verfrachten und dabei die ganze Zeit zu telefonieren, war eine Fähigkeit, die viele Geschäftsreisende und auch viele Unternehmensberater beherrschten. Laura eignete sich diese Fähigkeit im Eiltempo an. Die blecherne Stimme der Kabinencrew blökte hartnäckig in ihr Telefonat hinein.

Guten Morgen, meine Damen und Herren, wir begrüßen Sie auf diesem kurzen Lufthansa-Flug von Berlin Brandenburg nach Frankfurt. Bitte stellen Sie schweres Handgepäck unter den Sitz vor Ihnen. Wir werden in Kürze die Türen verschließen und mit den Sicherheitsinstruktionen beginnen …

»… trifft zu«, hörte sie.

»Noch einmal«, sagte sie und aktivierte die Geräuschunterdrückung in ihren AirPods. Sie verstand Linus nun ein wenig besser.

Sie hatte den Platz am Fenster. In dem Fall lag – Murphys Gesetz lässt grüßen – die Wahrscheinlichkeit, dass am Gang und auf dem Mittelplatz bereits Fluggäste saßen, bei nahezu hundert Prozent. Diesmal saß nur ein Mann am Gang, der hypnotisiert auf irgendeine Serie auf seinem iPad starrte. Er stand umständlich auf, wobei sich sein Kopfhörerkabel an der Sessellehne verhakte, befreite das Kabel und nickte Laura zu. Sie quetschte sich an den zwei Sitzen vorbei und ließ sich auf den Fensterplatz fallen. Ihre Tasche stellte sie erst einmal auf den freien Fußraum vor dem Mittelsitz und hoffte, dass der frei bleiben würde.

»Die Vermutung, die wir hatten, trifft zu. Es ist tatsächlich eure Gemeinde …«, hörte sie Linus.

Good Morning, ladies and gentlemen, we'd like to welcome you on this short Lufthansa flight from Berlin to Frankfurt. Please place heavy luggage …

Laura stockte kurz. Diese Wandelanleihen, von denen Clemens Weber vom Investmentbanking gesprochen hatte: Mit einer davon hatte irgendein Investor der Gemeinde Geld geliehen. Mit der Option, die Grundstücke zu bekommen, wenn die Gemeinde das Geld nicht zurückzahlen konnte – oder wollte.

»Wenn du nachher vom Flughafen kommst«, sagte Linus, »kannst du kurz bei Clemens an der Messe vorbeifahren und dir die Transaktionen anschauen? Liegt ja eigentlich auf dem Weg. Er will die ungern verschicken.«

»Klar. Und dann sollten wir die Sache mit Herrn F. klären.« Sie erwähnte im Flugzeug extra nicht *Liechtenstein,* da man nie wusste, wer alles zuhörte. Ebenso hatte sie sich angewöhnt, grundsätzlich nur von Herrn H. oder Herrn F. zu sprechen und von der Bank grundsätzlich nur als *der Firma.* Linus brauchte das nicht tun, da er im Büro der Bank saß.

»Alles klar, vielen Dank. Check das mit Clemens, und dann sprechen wir und gehen, wenn du da bist, gleich zu Fink. Guten Flug!«

Clemens Weber hatte Laura kurz in sein Büro geführt und ihr die Liste gezeigt.

»Fünfzig Millionen«, sagte er. Das war der Betrag, den einer der Investoren der Gemeinde geliehen hatte.

»Wer ist das?«, fragte Laura.

»Können wir noch nicht exakt zurückverfolgen, da die Firma auf Mauritius sitzt. Wir gehen daher von einer Briefkastenfirma aus.« Clemens fuhr sich durch sein strubbeliges rotes Haar. »Ist oft so, aber nicht illegal. Wenn die Revision eine eingehende Untersuchung verlangt, können wir das forensisch analysieren lassen. Aber das dauert. Reicht die Info erst mal?«

Laura nickte. »Erst mal, ja.« Sie hatte sich die Zahlen und die Strukturen der einzelnen Anleihetranchen eingeprägt.

Clemens' Drucker surrte. »Hier«, sagte er, »einen Ausdruck kannst du gern mitnehmen. Alles Weitere bitte mit dem CEO besprechen, und dann sag Bescheid.« Er stand auf. »Global Markets und Anleihetransaktionen sind einer der wenigen Bereiche, wo die BWG noch wirklich richtig Geld verdient.«

Sie gingen nach draußen in den Handelsraum. Der Lärm von Hunderten Telefonaten überrollte sie. Clemens hob die Stimme und sprach weiter. »Wenn wir das auch nicht mehr machen dürfen, dann ist die Bank in zwei Monaten pleite.«

»Verstehe«, sagte Laura. »Vielen Dank fürs Erste. Ich melde mich.«

Sie stand draußen vor dem Investmentbanking-Hauptquartier, blickte kurz auf den Messeturm und öffnete die Taxi-App. Da klingelte ihr Handy.

»Jacobs.«

»Fink hier, Konzernstrategie. Was ist denn das für eine Horrorstory, die Kollege Haller und Sie mir da auftischen?«

»Sie meinen die Sache mit Fischer?«, fragte Laura leise.

»Die meine ich. Er hat sich Worte *in den Arm geritzt?*«

»Hat er. Und das habe ich mir nicht ausgedacht.«

»Sie sind schon in Frankfurt?«

»War eben bei Clemens Weber und bin gleich im Hauptquartier.«

»Elf Uhr in meinem Büro. Linus Haller kommt auch.«

Laura wollte noch etwas sagen, doch die Verbindung war bereits beendet.

Die Stille schmerzte in ihren Ohren.

KAPITEL 19

BWG HAUPTQUARTIER,
NEUE MAINZER STRASSE, FRANKFURT AM MAIN

Thomas Fischer hat *was* getan?«, fragte Fink.

»Ich muss darauf hinweisen«, sagte Laura, »dass diese Information diesen Raum keineswegs verlassen darf.«

»Raum ist gut«, sagte Fink. Sie standen auf der Dachterrasse der BWG, zweihundert Meter über Frankfurt. Fink hatte die Besprechung kurzerhand nach ganz oben verlegt. Die Aussicht war hier besser, der Ort so vertraulich, wie er nur sein konnte. Fink ging immer dorthin, um zu rauchen und nachzudenken. Er rauchte auch jetzt; hatte sich eine Lucky Strike angezündet. Glück würden sie ebenfalls brauchen. Sina war ebenfalls dabei und von Linus schon auf den neuesten Stand gebracht worden.

»Fischer hat sich das Wort *Schuld* in den Arm geritzt«, wiederholte Laura. »Mit einem Ausrufezeichen dahinter.«

»Er hat sich wirklich selbst dieses Wort eingeritzt? Schuld?« Fink schien das genauso unwahrscheinlich wie zuvor Laura.

Sie nickte. »Die Rechtsmedizin ist nahezu hundert Prozent sicher, dass die Verletzung selbst beigebracht ist.«

Fink nahm die Brille ab, legte Daumen und Zeigefinger an die Nasenwurzel und kniff einen Moment die Augen zusammen. Für ihn schienen sich völlig neue Horizonte zu eröffnen. Er hatte in der Wirtschaftswelt sicher schon viel gesehen, aber Leichen, Ritzen und Suizide waren nichts, was bisher in seiner Welt vorgekommen war. »Frau Jacobs, ich frage Sie gar nicht erst, wie Sie es geschafft haben, zu Fischers Leiche in der Rechtsmedizin zu kommen.« Er zog an seiner Zigarette und fragte tatsächlich nicht. »Er war es also selbst mit diesen Schnitten«, sagte er dann, »und wollte durch den Bezug *Schuld = Schulden* auf seinen Kreditordner in seinem Büro hinweisen? Sie waren in seinem Büro?«

Laura erklärte ihren Besuch in Fischers Büro. Die Hilfe von Emily verschwieg sie. Fink fragte auch gar nicht danach, wie sie dort hineingekommen war.

»Aber diese Bankverbindung der BWG in Liechtenstein«, sagte Fink, »die hat doch vielleicht gar nichts zu bedeuten. Man macht schnell mal ein Ausrufezeichen als Randnotiz.«

»Es war das einzige im ganzen Ordner«, sagte Laura.

»Und ganz unwesentlich war es nicht«, sagte Sina.

»Warum?« Fink ahnte, dass noch eine unerfreuliche Information auf ihn wartete. Die nächsten Worte von Sina bestätigten ihm, dass er damit nicht falschlag.

»Wir haben schon Stichproben gemacht«, sagte Sina. »Offiziell werden mehrere Milliarden bei der Bankfiliale der BWG in Liechtenstein zusammengeführt. Wir haben eben die Bücher gecheckt. Das Geld wurde von verschiedenen Zweigstellen in Dubai, Singapur, St. Kitts und den Virgin Islands dorthin überwiesen. All diese Erträge wurden bilanziell in Liechtenstein konsolidiert.«

»Das Wort *offiziell* gefällt mir nicht«, bemerkte Fink.

»Das sollte es auch nicht. Denn diese Zweigstellen existieren eigentlich gar nicht«, erklärte Sina. »Die einzelnen Gewinn-und-Verlust-Rechnungen weisen keine Umsätze, sondern nur Kosten auf. Wobei man bei Banken ja von Erträgen spricht. Die gibt es aber auch nicht.«

»Moment mal«, sagte Fink, »wenn es da in Dubai, Singapur oder sonst wo nur Kosten und keine Erträge gibt, was genau wird dann in Liechtenstein konsolidiert?«

»Genau genommen ...«, sagte Sina, »nichts! Wobei das noch schön wäre.«

Fink sagte nichts und stand wie versteinert vor ihnen, die brennende Zigarette in der rechten Hand.

»Was Frau Ramirez sagen will«, schaltete sich Linus ein, »ist, dass dort eigentlich nur Verluste konsolidiert werden. Im Milliardenbereich.«

»Ich habe Sie alle richtig verstanden?«, fragte Fink. »In den Filialen sind nur Verluste und in Liechtenstein eigentlich auch, weil dort nur Verluste konsolidiert werden?«

Linus nickte. »So scheint es.«

»So scheint es«, wiederholte Fink. »Glauben Sie nicht, dass das nicht den Wirtschaftsprüfern und der Revision auffallen würde, wenn da Milliarden fehlen?«

»Auf dem Papier fehlen sie ja nicht. Und im Excel und Kernbankensystem der Konzernbilanz auch nicht.« Sina zuckte die Schultern.

»Das heißt, die Liechtensteiner Filiale meldet konsolidierte Erträge, die es gar nicht gibt?«

»Sieht so aus.«

»Aber in der offiziellen Bilanz sieht alles gut aus?«

Sina nickte. »Das ist kein Scheckbetrug. Da muss einiges an krimineller Energie dahinterstecken.«

Fink verharrte noch immer wie eine Statue. Er merkte erst, wie weit die Zigarette in seiner rechten Hand heruntergebrannt war, als er sich die Finger daran verbrannte. »Verdammt«, zischte er und ließ die Kippe fallen.

»Und wer hat die Liechtensteiner Filiale geprüft?«, fragte er dann.

»Die gleichen Prüfer«, sagte Sina.

»Und da soll alles in Ordnung gewesen sein?«

»Scheint so.«

»Kann aber doch nicht!« Fink sah aus, als wäre er kurz davor, auszurasten.

»Es gibt Hunderte von Mails von Transaktionen, Videokonferenzen mit reichen Kunden, Firmenfilme von Filialfeiern mit reichen Anlegern in Liechtenstein, Dubai und sonst wo«, sagte Sina. »Das Ganze sind mehrere Hundert Gigabyte.«

»Es kann sein«, sagte Linus, »dass über Jahre Erträge in Liechtenstein und in den Filialen simuliert worden sind, die es gar nicht gab.«

»Gut genug«, sagte Sina, »um die Wirtschaftsprüfer zu täuschen.«

»Aber um das zu tun«, sagte Fink, »muss man doch alle möglichen Zahlen fälschen, alle Treffen mit den Vermögenskunden, alle Aktivitäten simulieren. Ich war selbst letztes Jahr bei einem Kundenevent in Dubai. Auf der Palme im Waldorf Astoria. Das war real!«

»Vielleicht sah es nur so aus«, sagte Sina.

»Es kann sein«, sagte Linus, »dass wir uns irren, aber es sieht nicht danach aus.«

Fink stand der Mund offen. »Das war dann alles gefakt? Es sind dort also im schlimmsten Fall Milliarden von Geldern aufgeführt, die es gar nicht gibt?«

Sina nickte. »Steht zu befürchten.«

»Steht zu befürchten«, sagte Fink, wie ein Angeklagter, der einen Schuldspruch wiederholte. »Wie viel fehlt? Im schlimmsten Fall?«

»Zwischen zwei und fünf Milliarden Euro.«

Fink streckte sich, hob und senkte die Schultern, so als wollte er sich irgendwie entspannen.

Dann senkte er die Stimme. Es war schwierig, ihn bei dem starken Wind, der hier oben wehte, zu verstehen: »Sie wissen alle: Wenn diese Information an die Öffentlichkeit geht, wird die Kreditwürdigkeit der Bank extrem in Mitleidenschaft gezogen, und der Kurs der Bank kann um mindestens fünfzig Prozent fallen.« Er zog noch eine Zigarette aus der Schachtel und steckte sie hastig an. »Passen Sie auf: Das bleibt komplett unter uns. Erst einmal auch kein Wort zu Hortinger, zu niemandem, klar?« Er stieß Rauch aus.

Alle nickten.

»Ich werde jemanden in Berlin beordern, die Ordner von Fischer zu beschaffen. Die lassen wir noch mal ganz genau durchleuchten.« Er blickte Laura an. »Gibt es da jemanden, der das Büro aufschließen kann, ohne groß Aufhebens zu machen?«

»Ja, Emily Smith, die frühere Sekretärin von Fischer. Sie ist vertrauenswürdig.«

»Alles klar, sie soll das Büro öffnen und die Ordner mit einem der Fahrer nach Frankfurt bringen. Keine Post, kein UPS. Das muss sofort in den Giftschrank. Wer weiß, was in den Ordnern noch für Sprengstoff ist. Judith meldet sich bei Emily.« Er verharrte kurz.

»Sie«, er zeigte auf Linus und Laura, »fahren direkt nach Liechtenstein. Die Themen müssen wir aufbohren. Einen *Deep Dive* machen.«

Themen aufbohren und *Deep Dive* waren Lieblingsworte in der Konzernzentrale, hatte Laura gelernt. *Deep Dive* hieß so viel wie *tief eintauchen*. Wahrscheinlich waren diese Worte deswegen in der BWG so beliebt, weil die ihnen zugrunde liegenden Tätigkeiten so selten angewandt wurden. Fink sprach weiter: »Sie bekommen Befugnisse, dort alles auf den Kopf zu stellen. Sie«, er nickte Sina zu, »bleiben hier *on the ground* und recherchieren weiter.«

»Liechtenstein also«, sagte Laura zu Linus und Sina, als sie den Aufzug nach unten fuhren, »da war ich noch nie.«

»Ich schon zweimal«, sagte Linus. »Und nicht im Urlaub.«

»Glaubst du, die Sache mit der Wandelanleihe für Blankenfelde-Mahlow hat mit der Sache in Liechtenstein auch etwas zu tun?«

»Ich will es nicht hoffen, aber es würde mich nicht wundern.«

KAPITEL 20

BWG HAUPTQUARTIER,
NEUE MAINZER STRASSE, FRANKFURT AM MAIN

Laura wählte Timos Nummer.

Während es klingelte, schweiften ihre Gedanken zu dem Gespräch, das sie vorher im Team über Liechtenstein geführt hatten.

Zu unrühmlicher Bekanntheit war das Fürstentum gekommen, als der damalige Postchef Klaus Zumwinkel am Valentinstag 2008 um sieben Uhr morgens unter Blitzlichtgewitter der Medien von der Staatsanwaltschaft Bochum aus seinem Haus abgeführt wurde. ARD und ZDF sendeten den ganzen Tag, vermischt mit einer gehörigen Prise Neid auf *die da oben,* die ja den deutschen Medien nicht fremd war; obwohl ein ARD-Intendant nicht so viel weniger als ein Postchef verdiente. Auch die *Bild*-Zeitung war gleich vor Ort. Manche munkelten, dass dies eine Rache des Springer-Konzerns an dem Postchef war. Dieser hatte durch politische Lobbyarbeit einen Mindestlohn im Zustellgewerbe durchgedrückt, was dazu führte, dass Axel Springer seinen eigenen Zustelldienst PIN nicht mehr profitabel betreiben konnte. Zumwinkel hatte Konten bei der LGT-Bank in Liechtenstein, deren Einnahmen er offenbar nicht ordnungsgemäß versteuert hatte. Dem Bundesnachrichtendienst war eine CD-ROM mit Steuerdaten aus Liechtenstein gegen Geld zugespielt worden, die der BND an das Bundesministerium der Finanzen weitergeleitet hatte.

Linus hatte die Teamassistenz gebeten, noch einmal alle

möglichen Presseclippings aus der damaligen Zeit herauszusuchen, die sich Laura und er morgen während der Reise nach Liechtenstein anschauen wollten.

Timo ging nach dem dritten Klingeln ans Telefon.

»Wie sieht's aus?«, fragte er.

»Viel zu tun. Wir fahren nach Liechtenstein. Ich kann dir aber nicht sagen, warum. Und behalt das bitte für dich.«

Timo sagte nichts von Steueroasen oder von Banken. Er sagte nur ein Wort: »Hilti!«

»Was?«

»Hilti! Kennst du die nicht?« Timo fragte in einem Ton, als ob er Laura fragte, ob sie eine Erfindung namens *Rad* kannte.

»Klar kenn ich die. Die machen so Baumaschinen, oder? Hast du nicht Bohrer davon?«

»Ja, die sind in Liechtenstein. Schaan.« Timo war ganz aufgeregt.

»Was ist in Liechtenstein?«, fragte Laura. »Die Bohrer?«

»Auch! Aber besonders Hilti!« Timo benahm sich wie ein Kind am 23. Dezember. »Am liebsten würde ich mitkommen. Wann fahrt ihr?«

»Morgen.«

»Scheiße, das schaffe ich nicht. Ich habe hier noch bis morgen Abend zu tun. Oder ich frage Jochen, ob … nein, Mist, das schaffe ich nicht.«

»Willst du da wirklich mit?«

»Klar. Was denkst du?« Lauras Nachfrage kam ihm scheinbar so unnötig vor, als hätte Laura ihn gefragt, ob zwei plus zwei vier ergab.

»Weswegen willst du denn mit?« Laura war ernsthaft verwundert. Verstehe einer die Männer, dachte sie. Nach Frankfurt wollte er auf keinen Fall mit, aber nach Liechtenstein.

»Wegen Hilti, mein Gott! Warum wohl sonst?«

»Ich dachte, Hilti kommt aus der Schweiz?«, fragte Laura.

»Schweiz oder Deutschland«, sagte Timo, »denken alle. Stimmt aber nicht. Die sind in Schaan in Liechtenstein.« Er machte eine kurze Pause. »Und da fahrt ihr hin?«

»Wir, äh, wir fahren nicht zu Hilti, sondern höchstwahrscheinlich nach Vaduz.«

»Das ist nicht allzu weit weg. So riesig ist ja Liechtenstein nicht. Dann dürfte das ja kein Problem sein.«

»Was dürfte kein Problem sein?« Laura fragte sich, ob Timo absichtlich in Rätseln sprach oder ob sie sich einfach zu blöd anstellte.

»Mir eine Hilti mitzubringen.«

»Was soll ich?«

»Aus dem Showroom in Schaan. Da gibt es extra Modelle, bei denen man sieht, dass sie genau aus dem Showroom kommen.«

»Ich soll …?«

»Muss auch kein Riesending sein. Warte mal kurz …« Er rief einem Kollegen etwas zu. Wahrscheinlich war er gerade auf irgendeiner Baustelle. »Ich hab's.«

»Was?«

»Den TE 2 A22«, sagte er mit einer Selbstverständlichkeit, so als würde er gerade verkünden, dass es draußen regnete.

»Und was ist das?«

»Das ist ein Akku-Bohrhammer von Hilti.«

»Wieder was gelernt.«

»Ich schreib dir das als SMS«, sagte Timo, »Hilti Akku-Bohrhammer TE 2 A22. Aber der aus dem Showroom.«

»Ich weiß nicht, ob ich den ins Handgepäck kriege.« Laura ahnte längst, dass bei diesem Thema Diskussionen nutzlos waren.

»Musst du auch nicht. Kannst du einchecken. Der kommt

in einem schönen roten Koffer, wie alle Hilti-Geräte. Den können die Gepäckarbeiter noch so weit werfen, der bleibt heil.« Er machte eine kurze Pause. »Also, schafft ihr das, nach Schaan zu fahren?«

Laura seufzte. Was tat man nicht für einen zufriedenen Ehemann. »Werden wir irgendwie hinkriegen.« Sie schrieb sich eine Erinnerung in ihr Smartphone für morgen Nachmittag. Da kam schon die SMS von Timo mit der Typenbezeichnung an.

Hilti Akku-Bohrhammer TE 2 A22, dachte sie.

Fink hatte mit *Aufbohren* sicher was anderes gemeint.

KAPITEL 21

ZWISCHEN ZÜRICH UND VADUZ, LIECHTENSTEIN

Laura und Linus saßen in einem Leihwagen von Sixt. Laura steuerte den Wagen, während Linus auf dem Beifahrersitz in einem Stapel Unterlagen las. Laura wurde beim Lesen im Auto sofort schlecht, sodass sie am Leihwagenschalter am Zürcher Flughafen entschieden hatten, dass Laura fuhr und Linus las. Auf der Autobahn Zürich–Vaduz baute sich vor ihnen der riesige Schatten der Alpen auf.

»Ist ja fast wie im Urlaub«, sagte Laura. Sie hatte ihre Sonnenbrille aufgesetzt. »Seit wann gibt es Liechtenstein eigentlich schon?«

Linus blätterte durch seine Unterlagen. »Die Grafschaft Vaduz, also auch die Stadt, wo wir jetzt hinfahren, wurde 1342 gegründet. Liechtenstein ist eine konstitutionelle Erbmonarchie, die Souveränität liegt sowohl beim Fürsten als auch beim Volk. Es gibt das Unterland mit viel Wirtschaft und das Oberland mit eher weniger. Währung ist der Schweizer Franken. Liechtenstein ist nicht in der EU, und da sie den Schweizer Franken haben, logischerweise nicht im Euro-Währungsraum, aber durch mehrere Verträge mit der EU verbandelt, so ähnlich wie die Schweiz.«

»So als Hardcore-Steueroase habe ich Liechtenstein gar nicht in Erinnerung«, sagte Laura.

»Die machen das etwas diskreter, aber auch deutlich weniger als früher. Sie haben aus der Zumwinkel-Sache gelernt«, sagte Linus, »denn nach der Affäre war das Land auf diversen schwarzen Listen und wurde sogar von einigen Politikern als

Schurkenstaat bezeichnet. Der Zorn des Volkes auf Postchef Zumwinkel hat sich ziemlich schnell auf Liechtenstein verlagert. Die Berichterstattung über Liechtenstein hat sich in der Zeit von fünfhundert pro Monat auf fünftausend vergrößert. Fast Faktor zehn.« Sie fuhren durch einen Tunnel. Mit der Sonnenbrille wurde es auf einmal stockdunkel.

»Tja«, sagte Laura und nahm die Sonnenbrille ab, »die Deutschen und der Neid.«

»Das kann man wohl sagen. Hier sind die Überschriften. *Bild: Die fiesen Tricks der Millionäre.* Alle haben damals auf Liechtenstein eingeprügelt. Die Politik, die Kirche, Kurt Beck, Reinhard Marx und wer sonst noch.«

»Als ob die Kirche mit ihrer Vatikanbank immer ein leuchtendes Beispiel guter Governance war.«

»War sie nicht«, sagte Linus und grinste. »Aber du hast deine Sprache ja schon der Zentrale angepasst. Fehlt noch *aufbohren* und *Deep Dive.*«

»Hör mir auf mit *aufbohren*«, sagte Laura, »ich muss meinem Mann tatsächlich eine Hilti-Bohrmaschine mitbringen.«

»Du hast ihm aber nichts weiter erzählt, was wir da machen?«

»Natürlich nicht.« Kurz fragte sich Laura, ob sie Timo überhaupt etwas von ihrer Fahrt hätte erzählen sollen. Hätte sie es nicht getan, müsste sie jetzt auch keine Bohrmaschine oder einen Bohrhammer, oder wie immer die Dinger hießen, mitbringen.

»Der BND sagte damals«, fuhr Linus fort, »*niemand kriegt die Bude so sauber, dass wir nichts finden.*« Linus schüttelte den Kopf. »Vom BND ist das bestenfalls mutig. Was Terrorbekämpfung angeht, finden sie leider deutlich weniger heraus.«

»Weiß man denn, wer damals die Steuer-CD-ROM bereitgestellt hat?«, fragte Laura.

»Nein, die schweigen sich alle aus, und mittlerweile sind all die, die damals in Amt und Würden waren, mehr oder weniger im Ruhestand.«

Sie waren angekommen. Die BWG-Filiale von Liechtenstein lag an einem Hang über der Innenstadt mit Blick auf das Schloss Vaduz. Das mehrstöckige Gebäude war im Alpenstil erbaut mit einem überglasten Innenhof in der Mitte. Bis auf ein kleines Schild am Eingang mit der Aufschrift *BWG Repräsentanz Vaduz* war nichts von der Bank zu sehen.

Als Laura und Linus aus dem Wagen stiegen, kam ihnen bereits ein grauhaariger, schlanker und hochgewachsener Mann mit Schnauzbart und Dreireiher entgegen, so als hätte er nur auf das Geräusch eines anfahrenden Wagens gewartet. Er trug keine Krawatte, sondern eine Fliege. Von seinem Aussehen und Habitus erinnerte er an einen englischen Butler der Oberklasse.

»Grüezi«, sagte er mit schweizerischem Dialekt, »Sie sind die Beauftragten von der Konzernzentrale? Ehringer, Jürgen Ehringer, zu Ihren Diensten.«

Laura und Linus begrüßten ihn per Handschlag. Er hielt die linke Hand hinter seinem Rücken, wie es Kellner in gehobenen Restaurants beim Weineinschenken machten; oder wie man es früher oft bei Linkshändern beobachten konnte, denen man mit Gewalt das Schreiben mit der rechten Hand beibringen wollte, indem man ihnen die linke Hand auf den Rücken band.

»Darf ich Sie hereinbitten?«, fragte Ehringer. »Es stehen ein paar Erfrischungen bereit.«

»Sehr gern«, sagte Linus, »es wäre aber gut, wenn neben den Erfrischungen auch ein paar Informationen zu Kontobewegungen hier in der Repräsentanz bereitstünden. Denn genau deswegen sind wir hier. Und darüber macht sich die Bank große Sorgen.«

Ehringer nickte, ohne dass seine Augen Zustimmung signalisierten. »Es gibt keinen Grund zur Sorge«, erklärte er. »Hier geht alles seinen Gang. Etwas langsamer, dafür solide. Aber treten Sie erst einmal ein.«

Als Laura hinter ihm das Haus betrat, fiel ihm das Zittern seiner linken Hand auf.

KAPITEL 22

VADUZ, LIECHTENSTEIN

Es gab Kanapees, Kaffee und Softdrinks. Ehringer rührte von alldem nichts an, während Laura und Linus nach der langen Fahrt zugriffen. Allerdings in Maßen. Wer zu viel aß, das wussten beide, wurde müde und unaufmerksam. Laura hatte Studien gelesen, dass man Menschen nach dem Mittagessen am besten überzeugen konnte, weil dann der ganze Organismus auf Verdauen und nicht auf Denken gepolt war. Andere sagten, dass warme Getränke für eine freundliche und damit warme Atmosphäre sorgten. Kalte Getränke hingegen bewirkten das Gegenteil. Versuchte Ehringer vielleicht, sie beide durch genau diese Taktik einzuwickeln?

Laura hatte sich vorher den Lebenslauf von Ehringer angeschaut. Ehringers Vorgänger als Filialleiter der BWG-Repräsentanz in Liechtenstein war Schweizer gewesen, was man in Liechtenstein nicht mochte, da die Schweizer der Monarchie sehr skeptisch gegenüberstanden. Der Mann, Harald Wiesner, war dann in den vorzeitigen Ruhestand getreten und seitdem nicht mehr gesehen. Seit vier Jahren leitete Ehringer die Geschäfte in Liechtenstein; falls man hier tatsächlich von Geschäften sprechen konnte.

Laura legte Ehringer die Stichproben von Sina vor.

»Wo sollen die herkommen?«, fragte er.

»Von der BWG-Bilanz. Da sieht alles gut aus.«

»Sieht es hier auch, wie Sie wissen.« Ehringer nickte selbstgefällig.

»Das macht hier«, Laura führte ein anderes Dokument zutage, »aber einen anderen Eindruck. Die Kontostände in Dubai und Singapur bestehen nur aus Kostenpositionen, die Konten, die hier in Liechtenstein konsolidiert sind, ebenso.«

»Dazu kann ich Ihnen nichts sagen.«

»Können nicht oder wollen nicht?«

»Ich spreche darüber nur mit dem Vorstandschef persönlich.«

»Herr Fink, Leiter Konzernstrategie ...«

»Den kenne ich sehr wohl.«

»Das wollen wir hoffen. Er hat uns ausdrücklich beauftragt, diese Ungereimtheiten direkt mit Ihnen zu klären.«

»Dann sage ich Ihnen«, Ehringer verschränkte die Arme, »dass mir keine Unregelmäßigkeiten in den Konten bekannt sind.«

»Wirklich nicht?«, fragte jetzt Linus.

»Wirklich nicht.«

»Hören Sie, Herr Ehringer«, Linus' Blick verhärtete sich, »wir können das sehr freundlich klären. Wir können Sie aber auch aufgrund des Verdachts von Untreue festnehmen lassen, und dann werden Sie Ihre bequemen Betten in Fünfsternehotels gegen durchgelegene Matratzen, bröckelnden Putz und kalte Betonwände tauschen. Urlaub auf Staatskosten, wenn Sie verstehen, was ich meine.«

»Die Befugnis haben Sie gar nicht.«

Linus zeigte seinen BKA-Ausweis. »Die habe ich schon, da Ihr Arbeitgeber sein Hauptquartier in der Bundesrepublik Deutschland hat. Und wo arbeite ich? Beim *Bundeskriminalamt.* BKA. Fängt beides mit *Bundes* an, meinen Sie nicht?«

Ehringer sagte nichts.

»Ich muss nicht erwähnen, dass das BKA sehr eng mit Interpol und damit auch mit den liechtensteinischen Ermittlungsbehörden zusammenarbeitet.«

»Warum sollten die ein Interesse an einer Zusammenarbeit haben?«

»Weil Liechtenstein sehr lernfähig ist«, sagte Laura, »sonst würde es nicht als sehr kleiner Staat ohne nennenswerte Armee und Ressourcen inmitten von Europa für Hunderte von Jahren existieren.« Sie stand auf und ging zum Fenster. Draußen sah man auf dem gegenüberliegenden Berg das Schloss Vaduz, der Sitz der Fürstenfamilie von Liechtenstein. »Meinen Sie nicht, dass auch das Fürstenhaus ein großes Interesse daran hat, einen zweiten Zumwinkel-Skandal zu verhindern? Wenn wir den von innen aufklären, kriegt keiner etwas mit. Passiert das Ganze aber wieder mit großem Medien-Tamtam, gibt es eine zweite Hexenjagd auf Liechtenstein.«

»Und auf Sie«, Linus zeigte auf Ehringer, »als scheinbarer Auslöser des ganzen Skandals ohnehin.«

Ehringer schwieg eine volle Minute lang. Laura und Linus ließen ihn schweigen. Und überlegen. Schließlich redete er.

»Wenn ich etwas sage, will ich von Ihrem BKA eine schriftliche Zusage, die mir Immunität garantiert.«

»Kriegen Sie.«

»Jetzt.«

»Ich kann hier nicht einfach eine schriftliche Zusage ausstellen.«

»In dem Fall kann ich leider auch nichts sagen.« Er kniff die Lippen zusammen. Nach einigen Sekunden Stille, die Ehringer bewusst aushielt, hellte sich sein Gesicht auf, und er wandte sich an Linus: »Sie können sich so etwas aber als PDF auf Ihr Handy schicken lassen und dann hier«, er zeigte zu seinem Büro im Nebenraum, »ausdrucken lassen und unterschreiben.«

»Jetzt?«, fragte Linus.

»Ja, jetzt.« Ehringer verschränkte die Arme noch einmal. Dann lehnte er sich gemütlich zurück. »Also, ich habe alle Zeit der Welt.«

Linus hatte die Zusage besorgt, über sein Handy auf dem Drucker von Ehringer ausgedruckt und unterschrieben.

Ehringer las die Zusage ein drittes Mal durch, faltete sie und steckte sie in die Sakkotasche.

Er schenkte sich einen schwarzen Kaffee ein. Dann hob er die Stimme.

»Es ist so, wie Sie befürchtet haben«, sagte er. Seine Stimme klang, als wäre er erleichtert, dass er eine lang verdrängte Wahrheit endlich aussprechen konnte. Weil er sie aussprechen musste. »Die Investorenempfänge, die Treffen und Events mit den zahlungskräftigen Kunden, den HNWIs, die sind alle simuliert worden.«

»Und wie?«

»Mit Schauspielern.«

»Wie bitte?«, fragte Laura. »Was für Schauspieler?«

»Was meinen Sie«, sagte Ehringer, »wie viele Schauspieler jährlich von den Filmhochschulen und Schauspielschulen kommen? In Zürich, Wien, München, Berlin, wo auch immer. Meinen Sie, die werden alle der nächste Robert de Niro oder die nächste Sandra Bullock?«

»Wohl nicht.«

»Wir hatten dazu extra einen Geschäftsbereich *Media and Entertainment Practice* aufgebaut, scheinbar, um geschlossene Fonds für die Filmfinanzierung zu strukturieren. Aber eigentlich ging es darum, immer neue Schauspieler zu, sagen wir mal, *rekrutieren*. Junge Schauspieler, deren Gesichter niemand kannte.«

»Und der Empfang in Dubai? Wo auch Fink eingeladen war?«, fragte Laura.

»Schauspieler. Alle.«

»Aber die haben sich doch über komplexe Finanzthemen unterhalten? Woher wussten die das?«

»Gegenfrage«, sagte Ehringer und lächelte. »Ist Robert de Niro im wirklichen Leben ein Mafiamitglied?«

»Nein, natürlich nicht.«

»Woher weiß er dann all das, was er in *Once Upon A Time In America*, *Der Pate* oder *The Irishman* sagt?«

»Das steht doch in seinem Text. Und den lernt er.«

»Sehen Sie.« Ehringer nickte zur Bestätigung. »Schauspieler lernen ihren Text. Wir haben sie gut bezahlt, sodass wir wirklich eher die angehenden Robert de Niros bekommen haben. Nicht die Laien aus den Gerichtsshows im Nachmittagsprogramm.«

Laura musste an Storys wie die von dem Tinder-Schwindler denken. Wer eine Rolle perfekt spielen konnte, konnte den anderen alles verkaufen.

»Sie sagten«, bohrte Laura nach, »die kämen alle mehr oder weniger frisch von den Schauspielschulen?«

»Natürlich. Man sollte ja ihre Gesichter nicht kennen.«

»Hier steht aber«, Laura blätterte durch die Unterlagen, »Sie hatten bei einem Empfang tatsächlich einmal Fritz Wepper für einen Gastauftritt dabei. Das war doch der aus *Derrick?*«

Ehringer lächelte kurz. »Der war mal Ehrengast und tatsächlich als Schauspieler eingeladen. Tatsächlich war er aber *ein Schauspieler unter Schauspielern.*« Sein Lächeln verschwand so schnell, wie es gekommen war.

»Wenn ich mir die Videos von den VIP-Treffen anschaue, sahen einige der Gäste ziemlich alt aus«, sagte Laura, »nicht so, als wenn die gerade von der Schauspielschule kämen?«

»Doch«, sagte Ehringer, »die eine Sache bei Schauspielern sind die Texte, die andere Sache ist die Maske. Man schlüpft in die Rolle eines völlig anderen.« Er beugte sich vor, als käme jetzt ein ganz großes Geheimnis: »Und Sie werden es nicht glauben: Genauso wie es alte Menschen gibt, gibt es alte Schauspieler!«

»Und das haben Sie alles kontrolliert?«

»Musste ich ja. Ich bin eigentlich ständig von Zürich, Dubai und Singapur hin und her geflogen. In Dubai und Singapur hatten wir natürlich auch Kontakte zu Schauspielschulen. Wir haben Castings und die Empfänge im Hotel Andaz gemacht. Bei Hyatt war ich Globalist, das ist der höchste Status, den man haben kann. Eigentlich war ich eher Regisseur als Banker. Ich habe mir zudem Artikel über berühmte Regisseure angeschaut. Von Steven Spielberg, Peter Jackson …«

»Davon steht aber nichts in den Mails.«

»Natürlich nicht. Dann wären ja in der Zentrale sehr schnell die Alarmglocken losgegangen. Das ging alles über Telegram-Chats. Wir haben regelmäßig die Accounts gelöscht. Und wieder neu aufgesetzt.«

»Und die Al Nara Corporation in Dubai? Das ist doch eine Filiale der BWG Bank?«

»Ein Briefkasten. Wenn Sie bei der Nummer anrufen, geht unten im Restaurant im Burj Khalifa jemand ans Telefon. Zum Glück ruft da sowieso niemand an.«

Laura dachte nach. Ehringer hatte ein paarmal *wir* gesagt.

»Wer war noch beteiligt?«, fragte sie. »Wer war die Person, mit der Sie das gemacht haben? Oder die Personen?«

»Eine Person.«

»Wer?«

»Fischer«, sagte Ehringer, »Thomas Fischer.«

KAPITEL 23

VADUZ, LIECHTENSTEIN

Fischer, dachte Laura, *immer wieder Fischer. Auch als Toter ist er überall dabei.*

Sie blickte Linus an. Der nickte.

»Thomas Fischer«, sagte sie, »ist tot.«

Ehringer war nicht überrascht. »Ich weiß. Es gab schon Meldungen.«

»Überrascht sind Sie nicht?«

»Jemand wie Fischer hält es in Gefangenschaft nicht lange aus.« Er seufzte. »Darum bin ich auch recht entspannt, Ihnen das alles zu erzählen. Wenn er noch gelebt hätte, hätte ich das wohl nicht getan.«

»Was hatte Fischer denn davon, das alles zu simulieren?«

»Was er davon hatte?« Ehringer trank von seinem Kaffee, wobei er in einer Hand die Untertasse und in der anderen die Tasse hielt. »Das Einzige, was ihn motiviert. Und mich, ehrlich gesagt, auch: Geld.«

»Geld, woher? Auf den Konten war doch nichts? Und der ganze Schauspiel-Mummenschanz hat bestimmt einiges gekostet.«

»Das hat allerdings einiges gekostet. Aber deutlich weniger als das, was wir bekommen haben. Viel weniger.«

»Von wem haben Sie Geld bekommen?«

»Na, wo bekommt man Geld? Von der Bank!« Er kicherte kurz. »Nein, im Ernst, die BWG hat den Auslandsfilialen Geld für die Expansion überwiesen. Als Gegenleistung wollte sie natürlich sehen, dass da auch Kundengeschäft stattfindet und Erträge fließen. Aus Wertpapierprovisionen und anderem.«

»War aber nicht so?«

»Nein. Wir mussten ein paar Hunderttausend für die Events und andere Dinge investieren, aber alles andere ging an uns. Hälfte, Hälfte.«

»An Fischer und Sie?«

»Richtig. Und das war nicht nur eigennützig.«

»Ach nein?«

»Nein. Unser Plan war, maximal hohe Zahlen für BWG-Filialen zu generieren, die dann in die Gesamtbilanz kamen. Das erhöhte die Erträge und damit den Aktienkurs.«

»Und damit den Wert von Fischers Optionen«, sagte Linus.

»Und meinen Optionen«, sagte Ehringer. »Es war gut für uns, aber auch gut für die Bank. Wie sagte La Rochefoucauld: *Der Eigennutz kennt keine Grenzen, nicht einmal den Gemeinnutz.*«

»Mir kommen Tränen der Rührung«, sagte Laura, »Sie mussten aber doch wissen, dass das Konstrukt irgendwann mal in sich zusammenbrechen würde?«

»Wissen das nicht alle, wenn eine große Party im Gange ist? Alle wissen, dass es bald zu Ende gehen wird, aber man weiß, es wird eben nicht heute sein. So macht man weiter, wie bei allen Krisen: 2000, 2008, 2020, und was noch alles kommt. Wie sagte Chuck Prince, damals CEO der Citigroup, als 2008 die Märkte einbrachen: *Solange die Musik spielt, musst du tanzen.*«

»Und Sie haben getanzt?«

»Oh ja.« Ehringer nickte langsam. »Unsere Optionen wären Ende dieses Jahres ausgelaufen. Wir hätten uns das Geld geschnappt und wären weg gewesen. Das klappt jetzt leider nicht mehr. Vor allem, da der Kurs der Bank eben nicht so gestiegen ist, wie wir gehofft haben.«

Vor allem auch, weil Fischer von seinem Geld Xenotech-Aktien kaufen wollte, dachte Laura, *also kann er an die Aktien der Bank nicht so stark geglaubt haben.*

»Der Kurs wird jetzt erst recht nicht mehr steigen«, sagte Laura, »jetzt, wo dieses Milliardenloch gefunden wurde.«

»Nicht mehr«, sagte Ehringer.

Linus sortierte seine Unterlagen. »Hören Sie, Herr Ehringer, Sie haben das alles gefakt. Die Empfänge, die reichen Kunden, die Filialen, das waren alles Luftbuchungen. Die Milliarden gibt es nicht. Die Wirtschaftsprüfer konnten Sie doch nicht mit Schauspielern ruhigstellen?«

»Durchaus, zum Teil schon. Wenn es Videokonferenzen mit den Prüfern und den Filialen gab, haben wir sogar mal ein ganzes Private-Banking-Team der BWG nachgestellt.«

Laura und Linus stand der Mund offen.

»Und das hat funktioniert?«

»Nicht nur das, aber eben auch.«

»Was meinen Sie mit *eben auch?*«

»Die Schauspieler waren das eine, die Bilanzen das andere«, sagte Ehringer.

»Das meine ich«, sagte Laura und tippte auf den Tisch. Sie kam sich ähnlich vor wie Tom Harding mit seiner Firmenkarte. »Aber die Prüfer haben die Bücher doch angeschaut. Da waren scheinbar keine Unregelmäßigkeiten zu sehen!«

»Eigentlich nicht. Bei uns aber schon.« Ehringer trank von seinem Kaffee. »Sie wissen ja: Je realer eine Illusion wird, desto eher wird sie geglaubt.«

»Was soll das heißen?«

»Wir hatten keine starke Bilanz. Also mussten wir eine bauen.«

»Sie haben die kompletten Zahlungen der Filialen und der konsolidierten Erträge … nachgestellt?« Linus war aufgestanden.

»Wir haben die Belege gefälscht. Aber das kann ja jeder. Heutige Wirtschaftsprüfer schauen mit ihren Werkzeugen auch in die Systeme rein. Die Abrechnungssysteme, Kernbankensysteme, Bilanzierungsprogramme.«

»Nun sagen Sie nicht, dass Sie die …«

»Doch, haben wir. Wir haben hier in Liechtenstein die gesamte Bank-IT noch einmal kopiert. Natürlich nicht zu hundert Prozent. Es musste nur glaubwürdig genug aussehen, um einen Wirtschaftsprüfer zu überzeugen, der da seinen neugierigen Rüssel reinsteckt.«

»Aber auch dafür braucht man eine Menge Computer und IT-Infrastruktur?« Linus hatte sich wieder hingesetzt.

»Ich sagte ja …« Ehringer tippte mit der linken Hand auf der Tischoberfläche. »Wir brauchten einige Hunderttausend für die Events und Schauspieler und einige für die IT.«

»Klingt fast wie zwei Geschäftsbereiche«, sagte Laura, »Media and Entertainment und IT Infrastructure.«

»Schön gesagt«, sagte Ehringer, »und das klingt nicht nur so, das war so. Wir haben dafür zahlreiche Rechner gekauft und IT-Spezialisten aus der Ukraine rekrutiert, um die Wirtschaftsprüfer zu täuschen.«

»Und das Kernbankensystem?«

»Die Techies in der Ukraine sind fit. Die IT-Truppen haben sogar ein gesamtes Kernbankensystem mit Bilanzierung und Abrechnung erstellt.«

»Aber wo kamen die Daten her, wenn es keine richtigen Transaktionen gab?«

»Daten gibt es doch überall. Und wenn du Bankdaten willst, wo gehst du dann hin?«

»Zu einer Bank?«, sagte Laura. Und fragte sich, ob die Antwort so einfach war, wie sie glaubte.

Ehringer nickte. Die Antwort war genauso einfach, wie die Frage suggerierte. »Zu einer Bank. Glücklicherweise arbeiten wir bei einer Bank. Wir haben also die Systeme der BWG angezapft und daraus vergleichbare Filialdaten aus den wirklichen Bankgeschäften gezogen, diese per künstlicher Intelligenz angepasst und so aussehen lassen, dass sie vielfältig und damit real aussehen. Bei Einzahlungen von Kunden waren es teilweise glatte Beträge, weil die meisten glatte Beträge einzahlen, bei Kosten und Provisionen krumme Beträge, so wie es in Wirklichkeit auch ist.«

Linus schüttelte den Kopf. »Es gibt aber für all diese Infrastruktur überhaupt keine Abrechnung, keine Belege, kein Nichts. In den Kostenstellen der Zentrale ist nichts vorhanden.«

»Nein, weil wir das alles privat gemacht haben, damit die, nennen wir sie mal, *Doppelstruktur* nicht auffällt.«

»Fast eine Matrixstruktur«, sagte Linus.

»Ja, so in etwa. In einer Matrix hat man nicht nur einen Boss, sondern zwei. Das passt insofern, weil Fischer und ich auch zwei Bosse waren.«

»Egal«, sagte Laura, »Matrix hin oder her, wie haben Sie das gemacht?«

»Wir haben Mailserver gekauft, bei Microsoft und Amazon, Netzwerkschränke für die Festplatten, Arbeitsspeicher, Rackschienen, Kühler. Laptops von Apple, meistens MacBooks Pro, die richtig schnell sind und die die Arbeit von zwei normalen Computern leisten können. Nichts davon auf dem offiziellen Weg. Mal im Baumarkt, mal bei kleinen IT-Ausstattern. Einiges haben wir bar bezahlt, andere Rechnungen so umgemünzt, dass sie in unser Konzept passten, mal haben wir in Kryptos bezahlt. Wenn man ein Einnahmensystem aufbauen will, um die Prüfer zu täuschen, dann braucht man parallele Kunden, das sind die Schauspieler, und ein paralleles IT-System. Das haben wir aufgebaut. Beides!«

Laura und Linus blickten sich an und sagten nichts.

»Diese ganze IT-Infrastruktur«, sagte Laura, »wo zur Hölle ist die?«

Ehringer hob die Hände wie bei einem Offenbarungseid und blickte sich um. »Ich bin der Einzige hier in dieser Filiale. Mal abgesehen von einigen Freiberuflern und den IT-Experten, die in der Ukraine sitzen. Wir haben keine Kunden. Wir haben keine Mitarbeiter. Was glauben Sie, wofür wir die ganzen Räume hier nutzen?«

Er zeigte zur Seite und auch nach unten.

Und jetzt fiel Laura das leise Summen auf, das sie vorher nicht wahrgenommen hatte.

Das Summen von Kühlungen in Serverräumen.

Draußen zündete sich Linus eine Zigarette an. Er hatte eigentlich vor zwei Jahren aufgehört, aber für Notfälle hatte er immer eine Zigarette dabei. Das war jetzt so ein Notfall.

»Was machen wir jetzt?«, fragte Linus. »Fink anrufen, oder?«

»Erst Fink und dann Hortinger. Willst du kurz Fink anrufen, und ich fahr eben nach Schaan?«

»Was willst du in Schaan?«

»Erst mal auf andere Gedanken kommen und das Ganze sacken lassen«, sagte Laura.

»Und das geht nur in Schaan?«

»Nein, tatsächlich zu Hilti in den Showroom. Den Bohrhammer, oder wie immer das Ding heißt, für meinen Mann kaufen.« Sie zwinkerte mit einem Auge. »Und ein Selfie im Laden machen. Habe ich Timo versprochen.«

KAPITEL 24

VADUZ, LIECHTENSTEIN

Laura und Linus hatten alles protokolliert. Laura hatte die Hilti gekauft, ein Selfie im Flagship Store in Schaan gemacht und an Timo geschickt. Dann hatten sich Linus und Laura ein paar Portale im Internet angeschaut, wo man Schauspieler buchen konnte. Einige konnte man sogar über eBay engagieren. Ehringer hatte aber darauf geachtet, nur solche zu nehmen, die nicht auf solchen Plattformen engagiert wurden, da hier die Gefahr zu groß war, dass irgendwer irgendjemanden wiedererkennen konnte. Das Ganze war ein perfektes kriminelles Täuschungssystem. Bis es dann, wie alle kriminellen Systeme, irgendwann zusammenbrach.

Laura hatte nur das Büro von Hortinger erreicht. Am Telefon war seine zweite Mitarbeiterin, Brunhild Müller, seit zwanzig Jahren Vorstandssekretärin und nicht nur wegen ihrer Statur, sondern auch wegen ihrer Art »Die Walküre« genannt oder, von weniger wohlmeinenden Kollegen, »Herr Müller«. Hortinger selbst, so hörte Laura, war gar nicht in Frankfurt, sondern auf einer Investorenkonferenz in London. Dort fand ein sogenannter *Kapitalmarkttag* statt, wo das Management der Bank den Investoren die neue Strategie der Bank vorstellte. Die Teilnehmer waren besonders angelsächsische Pensionsfonds, Investmentfonds und andere Anlagegesellschaften, die überzeugt werden sollten, dass die Bank nun endlich aus dem größten Schlamassel heraus war und die neue Strategie *BWG 4.0* auch tatsächlich zum Erfolg führen würde und nicht nur wieder ein neues Strategie-Buzzword war, dem keine Umsetzung folgte. Laura hatte einmal von *den fatalen fünf Prozent* gehört, die wohl auf einer Studie aus Harvard fußten. Demnach gehörte die Unternehmensstrategie zu den fünf Prozent wichtigsten Themen im Vorstand, aber nur fünf Prozent der Mitarbeiter konnten die Strategie erklären und nur fünf Prozent aller Strategien wurden umgesetzt. Bei der BWG, da war sie sich sicher, waren die letzten beiden Positionen deutlich kleiner als fünf Prozent.

Investoren, das wusste Laura, hassten Überraschungen, weil die meisten Überraschungen schlechte Überraschungen waren. Was die Vorfälle in Liechtenstein bedeuten würden, das mochte sie sich noch gar nicht ausmalen.

»Herr Dr. Hortinger meldet sich bei Ihnen, wenn er wieder Zeit hat«, sagte Frau Müller. »Und das kann etwas dauern. Er beantwortet gerade die Fragen der internationalen Investoren.«

Laura beschloss, etwas deutlicher zu werden. »Sagen Sie Herrn Dr. Hortinger, dass er sich das ganze Investoren-Pampern sparen kann, wenn er nicht sofort mit uns spricht. Wir haben schlechte Nachrichten, was die Bankbilanz angeht. Sehr schlechte.«

Laura fiel auf, dass Brunhild Müller offenbar von Lauras Delegation und Spezialaufgabe nichts wusste, vielleicht auch deswegen, weil Laura im Bereich Konzernstrategie von Fink angehängt war. Laura überlegte schon, es über Judith und Fink bei Hortinger zu versuchen. Gleichzeitig merkte sie, wie Müller zögerte. Es war das typische Dilemma des Vorzimmers: Blockte man nicht genügend Nervensägen ab, gab es Ärger. Stellte man aber wirklich wichtige Informationen nicht durch, gab es erst recht Ärger. Denn auch bei Vorständen galt die alte Weisheit aus dem Film *Der Pate: Mr. Corleo-*

ne besteht darauf, schlechte Nachrichten unverzüglich zu hören.

»Mr Walker ist bei ihm, unser Investor-Relations-Chef«, sagte Müller, »der ist absolut vertrauenswürdig. Den sollte ich einfacher erreichen. Was soll ich ihm denn sagen?«

»Sagen Sie ihm, wir haben eine riesige Bilanzlücke entdeckt mit katastrophalen Folgen, wenn wir nichts tun«, sagte Laura. *Und wenn wir etwas tun, auch,* fügte sie in Gedanken hinzu.

»Ich schaue, was ich tun kann.«

Müller legte auf.

Zehn Minuten später rief Hortinger Laura auf dem Handy an. Offenbar von seinem eigenen Handy und ohne unterdrückte Nummer. *Praktisch,* dachte Laura, *dann habe ich die Handynummer des Vorstands.*

»Frau Jacobs, ich höre, es gibt Schwierigkeiten?«, sagte er.

»Ich mache ganz kurz. Kann ich über diese Leitung sprechen?«

»Nur das Nötigste.«

Laura erklärte ihm den Vorfall, so knapp wie möglich. Hortinger nahm das Ganze erstaunlich gefasst auf.

»Hören Sie zu«, sagte er. »Sie fahren sofort zurück nach Frankfurt und helfen bei den nächsten Schritten. Dann kommen Sie so schnell es geht nach London, spätestens morgen Vormittag sehen wir uns in der BWG in London. Und machen Sie eine kurze Präsentation. Die schicken Sie bitte niemandem, sondern bringen sie auf Ihrem Rechner und am besten noch auf einem USB-Stick mit. Bevor ich die sehe, kriegt die niemand zu sehen, ich wiederhole niemand! Das Ding verlässt Ihren Rechner nicht! Verstanden?«

»Ja.«

»Maximal fünf Seiten, nur die Fakten, keine Vorstandsbespaßung, klar?«

»Klar.« *Vorstandsbespaßung,* hatte Laura gelernt, waren grafisch perfekt gemachte PowerPoint-Präsentationen, die vorzugsweise Unternehmensberatungen erstellten, um zu zeigen, was sie alles geleistet hatten.

»Und Ehringer?«

»Frau Müller kümmert sich darum. Er ist unverzüglich freizustellen, sein Zugang wird gesperrt, und die Rechtsabteilung wird mit unseren externen Kanzleien rechtliche Schritte einleiten.«

»Wollen Sie auch mit ihm sprechen?«

»Ich würde gern«, sagte Hortinger, »aber wenn ich zu lange aus einer Investorenkonferenz rausmuss, werden die Investoren misstrauisch. Die hocken da alle im Plenum und warten auf mich. Gerüchte können wir jetzt überhaupt nicht brauchen. Sie wissen, was Sie zu tun haben?«

»Ja, das wissen wir.«

»Dann spätestens morgen in London.«

»Wir kommen, so schnell wir können.«

»Machen Sie es noch schneller.«

Er legte auf.

KAPITEL 25

GEGENÜBER DEM TAUNUS TOWER,
13. ETAGE, FRANKFURT AM MAIN

Laura war zurück in Frankfurt. Sie und Linus hatten Sina von den aktuellen Vorkommnissen erzählt, mit Fink eine Präsentation erstellt, mit der Rechts- und Compliance-Abteilung gesprochen und mit Adalbert Vincus, der tatsächlich so hieß, einen Adelsring trug, seine Initialen in sein Hemd gestickt hatte und Hortingers altkluger Vorstandsassistent war, die nächsten Schritte koordiniert. Sie war, wie sie selbst immer sagte, *stehend k. o.*

Sie blickte sich in ihrem Appartement um. Es war keines mit einer Badewanne mitten im Zimmer, aber ausgesprochen hübsch mit bodentiefen Fenstern, Couch, Tisch, Schreibtisch, einer kleinen Küche und einem abgegrenzten Schlafzimmer. Auf dem Bett lag der rote Koffer mit dem Hilti-Bohrhammer. TE irgendwas, den Rest der Produktbezeichnung hatte sie schon längst vergessen. Aber Timo würde sich freuen.

Als Laura nur noch ins Bett wollte, war die SMS auf ihrem Handy aufgeploppt. Sie war von Marc.

Kleiner Absacker?

Eine Stimme sagte, dass sie tatsächlich *stehend k. o.* war. Die andere Stimme sagte: *warum nicht?*

Vielleicht erfahre ich etwas, was uns helfen kann.

Was heute in Liechtenstein passiert war, durfte Marc natürlich auf keinen Fall erfahren.

Warum nicht. 21 Uhr bei dir? Alte Adresse?

Deal!

»Wie siehst du denn aus?«, fragte Laura, als sie Marc sah.

Marcs Gesicht war geschwollen, Blutergüsse am Jochbein, Verfärbungen an der Schläfe, die Lippen noch verkrustet. »Hat dich etwa jemand zusammengeschlagen?«

»Äh, ja, leider«, sagte Marc.

»Hier?«

»Ja, nicht in Johannesburg oder in irgendwelchen Slums, sondern hier. Man mag es kaum glauben.« Er zuckte die Schultern. »Du weißt ja, ich bin ein Nachtmensch. Darum passen mir die Handelszeiten der US-Börsen gut. Gehen um 15:30 Uhr los und hören um 22 Uhr auf. Das hat mich bei der BWG immer genervt. Dass da alle schon um acht Uhr im Büro hocken müssen, wie im Arbeitslager.«

»Ich bin selbst nicht gerade Frühaufsteherin«, sagte Laura. »Aber was ist dir passiert? Nachts im Park?«

Marc lächelte gequält. »Tatsächlich nachts im Park. Ich war spätnachts joggen. Eigentlich dämlich, hätte ins Gym gehen können, das hat vierundzwanzig Stunden auf. Und da kam dieser Typ. Ich hatte aber nichts dabei. Außer meiner Smartwatch. Die Tür hier geht mit Fingerabdruck auf, daher hatte ich auch keinen Schlüssel oder so was dabei. Was einerseits gut war, aber den Typen sauer gemacht hat.«

»Und?«

»Mit der Smartwatch konnte er wohl nicht viel anfangen. Die hat er mir sogar gelassen, dafür die AirPods mitgenommen. Verprügelt hat er mich trotzdem. So als würden auf einmal auf wundersame Weise Wertsachen erscheinen, wenn er lange genug prügelt.«

»Hast du Anzeige erstattet?«

»Ja klar, aber was bringt das? Der Typ war nicht doof und hat eine Strumpfmaske getragen. Ob sie den finden?« Er strich sich über seine lädierte Nase.

»Ach, du Armer«, sagte Laura. Sie hätte ihn fast in den Arm genommen.

»Na, egal, heilt alles wieder. Zum Glück nichts gebrochen, und die Zähne sind auch alle okay.«

Abgesehen von den Verletzungen sah Marc aus wie immer. Rote Haare und Sommersprossen, ein wenig wie Clemens Weber vom Investmentbanking. Abgesehen davon, dass er einen nervösen Eindruck machte und nicht mehr so cool war wie bei ihren letzten Gesprächen in Frankfurt und Berlin. Laura nahm sich daher erst recht vor, die Gespräche mit dem Investmentbanking für sich zu behalten. Irgendetwas an der Art, wie Marc von dem Überfall im Park erzählte, gefiel ihr nicht. Sie wusste aber nicht, was.

Sie ging ans Fenster. Auch hier war die Aussicht vor der untergehenden Sonne grandios. Allerdings hatte Laura jetzt so oft schöne Aussichten aus diversen Wolkenkratzern genossen, dass es ihr fast normal vorkam.

»Caipi?«, fragte Marc.

»Gern!«

Marc hatte, wie schon bei ihrem ersten Treffen, eine ganze Caipi-Ausrüstung, bestehend aus Stößeln für die Limetten, Eis-Crusher und den guten Caipi-Schnaps Cachaça. *Der, den auch die Brasilianer trinken, nicht der Fensterreiniger für Touris,* hatte er mal gesagt. Er machte sich an die Arbeit. Der Eis-Crusher heulte auf. Eine der Limetten fiel auf den Boden. »Mist«, fluchte Marc. Dann blickte er auf. »Fischer ist tot, habe ich gelesen?«

Laura war hellwach. »Ja, war schon in den Medien, oder?«

»Nur kurz. Dann waren die Artikel wieder weg. Er war im Knast, oder?«

»Ich nehme an U-Haft«, sagte Laura. Das konnte sie erzählen, weil es kurz in allen Zeitungen stand.

»War er es selbst?«

Laura zuckte die Schultern. »Keine Ahnung, ich hab das auch nur aus der Zeitung erfahren.«

»Was ist denn die Meinung der Bank zu dem Thema? Was sagt Fink?«

»In der Bank redet keiner drüber. Scheint ein ganz großes Tabu zu sein.« *Woher wusste Marc, dass Laura bei Fink gewesen war?*

»Dachte ich mir.« Marc sah etwas enttäuscht aus. »Und, was geht sonst so ab in der BWG?«

»Zahlungsströme überprüfen, um Geldwäsche noch besser vorzubeugen«, sagte Laura. »Du weißt ja, ich kann solche Strukturen immer ganz gut erkennen.«

»Pattern Recognition, wie man das nennt«, sagte Marc. »Ich hatte ja schon gesagt: Einige Hedgefonds würden für deine Fähigkeiten viel Geld zahlen.«

»Die BWG zahlt immerhin eine Delegationsprämie.«

»Besser als nichts, aber die wird sich bei den Geizpennern in Grenzen halten.« Marc nahm die zwei Caipirinha in die Hand und trug sie zum Sofa. »Das klingt nicht nach *3 6 3 Banking.*«

»Überhaupt nicht. Ist ziemlich stressig, aber auch ziemlich interessant.«

3 6 3 war ein Witz, den Marc und Laura sich schon einmal erzählt hatten. Die 3-6-3-Regel bezog sich auf die miefigen Banker alter Schule, von denen es in der BWG einige gab. Sie nahmen Geld zu drei Prozent auf, verliehen es zu sechs Prozent und waren um 3 Uhr nachmittags auf dem Golfplatz.

»Voilà, Madame.« Marc reichte ihr ein Glas. Sie stießen an.

»Auf die guten alten Zeiten«, sagte Marc, »und auf gute neue Zeiten.« Er schaute nach draußen. »Wo sitzt ihr?«

»In der BWG?«

»Ja, welche Etage?«

»Zwanzigste, Konzernstrategie.«

»Ach, ja klar, Sören Fink, die alte Kanone. Den kenne ich noch. Der ist gut.«

»Habe ihn nur am ersten Tag kurz gesehen und war dann mit ihm ein paarmal in Calls.« Laura merkte, dass sie höllisch aufpassen musste, um nichts von der Ad-hoc-Meldung, der Bilanz und den Gesprächen in London zu erzählen. Denn tatsächlich hatte sie heute für den Rest des Tages nach der Ankunft aus Liechtenstein mehr Zeit mit Fink verbracht als an manchen Tagen mit ihrem Mann. »Heute waren wir aber gar nicht vor Ort.«

»Wo wart ihr denn?«

»In Liechtenstein.«

Sofort bereute Laura, was sie gesagt hatte.

KAPITEL 26

GEGENÜBER DEM TAUNUS TOWER,
13. ETAGE, FRANKFURT AM MAIN

Liechtenstein«, sagte Marc. »Die sind doch damals ziemlich durch den Kakao gezogen worden, als die Sache mit Postchef Zumwinkel und den hinterzogenen Steuern hochploppte. Da war auf einmal Liechtenstein unbeliebter als der Postchef.«

»Ja, darüber haben wir auch gesprochen.«

»Und worüber noch?«

Laura kam das Ganze wie ein Verhör vor. Andererseits konnte sie Marc vielleicht ein paar unverfängliche Informationen geben, für die sie im Gegenzug hoffentlich hilfreiches Wissen von ihm kriegen würde.

»Na ja, kannst du dir wahrscheinlich denken«, sagte sie und trank von ihrem Caipi. Der Cocktail schmeckte genauso gut wie beim letzten Mal. »Steuerhinterziehung von einigen großen Kunden, die jetzt Angst haben, dass sie auffliegen. Und dann steckt die BWG natürlich mit im Schlamassel.«

»Wäre nicht das erste Mal.« Marc zerstampfte mit seinem Glasstrohhalm den Rohrzucker unten im Glas.

»Nein. Man überlegt sogar, eine Kommunikationsagentur zu beauftragen, die proaktiv Gewehr bei Fuß steht, falls irgendein Shitstorm in den Medien losbrechen sollte.« Das war von Laura glatt gelogen, aber sie hoffte, durch diese Information ein paar Tipps von Marc zu bekommen. Der ließ sich nicht lange bitten und ging zu seinem Handelsterminal mit den vier großen Monitoren. »Immerhin will man jetzt etwas machen«, schloss Laura.

»Aha«, sagte Marc. »Immerhin. Nicht so wie damals, als Reuter von heute auf morgen zurückgetreten ist. Und alle Mitarbeiter das als Erstes aus dem *Handelsblatt* erfahren haben.« Er wechselte zu einem anderen Bildschirm. »Aber klar: Die BWG mal wieder knietief im Dreck. Dann stimmen ja die Gerüchte, und das würde es auch erklären«, sagte er.

»Welche Gerüchte?«

»Hier«, sagte er und zeigte auf einige Zahlenkolonnen. Dort tauchte immer wieder das Frankfurter und das New Yorker Börsenkürzel der BWG auf. Dahinter unterschiedlich große Zahlen. »Ich dachte, das interessiert dich.«

»Short Interest«, las Laura vor. Sie rückte näher heran. Das interessierte sie allerdings. »Ist das nicht die Anzahl an Short-Positionen, also Leerverkäufen auf die Aktie der BWG? Laura kannte Leerverkäufe, auch wenn sie damit noch nie direkt zu tun gehabt hatte. Die Idee war nicht, wie bei traditionellen Aktien, dass man billig bei 50 kaufte und teuer bei 100 verkaufte. Man lieh sich stattdessen eine Aktie, die verkaufte man bei 100 und kaufte billig zu 50 zurück. Dann gab der Leerverkäufer die Aktie wieder zurück. In beiden Fällen war der Gewinn 50 Euro. Das Prinzip war das gleiche, billig kaufen und teuer verkaufen, nur beim Leerverkauf in umgekehrter Reihenfolge. Das Problem dabei war allerdings nur, dass der Leerverkäufer ein Riesenproblem hatte, wenn die Aktie stieg, anstatt zu fallen. Wenn der Leerverkäufer bei 100 verkaufte und der Kurs stieg auf 200, dann hatte der sogenannte Short Seller viel mehr Verlust, als er ursprünglich eingesetzt hatte.

Marc nickte.

»Leerverkäufe macht man doch nur, wenn man ganz sicher ist, dass die Aktie auch fällt«, sagte Laura. »Ansonsten kann einem das gehörig um die Ohren fliegen.« *So ähnlich wie bei Timo mit seinen Short Calls, aus denen dreißigtausend Euro Verlust in zwei Tagen wurden,* fügte sie in Gedanken hinzu.

»Ja, und der Short Interest, also die Menge der leerverkauften Positionen der BWG, wird immer größer.« Marc tippte auf den Monitor. »Irgendeiner weiß da mehr, als wir wissen.« Er schaute Laura an. »Oder hast du eine Erklärung dafür?«

Klar habe ich die, dachte Laura, *wenn das keine Zocker sind, die die BWG trotz ihres Allzeittiefs oder gerade deswegen für einen Verkaufskandidaten halten, dann wissen sie, was derzeit nur Linus, Hortinger, Walker, die BaFin und ich wissen: dass in der Bilanz der BWG einiges überhaupt nicht stimmt. Und das wird sehr üble Folgen haben.* Aber das konnte sie Marc natürlich nicht sagen.

»Keine Ahnung.« Laura versuchte ein Ablenkungsmanöver. Sie zeigte auf einen Chart der BWG auf Marcs Trader-Terminal. »Wenn ich mich noch an meine Kurse zur Chart-Analyse richtig erinnere, hat die Aktie hier«, sie zeigte auf eine Stelle am Chart, »den Donchian-Kanal nach unten durchbrochen. Das ist ein klares Verkaufssignal.«

»Charttechnisch völlig richtig.« Marc lächelte wie ein zufriedener Lehrer. »Aber wie sagt der Kölner: *Die einen sagen so, die anderen sagen so.* Denn andererseits kann man auch sagen, die Aktie hat, wie hier, die Bollinger-Bänder nach unten durchbrochen. Sobald eine Aktie da ausbricht, kehrt sie eigentlich wieder in die Bänder zurück. Das spricht für einen Rebound und eine Kurserholung, und das wäre schlecht für die Leerverkäufer.«

»Was aber allen klar ist und was kein Geheimnis ist: Fundamental sieht es für die BWG nicht optimal aus«, sagte Laura, »aber, da erzähle ich dir nichts Neues, das steht im Geschäftsbericht.«

»Das pfeifen die Spatzen von den Dächern«, sagte Marc. Er schaute nach draußen. »Auch wenn die Dächer hier etwas höher sind.«

Sie tranken von ihrem Cocktail.

»Marc«, sagte sie dann, »du kannst doch diese Dark Pools im Dark Web anschauen. Vielleicht sehen wir da, wer genau auf den Kursverfall wettet?«

Dark Pools waren anonyme Zahlungsstellen, wo große Investoren anonyme Transaktionen durchführen konnten. Die waren zwar nicht wirklich illegal, aber den Aufsichtsbehörden schon seit Längerem ein Dorn im Auge.

»Weil du es bist«, sagte Marc. Er öffnete einen alten Laptop, den er offenbar nur dazu nutzte, um ins Dark Web zu gehen. »Den hier nehme ich immer. Im Dark Web sollte man nicht mit seinen realen Trading-Plattformen unterwegs sein. Sonst verkauft dir einer deine Position und überweist das Geld auf Nimmerwiedersehen nach Panama.«

»Genau nach Panama?«

Er grinste. »Vielleicht auch nach Liechtenstein.«

Sie setzten sich mit dem Laptop auf die Couch.

»Okay, hier haben wir was«, sagte Marc. »Sind aber keine anderen Informationen als die, die wir in den normalen Börsenplattformen sehen.« Laura sah grüne Zahlenkolonnen auf schwarzem Grund. Es sah wieder aus wie bei Matrix.

»Nein, nichts«, sagte Marc abschließend. »Fakt ist: Wenn bei der BWG wirklich was im Busch ist und die Aktie kracht deswegen runter, dann wird echt Blut fließen. Der Short Interest ist dermaßen hoch, dass sich der Abwärtsdruck von selbst verstärkt. Theoretisch kann die Aktie dann auf null fall…«

»Marc, du blutest«, rief Laura. Sie zog instinktiv ein Taschentuch und hielt es Marc unter die Nase. Sie hatte gerade verhindert, dass ein Schwall Blut aus Marcs Nase auf sein weißes Hemd tropfte. *Dann wird echt Blut fließen,* hatte er gerade noch gesagt.

»Scheiße, passiert ab und zu, danke dir. Kommt von der Schlägerei im Park«, nuschelte Marc durch das Taschentuch. »Ich hab vom Arzt so Blut- oder Rotzbremsen gekriegt, die man sich unter die Nase hängt.« Er stand auf. »Ich hol mal eben eine im Bad.«

»Die kenne ich«, sagte Laura, »hatte ich mal nach einer Nasenscheidewand-OP.«

»Die hatte ich auch«, sagte Marc nasal. »Allerdings in wenigen Sekunden ohne Narkose und direkt im Park.«

Laura blickte auf. Was sie jetzt tat, war nicht richtig, aber das, was die Leerverkäufer machten, war es auch nicht. Sollte sie die BaFin kontaktieren, damit die ein Leerverkaufsverbot aussprachen? Aber dafür müsste die Bank eine Ad-hoc-Meldung machen, und das ging noch nicht. Als sie die Toilettentür hörte, rückte sie an den Laptop.

TOR Proxy las sie. Das schien eine Kennung von Marc zu sein. Sie speicherte die zehn Buchstaben, Zahlen und Zeichen mental ab.

Dann klickte sie weiter.

Den Leerverkäufern waren Kennnummern zugeordnet. In den Dark Pools wusste niemand, ähnlich wie bei früheren Schweizer Nummernkonten, wer dahintersteckte. Aber Nummern gab es trotzdem. Sie verglich einige der Nummern mit den Aktivitäten, die diese Investoren sonst noch machten. Einige von ihnen wetteten nicht nur auf fallende Kurse der BWG Bank. Einige von ihnen schienen auch Geld zu verleihen.

Sie erkannte ein paar der Summen wieder. Es waren die Summen, die sie auf dem Excel-Ausdruck von Clemens Weber gesehen hatte. Sie hatte es fast befürchtet: Es waren die dubiosen Geldgeber, die der Gemeinde Blankenfelde-Mahlow Geld geliehen hatten.

Ein eisiger Schauder durchzog Laura: Die Leerverkäufer und die dubiosen Firmen, die der Gemeinde Geld geliehen hatten, scheinen ein und dieselben zu sein.

Sie hörte Marcs Schritte und klickte wieder zu der Seite, wo sie vorher waren.

Marc trug eine Art Mullbinde unter der Nase, die hinter den Ohren befestigt war.

»Hübsch, oder?«, sagte er. Und dann, als er Lauras blasses Gesicht sah, fragte er: »Alles in Ordnung?«

»Ja klar, war nur eine echt anstrengende Woche. Alles in Ordnung.«

Aber es war nichts in Ordnung.

Irgendjemand, dachte sie, *möchte nicht nur die Grundstücke zurückhaben. Irgendjemand wettet auch auf den Kursverfall der BWG. Wahrscheinlich ein und dieselbe Person.*

DIENSTAG

KAPITEL 27

BWG, DRAPERS' GARDENS, CITY OF LONDON

Linus und Laura hatten den frühen Flieger genommen. Sina war in Frankfurt geblieben, um die Zahlungsströme zu verfolgen, besonders, nachdem Laura ihr nachts noch die Information über die Investoren gegeben hatte, die scheinbar der Gemeinde Geld liehen *und* auf den Kursverfall der Bank wetteten.

»Muss Hortinger das wissen?«, fragte Linus, als sie sich im Taxi der Threadneedle Street näherten. Rechts von ihnen erhob sich die Bank of England, die Britische Zentralbank, die die Briten immer halb zärtlich, halb abschätzig *die alte Tante* nannten.

»Ich kann mir vorstellen, dass ihm die Infos, die wir ihm liefern, reichen«, sagte Laura. »Wir sollten mit der aktuellen Sache vielleicht erst kommen, wenn Sina geprüft hat, ob die Sache wirklich wasserdicht ist.«

»Klingt nach einem Deal.«

Laura schaute aus dem Taxi. Draußen im Bankenviertel lief eine Armada von Anzugträgern herum, zu achtzig Prozent waren es Männer. Sie mochte London. Die eigenartige Mischung der City aus blitzenden Wolkenkratzern und ganz unten im Erdgeschoss irgendwelchen urigen Pubs, die ab 17 Uhr voll waren mit Bankern. Sie mochte auch England. Nach dem Abi war sie ein Jahr lang Au-pair-Mädchen in Oxford gewesen, bei einem Oxforder Professor und seiner Familie. Deshalb sprach Laura fließend reines Oxford-Englisch.

Hortinger empfing sie in einem der Meetingräume im Drapers'-Gardens-Gebäude, wo die Bank einige Etagen besaß. Über ihnen saß Black Rock, der weltweit größte Vermögensverwalter. Der hielt, soweit Laura wusste, ein paar Aktien an der BWG, aber sicher nicht genug, um den Kurs zu stützen, falls die Ad-hoc-Meldung publik wurde und die Aktie auf Talfahrt ging.

Linus und Laura hatten gemeinsam mit Fink eine kurze Präsentation erstellt. Screenshots der nicht existierenden Konten und Umsatzbewegungen blitzten auf einem der Monitore in dem Konferenzraum auf.

»Das haben die alles simuliert?«, fragte Hortinger. Er saß auf den vordersten zwei Zentimetern der Stuhlkante. »Die ganzen Erträge in Dubai, Singapur ...? Und die HNWIs in Liechtenstein? Die haben sie gefakt?«

»Die haben sie mit Schauspielern nachgestellt«, sagte Laura. HNWIs waren High Net Worth Individuals, sehr reiche Individuen. Das Dumme war nur, dass diese sehr reichen Individuen von Schauspielern gespielt wurden, die zwar Individuen, aber sicher nicht reich waren und auch noch nicht sonderlich erfolgreich – sonst hätten sie ihre Schauspielkünste nicht für solche Aktionen angeboten.

»Aber wir hatten doch ständig Videokonferenzen mit denen?« Hortinger stand der Mund offen in der Zeit, in der er nicht sprach. »Haben sie gefragt, wie es ihnen gefällt, was die Anlageziele sind, haben ihre Familien getroffen?« Hortinger war die Kinnlade endgültig heruntergefallen. Die Interaktion mit den superreichen Vermögenskunden war natürlich auch Vorstandsaufgabe. Allerdings sollten es schon echte Superreiche sein, keine Schauspieler.

»Alles gefakt«, sagte Linus. »Die Konten haben nie existiert.«

»Aber wir haben einen Haufen Geld in die Filialen investiert, nicht nur in die Filiale in Liechtenstein, sondern auch in die in Dubai und Singapur.«

»Das Geld scheint weg zu sein«, sagte Laura.

Hortinger stand auf. »Ich will sofort mit … wie heißt der Leiter in Liechtenstein gleich?«

»Ehringer.«

»Ich will ihn sofort sprechen!«

»Versuchen Sie es, aber wir haben ihn heute auch noch nicht erreicht. Weder mobil noch auf dem Festnetz.«

»Der sitzt also nicht in U-Haft?«, fragte Hortinger und setzte sich wieder hin.

»Liechtenstein ist nicht in der EU. Und die Beweise werden noch ausgewertet«, sagte Laura.

»Abgesehen davon«, ergänzte Linus, »wenn er in U-Haft wäre, wäre es schwieriger, mit ihm zu sprechen.«

»Verzeihung, das ist eine Riesenscheiße«, rief Hortinger. Er hatte ein puterrotes Gesicht und die Zähne gefletscht. Laura hatte ihn noch nie so wütend und vielleicht auch ängstlich gesehen, aber allzu lange kannte sie ihn noch nicht. Jedenfalls war er jetzt nicht mehr der joviale Gentleman, den sie letzte Woche beim Lunch im BWG-Kasino mit Steaks und Nero d'Avola gesehen hatte. »Dann ist er vielleicht über alle Berge mit dem Geld?«

»Wenn er das Geld irgendwo hingeparkt hat. Er sagte aber nur, dass er im Auftrag eines bestimmten Mannes gehandelt hat. Ein Mann, den wir alle kennen.«

»Fischer«, zischte Hortinger. »Und der ist tot.«

Eine dunkle Vorahnung baute sich in Laura auf, doch sie beschloss, sich auf das, was war, zu fokussieren und diesen Gedanken in eine andere Ecke ihres Gehirns zu verdrängen.

Hortinger stand auf und lief vor dem großen Fenster auf

und ab, wie ein Kettenhund an einer viel zu kurzen Kette. »Fakt ist«, sagte er, »das Geld ist weg. Und wir«, er drehte sich um, »müssen eine Ad-hoc-Meldung machen. Das ist sonst Bilanzbetrug. Die Wirtschaftsprüfer werden unserem Konzernbericht das Testat verweigern, wenn wir da nicht reinen Tisch machen.«

Er ging zum Tisch und brüllte in die Telefonspinne. *»Sally, get me Walker here! ASAP!«*

KAPITEL 28

BWG, DRAPERS' GARDENS, CITY OF LONDON

Jeff Walker war Investor-Relations-Chef und Engländer. Er hatte einen gestutzten schwarz-grauen Bart und listige Augen, dazu einen schwarzen Anzug mit schwarzer Krawatte.

»*Seems that the shit has hit the fan*«, sagte er, als die Gruppe zum Englischen gewechselt hatte und er die Details erfahren hatte. Die Scheiße hatte tatsächlich den Ventilator erwischt, und alle bekamen davon etwas ab. »Wieso ist das den Prüfern und der internen Revision nie aufgefallen?«

»Weil die eine zweite Bankbilanz aufgebaut haben«, sagte Linus. »Die genauso aussah wie eine echte.«

»Aber das muss doch irgendjemandem in der Zentrale auffallen?«, fragte Walker.

»Nicht, wenn ich zwei Systeme parallel laufen lasse. Und mir das gefälschte System von ukrainischen IT-Experten zusammenbauen lasse. Die ich in bar oder in Kryptos bezahle.«

»Wie bitte?«, fragte Hortinger, dem allmählich schwante, dass der Schrecken noch lange nicht vorüber war.

»Ja, das haben sie getan. Sie haben per künstlicher Intelligenz ein Programm schreiben lassen, das Umsatzbewegungen simuliert hat, mit extra krummen Beträgen und allem, was dazugehört, sodass es auf keinen Fall künstlich aussieht.«

Hortinger verschluckte sich an seinem eigenen Speichel und hustete.

Laura sprach weiter. »Die haben selbst die Computer in bar bezahlt und auch die Serverleistung mit privaten Accounts zusammengeklaubt. Das war eine eigene Bilanzwelt. Nicht zu unterscheiden von einer echten Bilanz. Nur mit dem Unterschied, dass in der einen Bilanz echtes Geld floss. In der anderen gar nichts.«

Laura kam plötzlich ein kurzer Vers aus Goethes *Faust* in den Sinn, wobei sie nicht mehr wusste, ob es der erste oder der zweite Teil war.

Ich habe satt das ewige Wie und wenn,
Es fehlt an Geld, nun gut, so schaff' es denn.

»Sally«, rief Hortinger wieder, anstatt zu antworten. »*Get me Fink on the phone!*«

Kurze Zeit später war auch Fink aus der Konzernstrategie dabei.

»An einer Ad-hoc-Meldung wird nichts vorbeiführen. Ich habe mich auch mit Pöck, dem Leiter Rechnungswesen, abgestimmt«, sagte Finks Stimme blechern durch die Telefonspinne.

Hortinger blickte durch das riesige Fenster nach draußen. Er erschien Laura wie Caspar David Friedrichs *Wanderer über dem Nebelmeer,* der staunend in den Abgrund blickte. Unten sah man die Bank of England, *die alte Tante.* Hortinger drehte sich um.

»Sie drei, Walker, Jacobs, Haller«, sagte er und hob den Finger, »Sie werden noch heute eine Ad-hoc-Meldung vorbereiten, in Abstimmung mit Fink und Pöck. Sie kriegen einen der Konferenzräume. Klar?«

Alle nickten.

»Dann fliegen Sie morgen zur BaFin und fühlen schon einmal vor, wie die Stimmung ist. Mein Büro bereitet den Termin mit den entsprechenden Abteilungen und Referaten vor.«

»Das war's fürs Erste?«, fragte Linus.

»Im Gegenteil«, sagte Hortinger. »Wir fangen gerade erst an.« Er schaute wieder aus dem Fenster, wie ein Feldherr, der sich überlegte, wie er seine dezimierten Truppen noch am besten einsetzen sollte. Durch die Spiegelung im Fenster sah Laura, wie er mit Daumen und Zeigefinger seine Unterlippe zusammenquetschte. Dann drehte er sich wieder um. »Wir haben uns viel zu lange verarschen lassen. Teile der Bank haben ein Eigenleben geführt. Das muss ein Ende haben. Es führt aber nichts an der Ad-hoc-Meldung vorbei.«

»Nächste Woche?«, fragte Walker.

»Ja.« Hortinger nickte. »Und dann wird der Kurs einbrechen. Darum treffen wir uns«, er zeigte auf Laura und Linus, »und Sie, Fink«, er sprach in die Spinne, »am kommenden Wochenende in Berlin. Was immer Sie an dem Wochenende vorhaben, sagen Sie es ab.«

»Und was haben Sie vor?«, fragte Laura. Wobei das Treffen in Berlin nur darauf hindeuten konnte, dass es irgendetwas mit der Politik zu tun haben konnte.

Hortinger senkte die Stimme. »Wenn die Ad-hoc-Meldung wirklich so einschlägt, wie ich befürchte, dann brauchen wir ganz schnell Kapital. Denn im Interbankenmarkt wird uns keine Bank mehr Geld leihen. Das wird sonst ein zweites Lehman Brothers mit allen Folgen für die deutsche Volkswirtschaft. Erst bekennen wir unsere Sünden. Danach muss dann aber sofort die Absolution, also die Rettung erfolgen.« Er wandte sich an Laura und Linus.

»Durch Geld?«, fragte Laura.

»Womit sonst?« Hortinger nickte. »Die erste Station ist die BaFin. Die nächste ist der Bundesfinanzminister. Und wenn wir nicht bald aktiv werden, gehört uns von der Bank nicht mal mehr ein Viertel.«

KAPITEL 29

FLUGHAFEN LONDON HEATHROW

Linus hatte die ganze Bahnfahrt von Paddington nach Heathrow telefoniert. Als sie gerade in Heathrow ankamen und ausstiegen, war Linus mit seinem Anruf durch. Nach dem, was Laura mitbekommen hatte, waren es keine guten Nachrichten.

»Was Wichtiges?«, fragte Laura, als sie beide Rollkoffer und Tasche wie fußlahme Hunde hinter sich herzogen und sich durch nicht enden wollende Korridore bewegten. Rechts und links Geldautomaten, kleine Geschäfte, Autovermietungen und ein Promotionstand für islamkonforme Kreditkarten.

»Kann man so sagen. Das war Interpol«, sagte Linus. »Die Ermittler waren heute noch mal bei Ehringer.«

»Und? Ist er geflohen?«

»Im Gegenteil. Er war da. Und hatte auch nicht vor, sich wegzubewegen.« Linus schaute etwas mitleidig drein. Laura ahnte schon, um was es ging. »Weg ist er trotzdem.«

»Aber er ist nicht … ebenfalls tot?« Lauras Frage war als Scherz gemeint.

»Doch.«

»Doch *was?*«

»Er ist tot.«

»Der ist wirklich *tot? Der* Ehringer? Bei dem wir gestern waren?« Laura fiel der dunkle Gedanke ein, den sie gestern verdrängt hatte. *Fischer ist tot. Ehringer ist weg.* Jetzt war es Gewissheit.

»Und was ist die Todesursache?«

»Wie es aussieht, auch Suizid.«

»So wie bei Fischer? Hat er sich erschossen?«

»Noch eindeutiger. Er hat sich mit Gas umgebracht.«

»Wie, mit Gas? So wie bei der Hinrichtung in den USA?«

Vor ihnen baute sich die Sicherheitskontrolle auf. Sie zogen beide ihre Smartphones, auf denen die Tickets waren und legten sie auf den Scanner. Die Schranke schnappte auf.

»Fast. Ich erkläre es dir gleich.«

An der Sicherheitskontrolle ging es heute ausnahmsweise sehr schnell, was auch daran lag, dass beide wegen des kurzfristigen Fluges nur Businessclass-Flüge bekommen hatten. Die kosteten zwar ein kleines Vermögen, waren aber um einiges komfortabler mit freiem Nebenplatz, schnellerem Boarding und Lounge-Zugang.

»Er hat sich durch Kohlenmonoxid umgebracht«, wiederholte Linus, als sie die Sicherheitskontrolle hinter sich gelassen hatten.

»Wie hat er das gemacht?«

»Du hast vielleicht gestern bei ihm in der Filiale draußen die Heizpilze gesehen, die sie für die simulierten Kundenevents hatten? Da hat er sich wohl einen mitgenommen.«

»In seine Wohnung?«, fragte Laura, während sie ihre Tasche schulterte und einer dicken, alten Dame auswich, die ohne Vorwarnung einfach stehen geblieben war. Noch drei Schritte, und sie standen auf einem dieser horizontalen Förderbänder, auf denen man sich, wenn man schnell lief, immer so fühlte wie die grauen Männer bei Momo. Ein kleiner Schritt nach vorne, und die Außenwelt draußen rauschte viel schneller vorbei. Laura war bei der ganzen Rennerei froh, dass sie keine hochhackigen Schuhe trug, sondern solche ohne Absätze, mit denen man es ohne Fußschmerzen durch all die ewig langen Terminals schaffte, durch die sie allein in dieser Woche mehr gelaufen war als sonst in fünf Jahren.

Laura hatte von solchen Suiziden schon einmal gehört, wobei die Medien, zu Recht, bei Suizidmethoden, die einigermaßen leicht zu kopieren waren, zurückhaltend berichteten. »Er hat den Heizpilz in seine Wohnung gebracht und angestellt?«

Linus nickte. »Genau so war es. Er hat alle Fenster abgeklebt, die Tür ebenfalls und sich dann den Heizpilz ins Zimmer gestellt und den angestellt. Das ist draußen kein Problem, aber drinnen ist es tödlich. Die unvollständige Propangasverbrennung setzt große Mengen an Kohlenmonoxid frei. Und das führt zum Tod.«

»Hatte er Familie?« Laura konnte sich wenig Schlimmeres vorstellen, als einen Familienangehörigen durch einen Selbstmord zu verlieren

»Nein, keine Frau, keine Kinder. War ja oft auf Achse zu den Briefkastenfirmen in Dubai und sonst wo. Ab und zu mal im Edelpuff, da hat man ihn wohl öfter gesehen.«

»Spürt man die Verletzung durch Kohlenmonoxid?«

»Nein, nicht wirklich.« Linus schüttelte den Kopf. »Man bekommt Kopfschmerzen und schläft ein. Kohlenmonoxid verhindert den Transport von Sauerstoff durch die Blutgefäße.«

»Liegt das nicht an dem einen Sauerstoffatom? CO statt CO_2?«

Linus nickte etwas gequält. »Genau, du hast ja was vom Chemieunterricht behalten. Die haben mir den Bericht geschickt. Kohlenmonoxid hat eine dreihundertmal höhere Bindungskraft als das Trägermodul im Blut. Es bindet sich also dreihundertmal stärker an das Hämoglobin, den roten Blutfarbstoff als der Sauerstoff. Das führt dazu, dass es nicht nur den Sauerstoff aus der Bindung verdrängt, sondern dass auch kein Sauerstoff, sondern Kohlenmonoxid ins Gewebe kommt.«

»Und das ist natürlich tödlich.«

»Ja. Das Kohlenstoffatom versucht dann immer, irgendwo noch ein anderes Sauerstoffatom zu finden, so wie ein Single auf der Ü-40-Party.«

»Und dann schläft man ein?«

»Richtig. Man bekommt Kopfschmerzen, wird müde, schläft ein und wacht nie wieder auf.« Er schaute auf einen der Raucherräume, die es an vielen Flughäfen gab und wo man wie Hühner auf der Stange an Stahltischen stand und in fest montierte Aschenbecher aschte. Hier gab es auch Kohlenmonoxid, aber sehr viel weniger. Ein wenig wie Massentierhaltung mit Rauchern, dachte Laura.

»Fast hätte es keinen mehr gegeben, der irgendwas hätte untersuchen können.«

»Warum?«

»Die Ermittler sind da erst einfach reinmarschiert, und das Gas war im ganzen Haus verteilt. Kohlenmonoxid ist deshalb so tückisch, weil man es nicht riecht, nicht sieht und nicht schmeckt. Zum Glück kam kurz darauf die Feuerwehr, und die haben seit einiger Zeit Kohlenmonoxidsensoren am Kragen, die sofort zu piepen anfangen. Dann haben sie da den Heizpilz im Wohnzimmer, die abgeklebten Fenster und die Leiche gesehen. Der Chefermittler, der etwas mehr Durchblick hatte, hat sofort alle rauskommandiert. Sonst wären da vielleicht noch andere zusammengeklappt und gestorben.«

»Explodieren kann da nichts?«

»Nein, das gab es früher, als Leute sich mit dem Gas aus ihren Gasherden umgebracht haben. Da ist manches Haus in die Luft geflogen, weil alles voll mit brennbarem Gas war.«

Laura dachte an Timo und seine Kochkünste. »Unsere Gaszufuhr am Herd geht immer aus, wenn man das Gas nicht sofort anzündet.«

»Genau um zu verhindern, dass sich große Mengen Gas im Haus ausbreiten können.«

Laura überlegte. »Wenn er sich wirklich umgebracht hat: Meinst du, er kam mit der Wahrheit, die er gesagt hat, nicht klar?«

»Vielleicht wollte er auch nur einer Strafe entgehen?«

»Die Frage ist: einer Strafe von wem?«

»Guter Punkt«, sagte Linus. »Ich hätte jetzt gedacht, der Strafe der Ermittlungsbehörden. Ehringer war zwar in Liechtenstein, aber sein Arbeitgeber, die BWG, ist ein deutsches Unternehmen. Und die BaFin, bei der wir gleich sind, und auch die sonstigen Aufsichtsbehörden haben sich ja vorgenommen, spätestens seit dem Wirecard-Fall etwas genauer hinzuschauen.«

»Er hat aber umfassend ausgesagt«, sagte Laura.

»Ja, aber erst, als wir ihn mit der Nase draufgestoßen haben, was wir alles wissen, und er nicht mehr rauskonnte.«

»Und falls es dieses Konsortium war? Die, die Althaus die Sache mit dem Mord in die Schuhe geschoben haben? Und dann wohl auch Fischer die Waffe ins Gefängnis brachten?«

»Wenn Sie einen Suizid vortäuschen wollten«, sagte Laura, als beide einem riesigen Kofferberg auswichen, der mitten im Weg stand, »was wäre, wenn ihm irgendjemand ein Schlafmittel gegeben hat, ihn in sein Haus gebracht und den Suizid mit dem Heizpilz vorgetäuscht hat?«

»Möglich.«

»Dann«, sagte Laura, »müssten sie ihn irgendwie ruhigstellen, damit er keine Gegenwehr leistet, wenn sie ihn in den Raum bugsieren und den Heizpilz anstellen.«

»Sehr guter Punkt«, sagte Linus und griff wieder zu seinem Handy. »Genau deswegen wird er seziert. Ich sage den Interpol-Kollegen, dass sie uns sofort das Ergebnis der Blutuntersuchungen mitteilen.«

Laura dachte eine Weile nach. »Er kann es aber auch selbst gewesen sein?«

Linus nickte. »Möglich.«

»Und woher weiß so jemand, wie man sich mit Propangas und dann Kohlenmonoxid umbringt?«

»Dazu gibt es im Internet leider sehr viele Infos. Wer den richtigen, oder besser *falschen* Suchbegriff eingibt, landet ganz schnell auf relevanten Seiten.«

Websuche für den Suizid, dachte Laura. Seit einem Monat eröffnete sich ihr eine Welt, die sie nicht kannte. Und auch nicht kennen wollte.

Sie hatten das Gate erreicht. Lufthansa-Flug Heathrow–Frankfurt.

Warum hatten sie ihn umgebracht, dachte Laura, *wenn sie ihn umgebracht haben? Um ihn für seine Aussage zu bestrafen? Oder um ihn aus der Welt zu schaffen, weil er jetzt seine Schuldigkeit getan hatte und er mehr als das nicht mehr sagen sollte?*

KAPITEL 30

BAFIN, BONN

Die Bundesanstalt für Finanzdienstleistungsaufsicht, kurz BaFin, war eine der wenigen Behörden, die nicht nach Berlin umgezogen waren, sondern noch immer in der alten Bundeshauptstadt Bonn residierten.

Laura und Linus waren mit dem Zug vom Flughafenbahnhof Frankfurt zum Bonner Hauptbahnhof und dann per Taxi zur BaFin gefahren.

In einem der Konferenzräume saßen sie einer Frau und zwei Männern gegenüber. Alle drei hatten ihnen ihre Visitenkarten über den Tisch geschoben. Laura war dabei aufgefallen, dass sie derzeit noch ihre Filialkarte hatte und für die Delegation dringend eine neue Visitenkarte brauchte. *Laura Jacobs, Wertpapierberaterin* klang als Stellenbeschreibung etwas seltsam, wenn sie eigentlich als eine Art forensischer Wirtschaftsprüfer unterwegs war.

Als Linus seine Karte über den Tisch schob, hob die Frau, die die Chefin zu sein schien, eine Augenbraue. Die Frau trug ein blaues Businesskostüm und ein purpurnes Seidentuch, die beiden Männer anthrazitfarbene Anzüge und blaue Krawatten. Laura musste an die Agenten bei Matrix denken.

»Mensch, Herr Haller, wir sind ja fast Kollegen. Wiesbaden ist auch nicht so weit weg.« Sie wandte sich an die Kollegen. »Mein Name ist Franziska Lauer, Abteilungsleiterin WA 2 Marktüberwachung. Zu meiner Rechten ist Oliver Stieglitz, Referatsleiter WA 26, Ad-hoc-Publizität, und für alle Fälle noch Jens Behrens, Referatsleiter WA 25, Handelsaussetzung, Leerverkaufsüberwachung und Director's Dealing.«

Die Behörden, dachte Laura, treten immer gleich in Kompaniestärke an. Diesmal hatten sie sich allerdings die Assistenten verkniffen, die sonst auch immer dabei waren und stocksteif und eisern schweigend wie Dekorationspuppen mit am Tisch saßen. Dennoch fand es Laura spannend, tatsächlich einmal die Gesichter hinter den Aufsichtsbehörden zu sehen.

»So schlimm?«, fragte Linus. »Handelsaussetzung?«

»Schauen wir mal«, sagte Behrens. »Aber falls das hier ein zweites Wirecard wird, sollten wir besser vorbereitet sein als damals. Auch die neue Führung der BaFin möchte, dass die BaFin jetzt wirklich mal beißt und nicht nur bellt. Und das ohnehin meistens zu spät.« Er blätterte durch seine Unterlagen. »*Director's Dealing* können wir aber ausschließen.« Er lächelte, ohne dass es das Lächeln zu seinen Augen schaffte.

Director's Dealing nannte man es, wenn ein Manager Aktien des eigenen Unternehmens kaufte oder verkaufte, was sofort den Behörden anzuzeigen war, da diese Person normalerweise mehr Informationen über das Unternehmen hatte als ein gewöhnlicher Aktienanleger.

Lauer sprach weiter. »Herr Walker, der Investor-Relations-Chef der BWG, hat mir im Auftrag von Dr. Hortinger bereits einige Informationen geschickt. Ich nehme an, Sie sind mit dem Prozedere vertraut?«

»Wir machen eine Ad-hoc-Meldung«, sagte Linus. »Würden das aber gern erst kommende Woche in Angriff nehmen. Die Bank befürchtet, dass diese Meldung dem Aktienkurs nicht guttut.«

»Ich fürchte, dass Sie das zu Recht befürchten«, sagte Lauer, »von einem fallenden Aktienkurs können Sie ausgehen.

Sie können das Ganze so aktienkursschonend wie möglich gestalten, aber die fehlenden Milliarden müssen natürlich kommuniziert werden.«

Stieglitz sprach weiter. »Nach § 15 Wertpapierhandelsgesetz, WpHG, sind vor der Veröffentlichung die Aufsichtsbehörden, also wir, zu informieren. Das ist erfolgt. Ebenso die Börsengeschäftsführungen, die dann in Absprache mit Herrn Behrens und dem Referat WA 26 entscheiden, ob der Aktienhandel ausgesetzt wird, wenn aufgrund der Meldung zu extreme Marktreaktionen zu erwarten sind. Dann wird das Ganze in den Börsenpflichtblättern, Börsenzeitung, Online-Portalen und so weiter publiziert, aber das kennen Sie ja alles.«

»Es ist Folgendes«, sagte Linus, »Interpol hat Ermittlungen aufgenommen, die unseren Kontaktmann betreffen.«

»Der Kontaktmann in Liechtenstein, der geständig war, der die Informationen mit den Luftbuchungen bereitgestellt hat?«

»Ja, der Leiter der Auslandsfiliale in Liechtenstein.«

»Also ein Mitarbeiter der Bank.«

»Ja.«

»Und?«, fragte Lauer.

»Es gibt einige Veränderungen, deren Ausgang wir abwarten müssen, um eine möglichst abgestimmte Ad-hoc-Meldung zu verfassen.«

Laura ahnte, worauf Linus hinauswollte. Solange die Adhoc-Meldung nicht draußen war, interessierte man sich nur wenig für einen toten Banker in Liechtenstein. War die Meldung aber draußen, würden sich die Medien auf den Fall stürzen, und ein Banker, der alles ausplaudert und sich dann umbringt, wäre natürlich eine gelungene Story. Ob der Aktienkurs der Bank das auch so gelungen finden würde, war dabei eine andere Frage. Je schneller der Fall mit Ehringer geklärt war, desto besser konnte man sich auf die Ad-hoc-Meldung vorbereiten.

»Was für Veränderungen?« Das war Stieglitz. Und die Frage musste kommen.

»Veränderungen, die wir aus strafrechtlichen Gründen noch nicht kommunizieren können«, sagte Laura. Linus nickte. Laura hatte genau gespürt, was Linus wollte. Wenn Linus und Laura mit der ganzen Wahrheit zu Ehringer zu diesem Zeitpunkt rausrückten, würde das einen Schwall an weiteren unangenehmen Fragen nach sich ziehen. Aber ewig aufschieben konnten sie diese brisante Information nicht.

»Gut«, sagte Lauer und klappte ihre Mappe zu. »Anfang nächster Woche oder früher muss die Meldung trotzdem raus. Wenn Sie dann mit Ihren *Veränderungen* fertig sind, fein. Wenn nicht, müssen Sie trotzdem melden.« Laura fühlte sich an den alten Spruch von Althaus erinnert: *Melden macht frei*. Egal, welchen Mist man verzapft hatte, man musste es sagen. Nichts war schlimmer, als etwas zu verbocken und zu hoffen, das würde keiner merken. Interessanterweise hatte die Bank das jahrelang getan. Lauer sprach weiter. »Der Bank fehlen fast zwei Milliarden Euro. Wir alle machen uns strafbar, wenn wir das schleifen lassen.«

»Sie wissen doch, was Churchill sagte«, sagte Stieglitz. Es sollte aufmunternd wirken, misslang aber völlig: *»If you're going through hell, keep going.«*

Laura runzelte die Stirn. *Wenn du durch die Hölle gehst, geh weiter.*

KAPITEL 31

BWG HAUPTQUARTIER,
NEUE MAINZER STRASSE, FRANKFURT AM MAIN

Am späten Abend waren Laura und Linus zurück in Frankfurt. Sie hatten mit Sina telefoniert, die schon einmal eine Trennwand aus dem Büro entfernt hatte, sodass die drei jetzt einen großen Teamraum hatten, in dem fünf Metaplanwände standen. *War Room* nannte Linus den Raum, passend zu Stieglitz' Churchill-Zitat. Da der Abend noch etwas länger werden würde, wurde Pizza bestellt. Zwei Stück, Diavoli und Fungi. Laura kam sich jetzt endgültig vor wie in einer Unternehmensberatung oder in einem Start-up.

»Also, was haben wir?«, fragte Linus. »Wie es aussieht, hat irgendjemand ein Interesse daran, dass der Kurs der BWG abwärts geht.«

»Hatte Fischer nicht ein Interesse daran?«, fragte Sina.

»Unklar«, sagte Laura, »er hat sich den Bezug auf den Kreditordner in seinem Büro in den Arm geritzt, vielleicht als eine letzte Waffe, um der Bank zu schaden?«

»Wie eine Art Selbstmordattentäter, der dafür sorgt, dass möglichst viele sterben, wenn auch er stirbt?«, fragte Sina. »Oder die Samurai, die möglichst viele Leute in den eigenen Tod mitnehmen?«

»Kann doch sein.« Laura machte unter einem Post-it mit dem Namen *Fischer* einen Hinweis: *Absicherung.* »Wenn die Bank ihn nicht retten kann und er im Knast landet oder sogar gezwungen wird, sich das Leben zu nehmen, will er sich an der Bank rächen.«

»Auch nach dem Tod?«

Laura zuckte die Schultern. »Einer Persönlichkeitsstruktur wie Fischer geht es besonders darum, zu gewinnen. So ein bisschen wie der Spruch von Dschingis Khan: *Es reicht nicht, dass ich gewinne. Alle anderen müssen verlieren.* Bei Fischer ist das noch extremer: Wenn er nicht gewinnt, müssen alle anderen erst recht verlieren.«

»Aber ihr habt doch gesagt, dass Fischer und Ehringer mit gefälschten Bilanzen den Kurs der BWG hochtreiben wollten?«, fragte Sina. Sie schrieb ein *cui bono* hinter dem Post-it mit dem Wort *Bilanzskandal. Cui bono* fragte man sich immer, wenn es irgendwelche undurchsichtigen Verstrickungen gab. *Wem nützte es?*

»Wenn der Aktienkurs kurzfristig aufgepumpt wird durch gefälschte Bücher, nützt das den Optionen von Fischer und Ehringer, die ja Ende des Jahres fällig sein sollten«, sagte Laura. Wahrscheinlich planten beide, sich das Geld auf irgendwelche Kryptokonten auszahlen zu lassen und das Weite zu suchen. Egal, was dann mit dem Kurs der Bank passiert.«

»Dazu kam es aber nicht«, sagte Linus, »weil der Kurs einfach nicht steigen wollte.«

»Ja, ein bisschen wie ein störrischer Esel, der nicht laufen will«, sagte Sina.

»Also hat Fischer umgesattelt«, sagte Laura. »Er wusste von dem Grundstücksdeal bei uns in Blankenfelde-Mahlow. Er wusste auch, dass Xenotech die Grundstücke kaufen wollte, und er wusste, dass ein Aktiensplit anstand. Und dass die neuen Serverfarmen, die Xenotech auf den Grundstücken in Tesla-Geschwindigkeit bauen wollte, den Analysten gefallen würden.«

»Mit anderen Worten: Der Xenotech-Kurs geht hoch«, sagte Sina.

Laura nickte. »Der Kurs geht hoch. Fischer wusste das und kaufte wie verrückt Xenotech-Aktien und Kaufoptionen auf Xenotech.«

»Er hatte aber nicht genug Geld«, sagte Linus.

»Er hatte einiges, aber wohl noch nicht genug, vor allem, weil sich die Idee mit den Optionen der BWG erledigt hatte. Fischer kommt also auf die Idee, von toten Konten der BWG Geld abzubuchen. Konten, die im wahrsten Sinne des Wortes tot waren, weil ihre Besitzer tot waren.«

»Und das Ganze mit falschen Disposchlüsseln, wenn ich das richtig gehört habe?«, sagte Linus.

»Meinem zum Beispiel.« Laura nickte wieder. »Das hätte mich beinahe in den Knast gebracht.«

»Okay«, sagte Linus, »Er wollte groß mit den Xenotech-Aktien gewinnen. Das hat nicht funktioniert. Er hatte aber sicher einiges an Geld durch die Bilanztricksereien beiseitegeschafft. Nur eines verstehe ich nicht: Was bringt ihm persönlich diese tickende Zeitbombe mit der Filiale in Liechtenstein?«

»Abgesehen von dem Geld, das er beiseitegeschafft hat?«, fragte Laura.

»Ja, das hat er gekriegt. Aber er wird ja wohl kaum an fallenden Kursen der Bank verdienen wollen.«

»Das darf er doch auf keinen Fall«, sagte Sina. »Kein Manager eines Unternehmens darf auf den Kursverfall seines Unternehmens wetten. Das wäre ja auch das Allerletzte und außerdem aufsichtsrechtlich verboten.«

»Hat es aber alles schon gegeben«, sagte Linus.

»Daran hat sich wahrscheinlich sogar Fischer gehalten.«

»Hat er?«, fragte Laura.

»Sag du es mir.«

»Fischer war nicht allein. Er hatte einige Hintermänner, die er gesteuert hat.«

»Oder die vielleicht ihn gesteuert haben?«, fragte Linus.

Laura zog die Augenbrauen hoch. »Auch das ist möglich.«

»Und kann es nicht sein, dass genau diese Hintermänner das wissen, was auch Fischer weiß? Dass da eine riesige Bombe in der Bilanz tickt?«

»Natürlich wissen die das!« Laura dachte an die Short-Interest-Positionen, die sie bei Marc gesehen hatte. »Es gibt doch ungewöhnlich hohe Leerverkaufspositionen auf die BWG.«

»Das stimmt«, sagte Linus, »die BaFin hat das schon im Blick.«

»Fischer«, sagte Laura, »hat von seinen Aktienoptionen nichts gehabt. Weil er auf steigende Kurse gewettet hat. Die, die hinter Fischer her waren …«

»… und die vielleicht auch hinter dem Tod von Ehringer stecken?«, fragte Linus.

»… das kann sehr gut sein«, sagte Laura, »die haben vielleicht schon die ganze Zeit auf fallende Kurse gesetzt?«

»Kann es nicht sein«, sagte Linus, »dass das lange geplant war? Wer immer dahintersteckte, sie haben Fischer genutzt, um einen riesigen Bilanzskandal zu schaffen. Fischer hatte einen Anreiz, das zu machen, weil es viel Geld brachte.«

»Geld, das die BWG eigentlich für die Filialen in Dubai und sonst wo überwiesen hat und das sich Fischer und Ehringer in die eigene Tasche steckten. Indem sie ein Paralleluniversum aus Schauspielern und parallelen IT-Strukturen aufbauen. Gelder, die für beide immer wichtiger werden, weil die Aktie der Bank nicht steigt und damit auch die Optionen wertlos werden.«

»Und dieses Konsortium dahinter, wir nennen es mal Konsortium, okay?«

Sina und Laura nickten.

»Dieses Konsortium hat schon lange auf fallende Kurse gesetzt, und je größer das veruntreute Geld in dieser Bilanzblase wurde, desto sicherer war das Konsortium, dass der Leerverkauf ihnen richtig Geld bringen würde, weil der Kurs der Bank todsicher abschmieren würde.«

»Je länger es gärt, desto größer der Sturz«, sagte Sina.

»Dann sind wir uns einig«, sagte Laura, »dass die Leerverkäufe auf die Bankaktie schon länger laufen?«

Linus nickte. »Warum nicht? Sie müssen zwar Leihgebühr für die Aktien zahlen, aber theoretisch kann man einen Leerverkauf ewig laufen lassen.«

»Es ist doch so«, sagte Laura. »Fischers Aktion war zwar taktisch eine Sache, um sich selbst zu bereichern, aber strategisch war es für das Konsortium der Schritt, der den Leerverkauf auf die BWG-Aktien von einer Spekulation zu einer, sagen wir mal, sicheren Bank machte. Fischer war nicht der Initiator, er war eher Erfüllungsgehilfe.«

»Bei einer Bank, die alles andere als sicher ist.«

»Wisst ihr, wie Lenin solche Leute wie Fischer nannte, die Marionetten von etwas Größerem sind, ohne es zu merken?«, fragte Sina.

Als keiner etwas sagte, klebte sie ein Post-it mit der Bezeichnung auf die Metaplanwand.

Nützlicher Idiot.

Die Tür ging auf.

Es war Sören Fink.

KAPITEL 32

BWG HAUPTQUARTIER,
NEUE MAINZER STRASSE, FRANKFURT AM MAIN

Sören Fink schaute verwundert auf die riesigen Planwände. »Was machen Sie denn hier?«, fragte er.

»Wir überlegen uns, wer an der Bilanzlücke der BWG ein Interesse hat«, sagte Linus schnell.

Fink zog verstimmt die Brauen hoch. »Sie sollten doch an der Präsentation für das Finanzministerium arbeiten«, sagte er, »morgen geht es nach Berlin, wo wir Dr. Hortinger am Abend treffen. Er erwartet dann einen mehr oder weniger finalen Entwurf.«

»Das schaffen wir.«

»Hm«, sagte Fink und schaute auf die Metaplanwand, »indem Sie, was steht hier? ... Thomas Fischer als *nützlichen Idioten* bezeichnen?« Er drehte sich um. »Tun Sie mir bitte einen Gefallen, und machen Sie die Präsentation fertig. Sobald Sie einen ersten Entwurf haben, schicken Sie ihn mir. Egal wann. Wenn Sie irgendetwas wissen müssen, was Sie nicht wissen, und auch nicht wissen, wen Sie fragen können, rufen Sie mich an. Egal wann! Klar?«

»Klar«, sagten alle drei im Chor.

»Einen ersten Entwurf möchte ich heute Nacht oder spätestens morgen Vormittag sehen.«

Mit diesen Worten verließ er den Raum.

Die drei blickten sich an.

»Auf die Idee *Macht mal nicht mehr so lange* zu sagen, kam er offenbar nicht?«, sagte Sina lächelnd.

»Er hat ja nicht unrecht«, sagte Linus, »wir klären den Gedanken von eben noch, und dann setzen wir uns an den Entwurf.« Er blickte Laura an. »Wir haben doch schon einiges?«

Sie nickte. »Wir haben schon viel mit diesem Jeff Walker in London und diesem hochnäsigen Adalbert, dem Vorstandsassi von Hortinger, gemacht. Ein paar Daten haben wir noch nicht; da schicken wir was an Adalbert, damit er das raussucht.«

»Klar«, sagte Laura, »wozu ist er Vorstandsassi?«

»Ihr fahrt morgen nach Berlin?«, fragte Sina.

»Richtig. Du bleibst hier?«

»Ich soll hierbleiben, wegen der ganzen IT-Infrastruktur, falls wird doch noch ins Dark Web müssen oder Ähnliches. Sonst müsste ich fünf Rechner mitnehmen.«

»Okay«, sagte Laura und klatschte in die Hand. »Noch einmal zurück zu unseren Ideen: Fischer war nützlicher Idiot dieses Konsortiums. Er erschafft einen Bilanzskandal, der einen Leerverkauf zu einem todsicheren Investment macht.«

»Steht zu erwarten«, sagte Linus, »denn sobald die Adhoc-Meldung draußen ist, wird der Kurs einbrechen. Das Konsortium macht einen Leerverkauf und verdient ordentlich Geld. Ist das alles, was sie wollen?«

»Geld ist doch schön«, sagte Sina, »oder wie war das: Liquidität schadet nur dem, der sie nicht hat.«

»Da muss noch was dahinterstecken«, überlegte Linus.

»Tut es«, sagte Laura, »wenn ich die Zahlungsmuster, die ich bei den Short-Interest-Leerverkaufspositionen gesehen habe, mit der Liste von Clemens Weber aus dem Investmentbanking vergleiche, dann sind einige der Leerverkäufer auch Geldgeber der Gemeinde Blankenfelde-Mahlow.« Sie musste zugeben, dass ihr dieses gemeinsame Kombinieren

Spaß machte. Kurz kam Laura ein Gedanke, ob sie in einem anderen Leben mit Linus eventuell privat zusammenkommen würde. Vielleicht, dachte sie, wenn er sich den Bart abrasieren würde. Und außerdem, dachte sie, bist du glücklich verheiratet. Ja, sagte eine andere Stimme, aber mit einem Mann, bei dem ich nie weiß, was er in meiner Abwesenheit macht.

Da war der Gedanke schon wieder verschwunden.

»Dort, wo die Grundstücke sind, die Xenotech haben wollte?«, fragte Linus.

»Sie haben der Gemeinde Geld geliehen«, erklärte Laura, »aber nicht in Form einer traditionellen Anleihe, sondern in Form einer Wandelanleihe. Das heißt, wenn die Gemeinde nicht zahlen kann oder will, bekommen sie die Grundstücke.«

»Dafür brauchen sie zusätzliches Geld.«

»Und das Geld kommt ...« Laura tippte an die Metaplanwand.

»... aus dem Leerverkauf!«, sagten Linus und Sina mit einer Stimme.

Alle drei schauten kurz die Metaplanwand an, als würde dort irgendein Geheimnis hinter den Buchstaben und Postits warten.

»Wie viel hat die Gemeinde noch für die Grundstücke gezahlt, als sie die von der BWG gekauft haben?«, fragte Linus.

»Circa fünfzig Millionen«, sagte Sina. »Vorausgesetzt, dass ich hier von Clemens Weber die aktuellen Zahlen bekommen habe.«

»Gehen wir mal davon aus«, sagte Laura. »Und falls die Aktie der BWG vierzig Prozent fällt, was sind dann die Leerverkaufspositionen wert?«

»Deutlich mehr. Das könnten Milliarden sein«, sagte Sina.

»Also eine Differenz zwischen zehn Milliarden und fünfzig Millionen. Was machen sie damit?«, fragte Linus.

»Wieder Anteile kaufen«, sagte Laura.

»Aber woran? An der Bank?«

»Nein, in dem Fall tun sie das, was Fischer getan hat.«

»Fischer hat auf seine Optionen gehofft, und er hat …«

»Na, was er gekauft?«, fragte Laura erwartungsvoll.

»Aktien von Xenotech!«

Linus kratzte sich am Kinn. »Kann das sein? Der Reihe nach. Das Konsortium macht viel Geld aus dem Leerverkauf und holt sich die Grundstücke wieder.«

»Die Grundstücke, die Xenotech nach wie vor haben will.« Laura war über sich selbst erstaunt, wie kühl sie darüber sprach. Denn schließlich stand auf *diesen Grundstücken* ihr Haus, in das Timo und sie viel Arbeit und Geld investiert hatten. »Damit haben sie Xenotech schon einmal an der Angel.«

»Und dann kaufen Sie noch Xenotech-Aktien?«, fragte Sina.

»Vielleicht so viel, um über einen relevanten Stimmrechtsanteil zu verfügen.«

»Aber sind wir nicht alle der Meinung, dass Xenotech mit diesem Konsortium zusammengearbeitet hat?«, fragte Linus. »Warum dann der Zwang von denen auf Xenotech?«

»Weil sie jetzt nicht mehr zusammenarbeiten«, sagte Laura. »Ein Sprecher von Xenotech hat sich sogar bei der Gemeinde entschuldigt, und die wollen jetzt alles im Dialog mit den Bürgern der Gemeinde klären.«

»Mir kommen die Tränen«, sagte Linus. »Aber nur weil Xenotech nicht mehr mit dem Konsortium arbeiten will …«

»… heißt das nicht, dass nicht das Konsortium weiter mit Xenotech arbeiten will?«, ergänzte Laura. »Wenn der Plan aufgeht, haben sie die Grundstücke. Und sie haben eine Beteiligung. Damit haben sie Xenotech …«

»… sag es ruhig«, sagte Sina, »Sie haben Xenotech an den Eiern!«

Linus' Handy klingelte. Die Nummer schien wichtig zu sein. Er nahm den Anruf an und hörte kurz zu. Dann beendete er das Gespräch.

»Lass uns nach oben gehen«, sagte er. »Da, wo wir mit Fink waren.«

»Soll uns keiner hören?«

»Das vor allen Dingen. Und ein bisschen frische Luft wird uns guttun.«

KAPITEL 33

BWG HAUPTQUARTIER,
NEUE MAINZER STRASSE, FRANKFURT AM MAIN

Der Blick über die Stadt war auch in der Dunkelheit grandios. Sie standen auf der Plattform, auf der Laura am ersten Tag mit Fink gestanden hatte. Neben ihnen erhoben sich der Skyper, der OpernTurm, der Commerzbank Tower und die Zwillingstürme der Deutschen Bank in die Höhe.

Linus hatte das Handy am Ohr und hörte konzentriert zu. Dann beendete er das Gespräch.

»Wer war das?«, fragte Laura.

»Kollegen von Interpol. Sie haben die Leiche von Ehringer untersucht. So weit das ging.«

»Warum *so weit das ging?*«

»Weil, man sollte es nicht glauben, die Staatsanwaltschaft die Leiche ohne Sektionsanordnung freigegeben hat.«

»Was?«

»Laut Staatsanwaltschaft handelt es sich um einen Suizid, und da keine Hinweise für ein Fremdverschulden vorliegen, sieht man nicht die Notwendigkeit einer Sektion.«

»Da stimmt was nicht«, sagte Laura.

»Na ja, das ist auch in Deutschland nicht ungewöhnlich. Gibt halt nicht mehr so viele Rechtsmediziner. Tote haben keine Lobby.« Linus schaute Laura an. »Du glaubst, die Staatsanwaltschaft blockiert die Ermittlung?«

»Vielleicht«, sagte Laura. »Weil sie von irgendjemandem geschmiert wird?«

»Nicht zwingend, aber es kann sein«, sagte Linus. »Eigentlich würde ich auch von einem normalen Fall ausgehen, aber was ist in diesem Kontext schon normal. Vielleicht war das doch kein eindeutiger Suizid.«

»Was haben die denn herausgefunden?«

Linus atmete aus. »Es gab keine vollständige Obduktion, sondern nur eine oberflächliche Leichenschau.«

»Und? Hat er sich umgebracht? Oder wurde ihm etwas verabreicht?«

»Da hätte man sein Blut untersuchen müssen. Dafür hat man einige Griffspuren an den Armen und am Oberkörper und Bauch gefunden.«

»So als hätte man ihn dort in dem Raum fixiert?«

»Ja. Aber er war ja nicht gefesselt, als man die Leiche gefunden hat.«

»Hm«, machte Sina. »Das sind mir ein paar zu viele offene Enden.« Sie schaute sich um. »Es gibt keine Möglichkeit, ihn doch noch sezieren zu lassen? Wir kennen jetzt auch auf die Schnelle keinen, der uns da mehr sagen könnte?«

»Doch«, sagte Laura und hob ihr Handy. »Ich kenne jemanden und versuche es mal.«

Laura hatte Sophie erreicht und das Handy auf laut gestellt.

»Erst mal sorry, dass ich so spät anrufe.« Immerhin war es nach 23 Uhr.

»Passt schon, wenn es gar nicht gepasst hätte, wäre ich nicht rangegangen.«

Laura gab in knappen Worten den Sachverhalt wieder.

»Das ist hier ein kleiner Hinweis von Freundin zu Freundin«, sagte Sophie dann.

»Wir zitieren dich nicht«, sagte Laura. »Abgesehen davon hat sich der Fall gar nicht in Deutschland ereignet.«

»Das Ganze«, sagte Sophie, »ist etwas kniffelig, weil die Indikatoren recht oberflächlich sind. Sollte die Leiche nach Berlin, also zu uns, gebracht werden, könnten die Angehörigen natürlich eine Privatsektion beauftragen. Oder ihr bemüht euch um eine private toxikologische Untersuchung, wenn ihr Zweifel an der Geschichte habt.«

»Können wir versuchen, könnte aber zäh sein. Müsste alles über Interpol laufen, und die werden sagen, dass sie selbst sezieren können«, sagte Linus.

»Oder wir fragen die Angehörigen«, sagte Laura.

»Auch zäh. Außerdem schien dieser Ehringer gar keine Angehörigen zu haben.« Er sprach Richtung Telefon. »Wir wissen aber nicht ganz genau, was überhaupt gemacht wurde, bevor der Prozess gestoppt wurde.«

»Dann kann zweierlei passiert sein«, sagte Sophie, »vorausgesetzt, dass es tatsächlich kein Suizid war. Das Erste ist ganz klassisch: Man hat ihn gefesselt, den Heizpilz angestellt und ihn wieder entfesselt, als er tot war.«

»Schwierig«, sagte Linus, »weil zu dem Zeitpunkt, als die Feuerwehr da war, wohl noch sehr viel Kohlenmonoxid in der Luft war.«

»In dem Fall hatten die Täter Atemschutzgeräte, oder es wird eher Option zwei«, sagte Sophie.

»Und das ist?«

»Sie haben Ehringer gefesselt, daher auch die Griffspuren. Und als er sich nicht mehr bewegen konnte, haben sie ihm einfach eine Tüte über den Kopf gestülpt und zugeschnürt.«

»Und dann?«

»Ist er erstickt.«

»Ist das schlimm?«

»Gar nicht. Ähnlich wie bei Kohlenmonoxid, nur hier ist es Kohlendioxid, das eingeatmet wird. Man wird müde, schläft ein … und wacht nicht mehr auf.«

»In der Schweiz gibt es doch sogar Suicide Bags«, sagte Linus, »wobei es eine normale Mülltüte, die man zuschnüren kann, auch tut.«

»Na, das ist ja ein toller Tipp«, sage Sina vorwurfsvoll.

»Kann man diesen Tod erkennen? Den durch die Tüte?«, fragte Laura.

»Kaum. Keine Spuren von Gewalt, bis auf die Griffspuren, die wahrscheinlich nicht auffliegen sollten. Aber nun mal aufgeflogen sind. Wenn man tiefer geht, vielleicht, aber wenn jetzt alles gestoppt wurde, leider nicht.«

»Irgendwas«, sagte Linus, »irgendwas stimmt da ganz und gar nicht.«

»Braucht ihr noch irgendetwas?«, fragte Sophie.

»Nein, vielen Dank«, sagte Laura. »Euch ein schönes Wochenende!«

Man sah Linus an, dass er seine Zigaretten vermisste. Aber die lagen unten, und das war jetzt kein Notfall, bei dem er sich eine Zigarette erlaubte.

»Wir haben zwei Möglichkeiten«, sagte er. »Beide sind gleichermaßen beunruhigend. Möglichkeit eins: Ehringer hat sich tatsächlich umgebracht, weil er vor irgendetwas Angst hatte. Oder, Möglichkeit zwei, bei seinem Tod wurde nachgeholfen. Und zwar von Leuten, die so geschickt vorgehen, dass der Staatsanwalt kein Fremdverschulden sieht.« Er nickte zur Bestätigung. »Legaler Mord, muss man auch erst mal hinkriegen.«

KAPITEL 34

KANZLEI AM KURFÜRSTENDAMM, BERLIN

Rolf Wennig balancierte auf der vordersten Kante seines Stuhls, als er dem Seniorpartner der Kanzlei gegenübersaß. Der Seniorpartner der Kanzlei Weber und Venturas spürte die Aufregung und genoss es.

»Wissen Sie, was der Pate Don Corleone über Anwälte sagt?«, fragte er, lehnte sich zurück und betrachtete Wennig, wie der die Aussicht betrachtete. Die Aussicht vom Westend, einem der wenigen Wolkenkratzer in Berlin, zwischen Café Kranzler und Gedächtniskirche, war gigantisch, ebenso wie die Büromieten. Hier hatten nur die, die es sich leisten konnten, ihren Sitz, und er und seine Kanzlei gehörten dazu.

Der Seniorpartner war der Ansicht, dass man sich das Anders- und Bessersein immer wieder neu erarbeiten musste. Und dass man dafür andere und bessere Leute brauchte. Und ungewöhnliche Kooperationspartner.

Er fixierte Wennig. Würde er ihn für die Kanzlei einstellen? Wahrscheinlich nicht. Auch wenn das Aussehen für die Einstellung in der Kanzlei natürlich kein Auswahlkriterium war, unwichtig war es nicht. Außerdem zupfte er zu oft an seinem Hemd herum. Als ob er Atemnot hatte? Vielleicht war er als Kind öfter eingesperrt worden? Alles spielte eine Rolle, selbst ein Einstellungskriterium, das niemand jemals zugeben würde. Wie sagten seine Kollegen immer? »Es gibt kein Detail, das keine Rolle spielt.«

Er wusste, was andere globale Kanzleien bei der Mitarbeiterauswahl machten. Manche Kanzleien benutzten Eyetrackingtests über die Webcam im Laptop der Bewerber und prüften Gesichtsmuskelreaktionen der Kandidaten, wenn unangenehme Fragen gestellt werden. Wie war das Pokerface von diesen Menschen, wie gut konnten sie mit Stress umgehen, sah man ihnen an, wenn sie überfordert waren? Denn die Überforderung, die man einem Anwalt ansah, war wie Blut, das die Haie anlockte. Der Seniorpartner kannte all die unangenehmen Fragen.

Ihr Klient ist ein Pharmaunternehmen, und es hat ein Mittel gegen Multiple Sklerose, aber eine Dosierung kostet 200 000 Euro. Wegen Engpässen in der Produktion können nur 100 Dosierungen pro Monat hergestellt werden. Die Krankenkassen wollen mehr. Und sie wollen einen geringeren Preis. Viel geringer. Je weniger es gibt, desto höher der Preis. Je höher der Preis, desto weniger Menschen können sich das Präparat leisten. Je weniger Menschen es sich leisten können, desto mehr Menschen sterben. Das Unternehmen will unbedingt an dem hohen Preis festhalten, um seine Gewinnziele zu erreichen. Es ist sogar bereit, dafür zu klagen. Würden Sie das Unternehmen vertreten?

Eine Juniorpartnerin stellte fest, dass sie schwanger war, kurz bevor es in einen großen Deal ging, der sechs Monate dauern würde. Würde sie den Deal zu Ende bringen, wäre ihre Karriere als Seniorpartnerin beschlossene Sache. Doch dafür würde sie rund um die Welt reisen müssen. Schwanger ein Ding der Unmöglichkeit. Sie hat abgetrieben. Wäre das für Sie auch eine Option?

Fragen dieser Art wurden per Sounddatei oder Text auf die Bewerber abgefeuert, und die Kamera prüfte die Reaktion der Pupillen und die Gesichtsmuskeln. Hier konnte sich keiner verstellen. Die Dependance der Firma in den USA nutzte bereits diese Form des Neuro-Recruitings. Der Seniorpartner hielt nichts davon, genauso wenig wie von den Lügendetektortests, bei denen man den Hautwiderstand und den Salzgehalt auf der Haut durch Schweißabsonderung messen konnte – jedenfalls hielt er nichts davon, solange seine eigene Methode jeder anderen haushoch überlegen war. Und das war sie – noch ... Hier saß im Hintergrund etwas abseits lediglich ein junger Associate, der sich Notizen machte.

Wenn Wennig aufgrund der Frage nervös war, ließ er es sich nicht anmerken. Er war wohl genug Politiker, um unangenehme Fragen zu ertragen oder ihnen bestmöglich auszuweichen.

»Don Corleone ... ich bin nicht sicher«, antwortete er, »aber ich kann mir vorstellen, dass es darum geht, dass Anwälte viel erreichen können.«

»Wann haben Sie den Film zuletzt gesehen? Ich meine, *Der Pate?*«

»Das ist schon lange her. Vielleicht sollte ich ihn mir mal wieder anschauen.«

»Unbedingt!« Der Seniorpartner strich sich über seine Dreihundert-Euro-Krawatte und rückte sich in dem Neunhundert-Euro-Ledersessel zurecht. »Der Pate Don Corleone sagt, dass ein Anwalt mit seinem Aktenkoffer mehr erreichen kann als hundert Gangster mit Pistolen.«

Wennig schien kurz zusammenzuzucken. In dem Moment, als der Seniorpartner das Wort *Gangster* erwähnt hatte. Ob er wohl ahnte, dass er es genau damit zu tun bekommen konnte, wenn er nicht mitmachte? Er fragte sich kurz, warum.

»Macht Sie der Film nervös?«

Wennig schüttelte den Kopf. »Nein, ich frage mich nur, um ehrlich zu sein, warum Sie mich hier eingeladen haben.«

Der Seniorpartner lehnte sich zurück. »Weil mein Klient das möchte, was auch Don Corleone mit geschätzten Geschäftspartnern macht.«

»Und was ist das?«

»Ihnen ein Angebot machen, das Sie nicht ablehnen können.«

»Es geht um die Grundstücke?«, fragte Wennig.

»Es geht immer und, ja, es geht *schon wieder* um die Grundstücke.«

»Falls Sie auf die Wandelanleihe hinauswollen, muss ich Ihnen sagen, dass wir erst in zwei Jahren wandeln. Und das auch nur, wenn wir das Geld nicht haben sollten.«

»Richtig. Aber wenn Sie jetzt die Grundstücke zurückgeben, bekommen Sie das Doppelte.«

»Hundert Millionen?«

»Hundert statt fünfzig Millionen, ganz richtig.«

»Das steht nicht so im Vertrag«, sagte Wennig.

Der Seniorpartner lächelte. *Verträge,* dachte er, und ihm fiel das Zitat von Napoleon ein. Oder war es Bismarck? *Verträge sind wie Blumen und junge Mädchen. Sie haben ihre Zeit.* Verträge, dachte er, waren nützlich, wenn sie einem wirklich nützten und nicht nur der Gegenseite. Die Aufgabe eines guten Anwalts war, das Recht zu biegen, ohne es zu brechen. Und das galt auch für Verträge. Er dachte an die alte Weisheit, die er bei Machiavelli gelesen hatte. So musste der Fürst bereit sein, grausam und wortbrüchig zu agieren, wenn es die Notwendigkeit gebietet. Und die Notwendigkeit war da. Sein Mandant brauchte die Grundstücke und der Mandant hatte sehr bald das Geld.

»Auch wenn im Vertrag nichts von hundert Millionen statt

fünfzig steht«, sagte der Seniorpartner. »Das Geld können Sie doch gut gebrauchen. Ein kleiner Teil kann ja auch bei Ihnen landen.«

Wennig lockerte seine Krawatte. »Ich denke darüber nach.«

»Denken Sie gut nach, aber nicht zu lange«, sagte der Seniorpartner.

»Es ist meine Sache, wie lange ich nachdenke.« Die Art, wie Wennig das sagte, klang fast trotzig.

»Vorläufig«, sagte der Seniorpartner.

FREITAG

KAPITEL 35

FLUGHAFEN FRANKFURT MAIN

Laura und Linus rannten durch das Terminal 1 des Frankfurter Flughafens. *Ein Flughafen mal wieder,* ging es Laura durch den Kopf. Gate 33 schien ewig weit weg; die Gates, mit denen die Lufthansa reichlich unwillig in die Hauptstadt flog, waren immer maximal weit weg vom Eingang. Berlin, dachte Laura, war halt außerhalb von Berlin überall unbeliebt. Wobei sie sich bei der dauerhaft schlechten Laune der Berliner fragte, ob das nicht auch innerhalb Berlins genauso galt.

Laura und Linus nutzten abwechselnd die schnelleren Laufbänder, ab und an, wenn das aber zu lange dauerte, weil die Laufbänder von langsamen und begriffsstutzigen Touristen überfüllt waren, die sich immer, wenn das Laufband aufhörte, fast auf die Nase legten, rannten sie eben zu Fuß weiter.

28, 29, 30, zählte Laura in Gedanken und fühlte ihr Herz schlagen. Linus schien das Ganze weniger auszumachen, auch wenn er nicht unbedingt die Statur eines Läufers hatte. Laura ging zwar oft laufen, aber Linus schien durch seine BKA-Ausbildung offenbar noch besser im Training zu sein.

Sie waren am Gate angekommen. Das Kürzel des neuen Flughafens stand dort. *BRA.* Für Berlin Brandenburg. Dass *Bra* auf Englisch auch *Büstenhalter* hieß, schien außer Laura niemandem aufgefallen zu sein. Bei Berlin wunderte Laura ohnehin gar nichts mehr. Dass aber durchaus fähigeren Institutionen wie zum Beispiel Apple ähnliche Fehler passierten, wusste Laura. So geschehen bei dem iPad. Hätten die Techies dort mal eine Frau im Team gehabt, wüssten sie, dass *pad* nicht nur Schreibblock, sondern auch *Monatsbinde* hieß.

»Na toll«, sagte Linus, »Boarding verzögert sich um fünfzehn Minuten.«

Laura atmete aus. »Wären wir nicht gerannt, wäre aber alles pünktlich.«

»Tja, Murphys Gesetz. Was schiefgehen kann, das geht schief.«

Laura zog ihr Smartphone und blickte in ihre Mails. Sie hatten Sören Fink gestern Nacht noch den finalen Stand der Präsentation geschickt, aber seitdem nichts von ihm gehört. *Genieß die Ruhe,* dachte sie zu sich, *der kommt auch nach Berlin und wird uns das gesamte Wochenende auf den Geist gehen.*

Wochenende, dachte sie. Sie sollte vielleicht Timo anrufen, dass sie dieses Wochenende so gut wie gar keine Zeit für ihn hatte.

Timo nahm nach dem zweiten Klingeln ab.

»Wie sieht's aus?«, fragte er.

»Gut. Viel Stress allerdings. Bei dir?«

»Ein paar Stunden noch. Sonst früher Feierabend. Ist ja Freitag, weißt ja: Freitag nach eins macht jeder seins.«

»Eins heißt hier aber mittags, nicht morgens, oder?«

»Natürlich. Wer arbeitet denn um ein Uhr morgens?«

»Wir zum Beispiel«, sagte Laura.

»Da habe ich längst gepennt. Heute ging es um sechs Uhr raus. Schon Pläne fürs Wochenende?«

»Ja. Arbeit. Wir werden uns kaum sehen.«

Timo schnaubte. »Was ist das für ein Scheißprojekt? Arbeit am Wochenende?«

»Tja, das war mir aber vorher klar.«

»Da gibt's ja wohl Zulagen?«, fragte er.

Manchmal erinnerte er Laura eher an einen Beamten.

»Nein, hatte ich doch gesagt. Ich bin eh schon außertariflich, da gibt es Überstunden und Wochenendarbeit frei Haus. Und dann gibt es ja noch die Delegationspauschale.«

»Trotzdem Mist. Also, ihr ackert das Wochenende durch?«

»Ja, ich melde mich aber gegen Abend.«

»Tja, dann muss ich mir mal überlegen, was ich mache.«

Laura sah ihn in Gedanken schon vor sich, wie er das ganze Wohnzimmer umräumte, um Platz für irgendwelche Star-Wars-Figuren oder ähnlichen Kram zu machen. Hauptsache, er fing nicht wieder an, mit Optionen zu handeln.

»Wie gesagt«, sagte Laura, etwas genervt, »ich melde mich, wenn ich durch bin.«

»Keine Sorge, mir fällt was ein.« Es war ein wenig Stolz, aber auch Trotz in seiner Stimme. So als wollte er sagen: *dann eben nicht.*

Eine Durchsage schallte durch das Terminal: *Meine Damen und Herren, wir beginnen nun mit dem Boarding für unseren Lufthansa-Flug LH 312 nach Berlin Brandenburg. Um Ihnen das Einsteigen zu erleichtern, haben wir …*

»Timo, ich melde mich. Hier ist nichts zu verstehen.«

»Alles klar«, sagte er.

Laura und Linus waren mit dem Boarding dran. *Keine Sorge, mir fällt schon was ein.* Klang das wie eine Drohung, oder hatte Laura das überinterpretiert? Diese Gedanken gingen ihr durch den Kopf, als sie beide ihre Koffer in die Ablagen wuchteten und sich in die Sitze fallen ließen, während die Sicherheitsanweisungen mit meckernder Stimme durch die Kabine schallten.

Hatte sie ihm überhaupt gesagt, dass sie in Berlin war?

Egal, dachte sie, sie würde ihn später noch einmal anrufen.

KAPITEL 36

BWG BANK, PARISER PLATZ, BERLIN

Der Teamraum am Pariser Platz war auf dem gleichen Flur wie das verschlossene Büro von Fischer. Ob tatsächlich ein Fahrer Fink den Ordner nach Frankfurt gebracht hatte, wusste Laura nicht. In jedem Fall war Fink auch eben gelandet, zwei Maschinen nach Laura. Allerdings wusste Laura nicht, ob er den Ordner dabeihatte. Dann wäre der Ordner in Frankfurt und sie alle hier in Berlin. Nicht die beste logistische Aktion, aber typisch für die Bank.

Fink hatte die ausgedruckte Präsentation vor sich und ging eine Seite nach der anderen durch.

Das muss erklärt werden!

Stimmen die Zahlen?

Da brauchen wir ein Back-up!

Das versteht keiner von den Politikern!

Das ist zu allgemein!

Hier fehlt der Action Title!

Das ist zu viel erklärt!, waren die Kommentare, die er zu den Folien abgab. Man merkte, dass Fink früher Principal bei East Coast Consulting, ECC, war, eine der führenden Strategieberatungen der Welt. Es geschah oft, so hatte es Laura erfahren, dass die früheren Kunden der Beratung ihre früheren Berater abwarben. Auch die BWG holte sich viele Ex-Berater von ECC, vorzugsweise ins Topmanagement und in Strategie und Geschäftsentwicklungspositionen. Fink war sicher von seinem Jahresgehalt her nicht billig, aber sicher billiger als der Tagessatz, auf mehrere Monate aufaddiert, den ECC der Bank für ihn immer in Rechnung gestellt hatte. So hatte die Bank die Strategieexpertise im Haus. Allerdings nicht unbedingt günstiger, denn als Alumni von ECC in führender Position bei einer der größten Banken Deutschlands wurde von Fink natürlich erwartet, dass er für seinen früheren Arbeitgeber weiter Aufträge generierte. Und so war Fink zwar nicht mehr bei ECC, sondern bei der BWG, aber ECC war nach wie vor in Kompaniestärke bei der BWG. Allerdings nicht bei diesem Projekt. Hier waren nur Fink, Linus, Sina, Jeff Walker aus London, besagter Klugscheißer Adalbert und Laura.

»Moment«, sagte Laura, »einmal sagen Sie, das ist zu kompliziert, und dann wieder ist das zu viel erklärt.«

»Ja«, sagte Fink genervt und strich mit seinem Kugelschreiber auf dem Ausdruck herum. »Ein kurzes Deck ist für Wilhelmi, den Finanzminister.« Ein *Deck*, so hatte Laura gelernt, war ein Stapel an PowerPoint-Folien, gelegentlich *Slides* genannt. »Das muss knackig, *to the point*, einfach sein.«

»Sodass es auch ein kleines Kind oder ein Golden Retriever versteht?«, fragte Laura.

Fink musste lächeln, das erste Mal heute. »Ich sehe, Sie haben *Margin Call* gesehen. Geiler Film. Und leider von der Handlung ziemlich nah dran an dem, was uns hier gerade passiert. Nur leider haben wir zur Lösung des Problems keine Schrottpapiere, die wir mal eben an irgendwelche Trottel verkaufen können.«

»Sonst hätten wir das längst gemacht?«, fragte Linus.

»Natürlich.« Er verzog das Gesicht. »Wenn man nicht gut ist, was wir nicht sind, muss man wenigstens schnell sein.« Er zog die Luft ein. »Das hier«, sagte er, »ist zu viel erklärt. Das ist die Version für die Staatssekretäre, die schon vorher von

Hortinger und mir gebrieft werden, damit sie Wilhelmi am Montag in die richtige Richtung schubsen.«

»Die kennen sich besser aus?«, fragte Laura. »Warum?«

»Kahlert und Denning, beides ehemaliger I-Banker. Waren Partner bei Silverman & Cromwell.«

I-Banker, auch das hatte Laura gelernt, war die Abkürzung für *Investmentbanker*, was man tatsächlich wie *Ei-Bänker* aussprach.

Fink fuhr fort. »Sie haben Wilhelmi bei der Platzierung der Bundesanleihen beraten, und dann hat er sie beide abgeworben.«

»Gehalt dürfte geringer sein als bei Silverman«, sagte Linus.

»Ja, aber die Reputation ist höher. Außerdem will Silverman, dass ihre Partner hohe Positionen in der Politik haben. Kann man mehr Einfluss nehmen.«

»Will die BWG das auch?«, fragte Laura.

Fink schaute mitleidig drein. »Die BWG wollte und will vieles. Ob sie es dann kann, ist leider immer die große Frage.« Er schaute sich um. »So ähnlich wie die Landesregierung hier bei euch in Berlin, oder?«

Laura zuckte die Schultern und nickte.

Fink schob die Stapel zusammen. »Okay«, sagte er. »Schon mal guter Wurf. Bitte mein Feedback noch einbauen und dann noch mal drucken und an mich.« Er stand auf. »Wenn Fragen sind, ich bin nebenan. Habe Dauer-Telkos mit meinen Ex-Kollegen.«

»ECC?«, fragte Laura.

»Ja, dem Frankfurter Team. Wir basteln schon eine Strategie für die Zeit nach dem Treffen mit Wilhelmi.«

»Die nächsten Schritte?«

Fink nickte. »Richtig. Wie kriegen wir es hin, trotz tiefroter

Zahlen das Staatsgeld, das wir Montag hoffentlich kriegen werden, zurückzuzahlen, und zwar möglichst schnell.«

»Per Kapitalerhöhung?«, fragte Linus.

»Eine Option, die hoffentlich klappt. Damit wir auch, wie bei *Margin Call*, unsere Probleme loswerden, indem wir einfach was verkaufen. Das müssen wir dem Kapitalmarkt als Nächstes erklären, aber das soll nicht eure Sorge sein. Da müssen die Jungs und Mädels von ECC das Wochenende über Excels und Slides schrubben.«

»Wann kommt Hortinger?«, fragte Linus.

»Spät am Abend.« Fink lächelte kurz. »Ihr habt also noch Zeit.«

»Gibt es denn so spät eine Maschine?«, fragte Laura.

»Er kommt per Privatjet. Geht nicht anders«, sagte Fink. »Auch wenn die Vorstände aufgrund der angespannten Ertragslage gehalten sind, auf so etwas zu verzichten.« Er schaute auf die Uhr. »Nach derzeitigem Stand landet er gegen 21:30 Uhr in Schönhagen. Wird gegen 22 Uhr hier sein.«

Schon wieder eine Nachtschicht, dachte Laura. Und dann erinnerte sie sich: *Schönhagen.* Das war der Privatflughafen, von dem aus Fischer das Weite suchen wollte. Und zu dem er Laura entführt hatte, um sie unterwegs aus dem Flugzeug zu werfen.

KAPITEL 37

BWG BANK, PARISER PLATZ, BERLIN

Mittlerweile war es später Abend geworden. Linus war für ein Telefonat nach draußen gegangen. Laura arbeitete an dem letzten Entwurf der Präsentation, als die Tür aufflog.

Es war Linus, das Handy in der Hand.

»Sieht nicht gut aus«, sagte er. »Die Sache mit Ehringer.«

»Waren das die Interpol-Kollegen?«, fragte Laura, die schon ahnte, worum es ging.

Linus nickte. »Die haben erneut versucht, mit dem Staatsanwalt wegen der Freigabe zu reden und ihn dazu zu bringen, die Leiche doch noch sezieren zu lassen. Leider nicht sehr erfolgreich.«

Laura hob die Augenbrauen. »Weil wer immer die Sache mit Ehringer kleinreden oder verdecken will, ziemlich mächtige Freunde hat? Oder selbst mächtig ist? Und das nicht nur hier, sondern auch in Liechtenstein?«

»Das Ganze ist weniger Machiavelli-artig, als du denkst.«

»Lass mich raten«, sagte Laura, »es wird keine Sektion der Leiche geben.«

»Du hast richtig geraten. Für die Staatsanwaltschaft ist alles klar. Suizid durch Kohlenmonoxidvergiftung.«

»Kommt denen denn die ganze Vorgeschichte nicht komisch vor?«

»Welche Vorgeschichte?«, sagte Linus. »Dazu müssten sie die Vorgeschichte ja überhaupt kennen, und das tun sie nicht. Dürfen sie gar nicht. Die kennt noch nicht einmal Interpol! Was hätte ich denn sagen sollen?«

»Du kannst ihnen nichts davon erzählen?«

»Du genauso wenig. Der ganze Skandal muss erst mal durch die BaFin.«

»Die wissen doch Bescheid?«

»Ja, aber wann genau nächste Woche die Ad-hoc-Meldung kommt, entscheidet der Vorstand. Vorher können wir die Story keinesfalls irgendjemandem erzählen. Auch der Staatsanwaltschaft nicht!«

»Das heißt, die Leiche kann dann schon bestattet sein, wenn wir die Info endlich an Interpol geben können?« Laura schüttelte den Kopf. »Verdammt, das müssen wir doch irgendwie verzögern können!«

»Tja«, sagte Linus und setzte sich auf die Couch. »Erzähl das mal der Staatsanwaltschaft.«

»Natürlich.« Laura streckte sich. Ihre Schultern knackten. Bei dem ständigen Kauern vor dem Rechner und zwischendrin an kleinen Flugzeugtischen war der nächste Massagetermin überfällig. Sie würde nächste Woche fragen, ob die BWG-Zentrale, wie manche andere Firmen, auch Masseure hatte, die mit ihrem Massagestuhl ins Büro kamen. »Die Akte ist also geschlossen?«

Linus nickte. »Sieht so aus. Es sei denn, irgendjemand, der noch mächtiger ist, ändert spontan seine Meinung und pfeift den Staatsanwalt zurück. Aber wer sollte das tun?«

»Und wenn wir das Angebot von Sophie annehmen«, fragte Laura, »das mit der Privatsektion? Und seine Angehörigen dazu überreden können? Gibt es dann eine Exhumierung?«

Linus schüttelte den Kopf. »Wenn alles so abläuft, wie ich es gehört habe, ist dafür keine Zeit mehr. Ehringer wird gerade ins Krematorium gebracht. Da ist keine Exhumierung mehr möglich.« Er stand wieder auf. »War angeblich sein Letzter Wille.«

»War es das wirklich?«

Linus zuckte die Schultern. »Wenn man einen guten Grafologen hat, kann man einen Letzten Willen ändern.« Er stand auf. »Vielleicht war es vor dem Hintergrund auch der Wille von etwas ganz anderem. Besonders mit der Kremierung.«

»Spuren verwischen?«, fragte Laura.

»Nicht nur verwischen«, sagte Linus. »Wenn es zur Verbrennung kommt, hat sich dazu jede weitere Untersuchung erledigt. Zwei Stunden Krematorium bei achthundert Grad vernichten jedes Beweismittel.«

Laura biss sich auf die Lippe. Sie saßen in der Falle. Bevor sie irgendetwas an Interpol melden konnten, musste die Information veröffentlicht werden. Und bevor das geschah, brannte Ehringer schon bei achthundert Grad. Und mit ihm alle Beweismittel.

KAPITEL 38

BWG BANK, PARISER PLATZ, BERLIN

Scheiße«, sagte Linus plötzlich, als er wieder an seinem Rechner saß. Dabei zog er die Luft durch die Zähne ein.

Laura kannte Linus noch nicht allzu lange, aber sie wusste, wenn er so *Scheiße* sagte und die Luft durch die Zähne einzog, war etwas Schlimmes passiert.

»Was ist denn?«

»Schau mal, was hier steht.«

Laura stand auf und überflog den Text auf Linus' Monitor, der auf allen Finanzportalen und Wirtschaftszeitungen fast identisch war. Selbst in die Online-Auftritte der großen Boulevardzeitungen hatte es die Meldung geschafft. Die BWG kannte halt jeder. Und die Überschrift hatte es in sich:

BWG – das zweite Wirecard?

Darunter noch andere Meldungen.

Bankskandal erschüttert Frankfurt.

Es fehlen mindestens 5 Milliarden!

Kartenhaus BWG.

Dann der Text:

... hat es offenbar über Jahre bei der BWG Ungereimtheiten in der Bilanz von Tochterfilialen, insbesondere in Dubai, Singapur und Liechtenstein gegeben. So verlautete aus Bankenkreisen, dass sämtliche Erträge, die in Liechtenstein konsolidiert wurden, faktisch nicht vorhanden sind. »Die Bilanz dort besteht nur aus heißer Luft«, so ein Insider, der nicht namentlich genannt werden will. Schätzungen zufolge ist der finanzielle Schaden für die Bank noch nicht klar, es dürfte sich aber

mindestens um einen höheren, einstelligen Milliardenbetrag handeln.

Laura schaute hypnotisiert auf den Bildschirm. Ihr Mund war so trocken, als hätte sie einen Löffel Salz verschluckt. In der Finanzkrise und den zahlreichen staatlichen Rettungsprogrammen hieß es, die kleinste Einheit dort sei eine Milliarde. In Wahrheit aber war eine Milliarde eine Größenordnung, die immer und überall für Aufmerksamkeit sorgte. Sie las mit verkrampften Schultern und stocksteif weiter:

Sobald erste Meldungen dazu über den Ticker liefen, sackte der Kurs der BWG im nachbörslichen Handel sowohl an der New Yorker Börse, wo die Bank mit ADR-Aktien gelistet ist, als auch im nachbörslichen Frankfurter XETRA-Handel um bis zu 40 Prozent ab.

Ein Sprecher der Bank ließ auf Anfrage verlauten, dass die Bank die Vorwürfe eingehend prüfen und dazu Stellung beziehen werde. Einen weiteren Kommentar lehnte der Sprecher ab.

Insidern zufolge lässt besonders der Zeitpunkt der Veröffentlichung um 22 Uhr darauf schließen, dass es sich hierbei um eine bewusste Verlautbarung von bisher unbestätigter Seite handelt. Um 22 Uhr mitteleuropäischer Zeit sind die europäischen Börsen geschlossen, und der Aktienhandel an der New Yorker Börse ist beendet. Marktteilnehmer gehen dennoch davon aus, dass die BWG-Aktie am Montag mit großem Abschlag eröffnen wird. Möglich ist ebenso eine Handelsaussetzung und/oder ein Leerverkaufsverbot vonseiten der BaFin. Auch dort war für eine Stellungnahme am späten Freitagabend niemand zu erreichen.

Laura schluckte wieder. Ihre Zunge fühlte sich wie Sandpapier an. Sie drehte sich um, nahm die Fernbedienung und schaltete den Fernseher ein, der in der Ecke des großen Konferenzraums stand. Auf NTV und auch in den sonstigen

Nachrichten war die Meldung präsent. Der Nachrichtensprecher trug nüchtern wie immer vor, aber Lauras Herz schlug, als wollte es durch ihren Hals aus ihrem Kopf springen.

Unbestätigten Quellen zufolge hat es bei der BWG, der Bank für Wirtschaft und Gesellschaft, einen Bilanzskandal gegeben. Es fehlen bis zu fünf Milliarden Euro, die nicht korrekt ausgewiesen sind. Der Aktienkurs verlor im nachbörslichen Handel bis zu 40 Prozent. Ein Sprecher der BWG betonte, man werde alles tun, um die Ungereimtheit so schnell wie möglich aufzuklären.

Das Bild wechselte. Man sah Finanzminister Wilhelmi, live aus Brüssel vor irgendeinem EU-Gebäude.

»Herr Wilhelmi«, fragte der Interviewer, »kehrt die Finanzkrise nach Deutschland zurück?«

Wilhelmi antwortete: »Ich kann Ihnen sagen, dass Alarmismus fehl am Platz ist und wir uns zu Marktgerüchten nicht äußern. Das Finanzministerium hat großes Vertrauen in die Arbeit der BWG, und wir werden mit Besonnenheit die nächsten Schritte planen.« Er kniff die Lippen zusammen und nickte, so als ob für ihn das Gespräch damit beendet war.

Besonnenheit, dachte sie nur. Das war ein Lieblingswort der Politik. Und passte überhaupt nicht zur gegenwärtigen Situation. Auch Wilhelmi hatte keineswegs besonnen gewirkt.

Für den Mann von der Presse war das Gespräch damit aber noch nicht beendet. »Was sind die nächsten Schritte?«

»Darüber werden wir Sie beizeiten informieren.« Dann war Wilhelmi weg.

Das nächste Bild der Nachrichten erschien. Ein ICE, der entgleist war.

»In Hamm«, sagte der Nachrichtensprecher, »entgleiste heute Nachmittag ein ICE bei einem Kopplungsmanöver. Verletzt wurde niemand …«

Laura schaltete den Fernseher aus.

»Kurt Wilhelmi«, sagte Linus, »das hat der Bank, aber besonders ihm gerade noch gefehlt.«

Wilhelmi war damals wegen allzu großzügiger Bankenrettungsprogramme, als er in einer früheren Koalition 2008 schon einmal Finanzminister war, in die Kritik geraten, weil er ohne Gegenbedingung, so die Presse, Steuergeld an die Großbanken verschleuderte. *Hier kommt Kurt, ohne Helm und ohne Gurt,* ein alter Song von Frank Zander, wurde damals häufig in Bezug auf Wilhelmi zitiert.

»Wo kommt das her?«, fragte Laura, als sie ihre Stimme wiederfand. »Diese Details kann doch keiner wissen?«

Linus kaute auf seiner Unterlippe. »Ehringer kannte die Details, aber der ist tot. Fischer wusste es auch, und der ist genauso tot. Hortinger, die Leute hier im Team.« Er schaute Laura an. »*Wir* wissen es.« Dann zuckte er die Schultern. »Irgendeiner hat gequatscht.«

»Aber wer?«, fragte Laura. »Das ist doch totale Untreue! So was einfach rauszuposaunen.«

Linus schaute auf seinen Bildschirm. Und schluckte. Er sah aus, als hätte er ein Gespenst gesehen.

»Hier steht ganz klar, wer das durchgestochen hat«, sagte er.

»Wer?«

Er schaute Laura an. »Du!«

KAPITEL 39

BWG BANK, PARISER PLATZ, BERLIN

Die Tür flog auf. Es war Fink.

»Laura, was ist das für eine Scheiße?« Er war unwillkürlich zum Berater-Du übergegangen. In den Beratungen, die fast alle aus Amerika kamen, duzte man sich eh, während sich in der Bank alle siezten.

Laura schaute zur Tür und dann auf den Bildschirm von Linus. Sie las die Nachricht, aber sie konnte es nicht glauben.

… ist mittlerweile geklärt, wer die brisante Bilanzinformation der BWG an die Presse geschickt hat. Mehrere Finanzportale bestätigten, von Laura Jacobs, einer Mitarbeiterin der BWG Bank, über die Ungereimtheiten in der Bankbilanz informiert worden zu sein. Aktionärsschützer begrüßten die transparente Kommunikation der Mitarbeiterin, wobei es bei Whistleblowern ungewöhnlich ist, dass diese sich mit vollem Echtnamen an die Presse wenden. Da die Nachricht an die Redaktionen aus dem Bank-E-Mail-Postfach von Laura Jacobs mit vollem Namen verschickt wurde, kann davon ausgegangen werden, dass es sich bei der Informationsgeberin tatsächlich um besagte Laura Jacobs handelt.

Laura musste sich setzen.

Über Frau Jacobs ist wenig bekannt. Bankkennern zufolge hat sie die Bank vor einigen Wochen vor einem großen Skandal bewahrt und sich dabei das Vertrauen des Vorstands er-

arbeitet. Weniger gut dürfte dem Vorstand gefallen, dass der Aktienkurs der Bank, der sich ohnehin auf einem Zehn-Jahres-Tief befindet, durch die Meldung noch einmal um 40 Prozent von 10 Euro auf 6 Euro eingebrochen ist. Ob Laura Jacobs mit der Verbreitung der Bilanzinformation einen weiteren Skandal verhindern wollte oder tatsächlich der Bank schaden wollte, ist unklar. Unsere Kollegen in Berlin und Frankfurt werden Sie weiter dazu informieren.

Lauras Handy begann zu klingeln. Lauter verschiedene Nummern. Eine nach der anderen.

Die Kollegen werden Sie informieren.

Das waren sie.

Die Kollegen von der Presse.

»Lassen Sie das Handy in Ruhe«, sagte Fink. »Waren Sie das?«

»Nein«, sagte Laura. Sie spürte den salzigen Geschmack in ihrem Mund. Aber er kam nicht von einem Salzklumpen, den sie geschluckt hatte. Sie merkte, wie ihr die Tränen über die Wangen flossen. »Ich war das nicht. Warum sollte ich das machen?«

»Aber laut der Info hier kam das aus Ihrem Mail-Postfach!«

»Das kann nicht sein«, sagte Laura.

Ihr Handy pingte. Sie schaute auf das Display. Eine SMS von Timo. *Erreiche dich nicht,* stand dort, *warst du das wirklich mit der BWG?*

Wenn selbst Timo das wusste, dachte Laura, dann wusste es wirklich jeder.

Sie klickte auf ihr Outlook.

Klickte auf *Gesendete Objekte.*

Dort sah sie es.

Eine Mail unter der anderen. Alle aus ihrem Outlook.

An *Handelsblatt, finanzen, Wirtschaftswoche, Guidants.* Insgesamt bestimmt zwanzig Mails.

Sie las den Text, den scheinbar sie selbst geschrieben hatte: *Riesiges Finanzloch bei der BWG. Liechtenstein, Dubai, Singapur. Geschäft existiert faktisch nicht. Mindestens 5 Milliarden fehlen. Ich sehe mich ethisch dazu verpflichtet, dies nicht mehr für mich zu behalten. Gezeichnet Laura Jacobs, BWG Bank*

»Ethisch dazu verpflichtet?«, fragte Fink.

Laura konnte es selbst nicht glauben. Sie sagte nichts. Konnte nichts sagen. Konnte nur die Attacken ertragen, die auf sie einprasselten, wie Jesus auf seinem Kreuzweg nach Golgota.

Doch das war nicht alles.

An die Mails angehängt war ein Bildschirmabdruck. Ein Screenshot.

Es war ein Foto von den gefälschten Bilanzen aus Liechtenstein. Abfotografiert vom Bildschirm in Vaduz mit einem Smartphone. Laura kannte das Smartphone, denn es war ihr Handy gewesen.

Genau das Handy klingelte wieder.

Fink war leichenblass. »Was haben Sie getan?«, fragte er.

Lauras Finger lösten sich von der Tischkante, und sie sank ohnmächtig zu Boden.

Das Handy klingelte immer noch.

KAPITEL 40

BWG BANK, PARISER PLATZ, BERLIN

Laura erwachte. Sie lag auf der Couch in einem der Büros der Regionalvorstände, es schien das Büro von Harald Kienzle, Dirty Harry, zu sein. Doch der war nicht mehr im Büro.

Fink und Linus standen vor ihr. Linus gab ihr ein Glas Wasser. Sie trank in kleinen Schlucken.

»Wie lange war ich bewusstlos?«, fragte sie.

»Nicht lange«, sagte Linus. »Zwei Minuten. Fink und ich haben dich aufgefangen.«

»Mein Telefon«, sagte Laura. »Ich kann das klären.«

Fink räusperte sich. »Hören Sie, Frau Jacobs, ich will Ihnen gern glauben. Vor allem, weil ich auch keine Erklärung hätte, warum Sie so etwas Wahnsinniges tun sollten. Aber«, sagte er und verharrte kurz, »wenn Sie das nicht waren, haben wir ein noch größeres Problem. Dann hat jemand Ihr Konto gehackt. Mit der klaren Intention, diese Info nach draußen zu tragen und der Bank damit nachhaltig zu schaden.« Finks Handy klingelte. »Hortingers Büro, er landet in zwanzig Minuten.« Er nahm den Anruf an und ging vor die Tür. Laura hörte seine Stimme, die immer leiser wurde: »Ja? Ja, wissen wir nicht. Wir können nur hoffen, dass …« Dann war die Stimme weg.

»Ich glaube dir«, sagte Linus. »Aber wir müssen die Sache schnellstmöglich aufklären. Wir sollten Sina anrufen. Wenn wirklich jemand deinen Account gehackt hat, weiß sie am besten Bescheid, wie wir vorgehen müssen.«

»Zuerst was anderes«, sagte Laura. Sie nahm ihr Handy und wählte eine Nummer.

Die von Marc.

Ließ es zehnmal klingeln.

Nichts.

»Komisch«, sagte sie, »der geht sonst immer sofort ans Telefon.« Laura wunderte das umso mehr, da Marc bei ihren früheren Treffen oft den Eindruck erweckte, als habe er gegen eine Affäre mit Laura nichts einzuwenden.

»Dann Sina«, sagte Linus. Er wählte ihre Nummer.

Sie ging wenigstens ans Telefon.

»Sina, wir haben hier ein Riesenproblem«, sagte Laura.

»Wollte mich eh deswegen melden«, sagte sie. »Das war also keine Absicht?«

»Nein, natürlich nicht«, sagte Laura. »Hast du das etwa geglaubt?«

»Ich weiß ja nicht, was ihr da in Berlin strategisch ausheckt. Habe den ganzen Tag nichts von euch gehört.«

»Wir waren an der Präsentation für Hortinger«, sagte Linus. »Jetzt zur Sache: Kannst du rausfinden, wer das war in meinem Account?«

»Ich versuch's«, sagte Sina, »kann aber zwanzig Minuten dauern. Eventuell kam die Attacke auch aus dem Dark Web. Dann ist das schwieriger.«

»Danke. Meldest du dich?«, fragte Laura.

»Mache ich. Bis gleich.«

Linus' Handy klingelte. »Hallo, Herr Stieglitz«, sagte er. Es war Stieglitz vom Referat 26 für Ad-hoc-Meldungen von der BaFin.

Linus sprach weiter. »Das war so nicht geplant. Nein, überhaupt nicht! Ich weiß, dass Sie sich ein abgestimmtes Vorgehen gewünscht haben. Wir übrigens auch. Wir vermuten eine

Hackerattacke, das untersuchen wir gerade … ja … ja … Da möchte ich Sie bitten, auf Herrn Dr. Hortinger zu warten. Er sollte in zwanzig Minuten hier sein. Ja, wir melden uns sofort.«

Linus stöhnte und schaute auf die Uhr. »Ich hab noch nichts richtig gegessen«, sagte er. »Wollen wir kurz raus?«

Laura nickte. »Ich werde nichts runterkriegen«, sagte sie, »aber ich komme mit.«

»Hier«, sagte Linus. Auf dem Regal bei Dirty Harry lag eine Schirmmütze mit der Aufschrift *Vertriebspower 2020*. »Setz die lieber auf. Nicht, dass dich irgendjemand erkennt.«

Laura nickte. Ihr Bild war auf diversen Finanzportalen. »Wie irgendein Promi, der in Berlin ist«, sagte sie und setzte die Mütze auf. »Komme mir vor wie Angelina Jolie.«

»Dafür hast du keine teure Scheidung am Hals«, sagte Linus.

»Das könnte ich jetzt als Allerletztes brauchen.«

KAPITEL 41

BWG BANK, PARISER PLATZ, BERLIN

Laura und Linus mussten bei ihrer Suche nach etwas Essbarem feststellen, dass es so etwas am Pariser Platz nicht gab. Richtung Friedrichstraße hatte Linus dann einen dieser mobilen Würstchenverkäufer erspäht, die es offenbar nur in wenigen Städten wie Berlin und Leipzig gab und die ihren Grill mit Kasse und Sonnen- oder Regenschirm als Ein-Mann-Imbiss mit sich herumtrugen. Laura hatte nichts hinuntergekriegt, aber Linus hatte immerhin eine Bratwurst im Brötchen mit Senf bekommen.

Als beide gerade wieder in ihrem Büro waren, klingelte Lauras Handy. Es war Sina.

»Bingo«, sagte Sina, »da hat tatsächlich jemand aus deinem Outlook heraus die Mail verschickt.«

»Damit ist klar, dass ich es nicht war?«, fragte Laura. Sie kam sich vor wie eine Ertrinkende, die nach dem letzten Holzstückchen griff.

»Ja, völlig klar. Wobei die weiteren Hintergründe auch nicht erfreulich sind.«

»Warum?«

»Der Manipulationsangriff von deinem Outlook kam aus dem Dark Web.« Sina machte eine kurze Pause. »Das lässt darauf schließen, dass die Täter schon ein gewisses Maß an krimineller Energie und zudem Ressourcen haben. Das ist nämlich nicht so einfach. Der Proxy …«

Proxy, dachte Laura, *hatte Marc nicht etwas von einem Proxy gesagt?* Laura hatte den Proxy auf Marcs Rechner mental abgespeichert und konnte ihn jederzeit wieder abrufen.

Sie spürte, wie ihr Kopf immer mehr pochte und sie Schwierigkeiten hatte, sich zu konzentrieren. Sie musste den Proxy finden und die Kopfschmerzen zurückdrängen.

»Sina«, sagte sie dann, »kannst du den Proxy aufspüren?«

»Ja, kann ich, aber was hilft es dir?«

»Das weiß ich, wenn ich den Proxy weiß. Pass auf«, sagte Laura, »ich schicke dir den Proxy per SMS. Dann kannst du schauen, ob es der gleiche ist, okay?«

»Okay.«

Laura nahm all ihre Konzentration zusammen und schrieb den zehnstelligen Proxy aus dem Gedächtnis in ihr Handy. Die ganzen Sonderzeichen waren zwar nervig, aber am Ende hatte sie das Buchstaben- und Zeichengebilde mit verkrampftem Gesicht in ihr Smartphone eingegeben.

Laura hörte durch die Leitung, wie Sinas Handy piepte. Lauras SMS war angekommen.

»Und?«, fragte Laura.

»Identisch«, sagte Sina. »Hundert Prozent.«

Laura freute sich, recht zu haben. Dennoch traf sie die Information wie ein Schlag: Es war der Dark Web Proxy, den Laura bei Marc gesehen hatte. Hatte Marc die Botschaft geleakt und Laura über die Klippe gestoßen? Und warum?

»Laura, alles okay?«

»Ja, ich muss nur kurz eine Kopfschmerztablette nehmen. Sina, kannst du das bitte gleich Linus sagen? Der Typ heißt Schneider, Marc Schneider. War bis vor einem Jahr bei der BWG in Frankfurt, ich glaube, Alternative Investments.«

»Alles klar, mache ich«, sagte Sina. »Ich geh der Personalabteilung auf den Keks.«

»Wobei du da niemanden erwischen wirst«, sagte Laura.

»Freitag ist bei denen Beamtensonntag, und Freitagabend ist erst recht keiner da.«

»Ich habe meine Wege«, sagte Sina. »Komm du erst mal zur Ruhe.«

Denn in dem Moment merkte Laura, dass bei ihr tatsächlich eine furchtbare Migräne im Anmarsch war. Sie konnte nichts dagegen machen. Sie wollte noch über etwas wegen Ehringer nachdenken, Linus noch etwas dazu sagen, aber der Gedanke verschwand wie Rauch im Sturm. Meistens kam die Migräne, wenn sie sich entspannte, gerne auch in den ersten Tagen im Urlaub. Oder sie kam, wenn Laura wirklich richtig im Stress war – so wie heute. Sie hatte zu wenig geschlafen, zu wenig gegessen und wahrscheinlich zu wenig Wasser getrunken. Erst hatte sie keine Zeit gehabt, etwas zu essen, und jetzt bekam sie nichts mehr hinunter. Laura durchwühlte ihre Handtasche, nahm eine Ibu 800, ging zum Kaffeeautomaten und trank dazu einen doppelten Espresso – ein Mittel, das in der Kombination fast immer bei ihr wirkte. Sie setzte sich auf die Couch.

Marc, dachte sie.

Marc hatte sie verraten. Er hatte ihr E-Mail-Postfach gehackt. Es musste nun allen klar sein, dass Laura die Meldung nicht an die Finanzportale geschickt hatte. Aber es war genauso klar, dass irgendjemand Laura für irgendwelche Zwecke missbrauchte. Wenn es nicht Marc war, dann war es jemand, der auch Marc im Griff hatte. Das machte die Sache noch schlimmer.

Ihre Sicht verschwamm, und sie merkte nicht mehr, wie ihr die Augen zufielen.

KAPITEL 42

BWG BANK, PARISER PLATZ, BERLIN

Ein Gefäß ums andere fiel auf den Boden und zerschellte. Laura musste die Porzellangefäße auffangen – und versagte kläglich. Die Gefäße fielen herunter, und Laura musste sie erwischen. Doch bei den meisten gelang es ihr nicht. Sie zerschellten auf dem Boden und zersprangen in Tausende Teile. Das Klirren stach in ihrem Kopf, als würden sich die Scherben in ihr Gehirn bohren.

»Frau Jacobs«, sagte eine Stimme, immer dann, wenn Laura wieder eine der Vasen, Krüge oder was auch immer herunterfiel, nicht aufgefangen hatte.

Ob es ein Traum war oder nicht, wusste Laura nicht. Wie immer kam dem Gehirn im Traum alles, und wenn es noch so abstrus war, logisch und folgerichtig vor. Wenn man einen Traum hatte, dachte sie manchmal, aus dem man nicht mehr aufwachte, woher würde man wissen, was Traum und was Realität war? Manchmal gelang es Laura. Manchmal, wenn sie einen besonders nervenaufreibenden Traum hatte, in dem sie wieder in der Schule saß und eine Prüfung ablegen sollte oder irgendjemand etwas von ihr wollte, sagte sie sich: Das ist jetzt ein Traum. Und dann war die nervige Situation vorbei. Leider klappte das in der Wirklichkeit nicht. Und jetzt, wenn das ein Traum war, klappte es auch nicht.

Die Krüge fielen und fielen, zerschellten und zerschellten.

»Frau Jacobs.«

Irgendjemand sprach zu ihr. Wollte ihr zeigen, dass immer mehr Gefäße herunterfielen, die sie auffangen sollte.

Aber sie konnte doch nur eines zurzeit auffangen. Nicht alle gleichzeitig.

Es war so viel zu tun. Und sie war ganz allein.

»Frau Jacobs!«

Die Stimme wurde lauter. Sie merkte, wie die Vasen an ihren Armen vorbei auf den Boden fielen. Irgendjemand schien nach Laura zu greifen. Wollte sie jemand aus diesem furchtbaren Spiel wegziehen? Oder wollte jemand das Spiel für sie noch schwieriger machen? Sie spürte Hände, hörte wieder die Stimme. Sie merkte, wie ihr Tränen über die Wange liefen. All die schönen Vasen waren zerstört. Sie hörte das Splittern, sah die Scherben und den Staub – und war so verzweifelt wie lange nicht.

»Frau Jacobs!«

KAPITEL 43

BWG BANK, PARISER PLATZ, BERLIN

Frau Jacobs!«

Laura wachte auf und zuckte zusammen. Halb saß sie, halb lag sie auf der Couch. Sie blickte sich um. Die Porzellangefäße und Vasen, sie waren alle verschwunden.

»Frau Jacobs, ist Ihnen nicht gut?« Ein Mann in schwarzem Anzug und mit dunkler Krawatte beugte sich zu ihr herunter.

»Nur eine Migräne«, sagte Laura, »es geht schon wieder.«

Was will der Typ?, fragte sie sich. In seinem Anzug sah er aus wie eine Mischung aus Zivilfahnder und Bestatter. Beides passte zu ihrer Situation.

»Gustavson, zu Ihren Diensten«, sagte der Mann, »ich bin der Fahrer von Dr. Hortinger. Er möchte sofort mit Ihnen sprechen und nur mit Ihnen.«

Laura saß kerzengerade und schaute zur Tür. Aber da war niemand.

»Wo ist er denn?«, fragte sie.

»Im Hotel de Rome, seinem Lieblingshotel in Berlin«, sagte Gustavson. »Sie werden verstehen, dass Dr. Hortinger aufgrund der aktuellen Ereignisse für die Presse so wenig sichtbar wie möglich sein möchte. Deswegen ist er auch nicht hier.« Er zeigte nach draußen. »Sie hören es ja.«

Sie hörte es allerdings. Draußen war der Regen zu hören. Und Gemurmel.

»Das, äh, verstehe ich gut«, sagte Laura. Etwas Besseres war ihr als Erwiderung nicht eingefallen. Sie unterdrückte den Gedanken, dass Hortinger ja immer noch denken konnte, dass sie, Laura, an dem ganzen Schlamassel schuld war. Ein Schlamassel, das den Vorstandschef dazu nötigte, konspirative Geheimtreffen im Hotel abzuhalten.

»Ich fahre Sie hin«, sagte der Fahrer aufmunternd. »Müssen Sie etwas mitnehmen?«

Laura versuchte, die Benommenheit abzuschütteln. Sie würde sich noch ein wenig frisch machen und die Unterlagen zusammensuchen. Ebenso Linus nach dem letzten Stand der Präsentation fragen. Sie schaute auf die Uhr. Es war 23:00 Uhr.

»Ja, ich hole meine Sachen. Geben Sie mir fünf Minuten.«

Sie sah nach unten. Eine ganze Gruppe von Reportern stand vor dem Hauptquartier am Pariser Platz, ebenso Kameraleute und Satellitentrucks. Von ihnen kamen das Murmeln und die Stimmen. Einzig der Regen, der vor Kurzem eingesetzt hatte, schien die Neugier der Presse ein wenig zu bremsen. Da niemand aus der Bank herauskam und niemand eine Stellungnahme abgab, interviewten sich die Reporter gegenseitig. In Frankfurt vor dem Hauptquartier stand sicher die gleiche Menge.

Laura ging in den Teamraum. Linus saß dort am Rechner. Der Fernseher lief. Einer der Reporter, der einen Kollegen befragte, war zu sehen, Direktübertragung vom Pariser Platz.

»*… gibt sich die BWG auch bei diesem Riesenskandal so zugeknöpft wie eh und je. Was glauben Sie, wann wird das erste Statement kommen?*«

»*Das muss spätestens am Montag kommen, denn die Bank wird sicherlich frisches Geld brauchen, wenn sich die Befürchtungen über das Milliardenloch in der Bilanz bestätigen sollten.*«

»*Ist das nicht zu spät?*«

»*Man hat es sicherlich mal wieder eiliger, den Kapitalmarkt zu beruhigen und das Finanzministerium anzuzapfen, anstatt die Kunden der Bank zu beruhigen, die sich vielleicht fragen, ob ihre Einlagen bei der BWG überhaupt noch sicher sind. Aber diese Vogel-Strauß-Taktik kennen wir ja von den Banken zur Genüge und von der BWG ganz besonders. Und was Wilhelmi angeht, der macht seinem alten Namen alle Ehre. Kurt Wilhelmi.«*

»Hier kommt Kurt. Ohne Helm und ohne Gurt. Nur raus mit dem Geld der Steuerzahler, scheint wieder die Devise zu sein. Die kleinen Angestellten werden gefeuert, und die dicken Bonzen stopfen sich mit Staatsgeld die Taschen voll.«

»Die Engländer haben für solche überbezahlten Versager ein schönes Wort: Fat Cats. Fette Katzen …«

Linus blickte auf. »Hat er dich gefunden?«

»Der Fahrer? Ja.« Laura senkte die Stimme. »Ich soll dort allein hin?«

»Wenn Hortinger es so will.« Linus schaute aus dem Fenster in die regnerische Nacht.

Ganz kurz waberten wirre Fantasien durch Lauras Kopf. *Hortinger will mich allein in einer Hotelsuite treffen. Muss ich dann irgendwas gutmachen, weil ich ja die Bilanzinfo an die Presse gegeben habe oder er das jedenfalls denkt? Und was wird er von mir wollen …?*

»Ich glaube«, sagte Linus, als hätte er Lauras Gedanken gelesen, »er will verstehen, wie es zu alldem gekommen ist. Der Termin mit dem Finanzministerium ist auf morgen vorverlegt worden, wir gehen morgen noch einmal final durch alles durch, und dann sind Fink und Hortinger bei Wilhelmi und seinen Staatssekretären. Und danach heißt es hoffen.«

»Sonst?«

»Sonst könnte das in eine ziemlich üble Bankenkrise münden, wie sie Deutschland noch nicht erlebt hat. Die BWG ist trotz aller Krisen einer der größten Partner der deutschen Wirtschaft, immerhin die viertgrößte Volkswirtschaft der Welt. Mit all dem, was man so bei einer Bankenkrise erwartet: mit Schlangen vor den Geldautomaten, Panik und einer Bundesregierung, die sich dann sicher, wie 2008, wieder vor die Kameras stellen und bezeugen muss, dass die Spareinlagen sicher sind.« Er nickte zur Bestätigung seiner Worte. »So blöd das klingt, aber die BWG ist systemrelevant. Die können sie nicht untergehen lassen.«

»Dann lastet große Verantwortung auf meinen Schultern«, sagte Laura.

»Geht es dir denn besser?«, fragte Linus. »Wir haben dich kurz schlafen lassen, der Schock mit der Veröffentlichung war ja für dich am schlimmsten.«

»Das ist nett. Ja, es geht«, sagte sie, »ich hole meine Sachen, mache mich etwas frisch, und dann geht es ins Hotel de Rome.«

»Sind Sie bereit?«, fragte Gustavson, als Laura fertig war. »Wir gehen gleich in die Tiefgarage und von dort aus dem Hinterausgang raus.«

Wie Diebe, dachte Laura, nur dass Diebe meist erst einmal heimlich irgendwo *rein*wollten.

KAPITEL 44

HOTEL DE ROME, BERLIN

Sie waren in die Tiefgarage des Hotel de Rome gefahren, und Gustavson hatte Laura unauffällig in eine Suite in der oberen Etage des Hotels gebracht. Unten sah man den Bebelplatz und gegenüber, auf der anderen Seite der Straße Unter den Linden die Humboldt-Universität. Regen prasselte gegen die hohen Scheiben. Es roch nach Zigarrenrauch. Hortinger stand am Fenster, in der Hand ein Glas Rotwein, in der anderen eine Zigarre. Sicher eine Montecristo und vielleicht sogar eine, die Sina ihm besorgt hatte. Normalerweise war in solchen Suiten Rauchverbot, aber wer es sich leisten konnte, zahlte dann eben die extra Reinigung, die dafür erforderlich war. Die Suite bestand aus zwei Räumen, sodass das Schlafzimmer abgetrennt und nicht verraucht wurde. Ein Page mit einem gestutzten Kinnbart, den man früher *Ziegenbart* nannte, hatte gerade eine Flasche Château Pétrus in einen Dekanter gefüllt und sich dann dezent entfernt. Die Smartwatch am Handgelenk des Pagen leuchtete. Vielleicht, dachte Laura, hat er sein Laufziel für heute erreicht. Sie kannte das ewige Fitness-Tracken von Timo.

»Herr Dr. Hortinger«, sagte Gustavson, »Frau Jacobs ist da.«

Laura stand vor dem Fenster, in der einen Hand die Unterlagen in einer Mappe, in der anderen ihre Handtasche.

Hortinger drehte sich um, langsam und ein wenig unsicher. *So,* kam Laura ein unpassender Gedanke, *muss sich ein Callgirl vorkommen, das zum ersten Mal zu einem reichen Kunden geht.*

»Setzen Sie sich, Frau Jacobs«, sagte Hortinger. »Was trinken Sie?« Er legte die Zigarre in den Aschenbecher auf dem Tisch zwischen den beiden Sesseln, die vor dem Fenster standen. Vielleicht aus Höflichkeit, um Laura nicht mit Qualm zuzupusten.

»Nur Wasser«, sagte Laura, während sie an ihre Migräne dachte. Und als ihr auffiel, dass das vielleicht unhöflich wirken könnte, »und einen kleinen Schluck Rotwein.« Sie beschloss, die Wahrheit zu sagen. »Ich habe eine furchtbare Migräne von dem Schock.«

»Möchten Sie lieber etwas anderes? Eine Cola? Oder einen Kaffee?«

»Nein, vielen Dank«, sagte Laura. »Ich sollte wohl ohnehin lieber einiges erklären, anstatt zu trinken.«

»Es geht auch beides.« Hortinger schenkte Laura einen kleinen Schluck Rotwein ein und trank selbst einen großen Schluck aus seinem Glas. Er lehnte sich zurück und legte die Beine übereinander. *Warum war der so entspannt?*, fragte sich Laura. *Der müsste doch eigentlich ausrasten bei dem, was gerade passiert ist.*

»Wissen Sie, Frau Jacobs«, sagte er dann, »vielleicht war es ganz gut, dass das, was geschehen ist, geschehen ist. Vielleicht ist es gut, dass wir jetzt reinen Tisch machen. Und vielleicht ist es gut, dass Sie diese Meldung an die Presse geschickt haben.«

»Herr Dr. Hortinger, das würde ich niemals tun«, sagte Laura, »und das war ich auch nicht! Ich habe mit unserer IT gesprochen, es war eine Dark-Web-Attacke auf mein E-Mail-Konto. Wir oder vielmehr Frau Ramirez konnten sogar den Absender ermitteln. Ein ehemaliger Mitarbeiter der Bank, der …«

Hortinger schüttelte leicht den Kopf, wie ein Psychiater oder ein wohlmeinender Beichtvater, der es gar nicht so genau wissen will und es seinem Zögling ersparen will, zu sehr ins Detail zu gehen.

»Sie müssen sich nicht rechtfertigen«, sagte er und schwenkte den Wein vor seiner Nase. »Ich hätte auch nicht geglaubt, dass Sie es waren. Aber wenn Sie es waren, haben Sie der Bank einen Gefallen getan.« Er trank wieder von dem Wein. »Sie kennen doch den alten Spruch: Besser ein Ende mit Schrecken als ein Schrecken ohne Ende. Durch Sie«, er wies mit dem bauchigen Weinglas auf Sie, »war es Ersteres. Und damit können wir morgen reinen Tisch machen.«

»Bei Wilhelmi?«

»Wilhelmi und seinen Staatssekretären.«

Laura hörte ein Klopfen an der Tür. »Ja«, rief Hortinger.

Ganz kurz glaubte Laura, dass jetzt doch noch irgendwelche leichten Mädchen oder Freunde von Hortinger kamen und irgendeine ruchlose Party begann, auf die Laura mit der soften Masche von Hortinger eingestimmt werden sollte. Es würde irgendwie zur Situation passen und erinnerte sie an ein Gemälde über die große Orgie in der belagerten Stadt, die sie einmal im Louvre gesehen hatte, wobei sie nicht mehr wusste, von wem es war. Alle hatten noch einmal Spaß, bevor sie sich mit Gift oder einem Dolchstich umbrachten oder umbringen ließen. Aber, dachte sie, war dies die Situation für irgendwelche exzessiven Partys im Hotel de Rome? Wenn das an die Presse ging, war der Ruf der Bank endgültig am Ende: *Bankvorstand feiert in der Nacht des Bilanzskandals mit Edelnutten im Luxushotel.* Doch es war nichts von dem. Es war dann auch nur der Page, der einen vollen Dekanter mit Rotwein und eine weitere Flasche Wasser nebst ein paar teuren Knabbereien auf den Tisch an der Tür stellte.

»Wir schenken selbst nach, vielen Dank!« Hortinger wedelte mit der Hand, als ob er ein Insekt verscheuchte. Der

Page ging. Dann ging Hortinger zur Tür, schenkte sich Wein nach und setzte sich wieder Laura gegenüber. Er hob das Glas. »Sie haben noch?«

Laura nickte. »Ich habe noch. Und ich muss morgen fit sein.«

»Muss ich eigentlich auch.« Hortinger trank und sagte nichts. Sie hatte von Hortinger gehört, dass er wohl einiges vertrug und meistens keinen Kater hatte.

Laura verstand nicht, was Hortinger eigentlich wollte. Er schien froh zu sein, dass die Sache jetzt öffentlich geworden war und die Bank nicht nur reinen Tisch machen konnte, sondern machen *musste;* so wie jemand, der eine lange aufgeschobene Entscheidung endlich fällen muss. Laura konnte nicht länger abwarten.

»Herr Dr. Hortinger, die Lage ist sehr ernst, der Kurs der Bank wird um vierzig Prozent einbrechen, die Bank wird Geld vom Steuerzahler benötigen, was dem Image der BWG nicht helfen wird. Vor uns liegen sehr ernste Gespräche. Warum sehen Sie …«

Er ergänzte, was Laura hatte sagen wollen. »… warum ich das so locker sehe?« Seine Hand zuckte zur Zigarre, die er dann aber doch nicht ergriff. Die Zigarre, die etwa halb aufgeraucht war, qualmte noch ein wenig. »Ganz einfach. Ein Geheimnis zu haben ist wie ein Kredit. Verrät man das Geheimnis, wird der Kredit fällig gestellt. Wer Schulden hat, ist immer erpressbar. Wer darauf angewiesen ist, dass andere das Geheimnis nicht verraten, ist auch erpressbar.« Er trank wieder von seinem Rotwein. Hortingers Stimme, fiel Laura auf, veränderte sich nicht. Wurde nicht schwer und nicht lallend. Er sprach weiter, glasklar und ohne Emotionen: »*Ich* bin ab jetzt nicht mehr erpressbar.«

KAPITEL 45

HOTEL DE ROME, BERLIN

Erpressbar?«, fragte Laura. »Von wem?«

»Das wissen Sie doch.« Hortinger trank noch einen Schluck. »Der eine hat sich im Gefängnis erschossen. Er kann mich nicht mehr erpressen.«

»Thomas Fischer.«

»Richtig«, sagte Hortinger, »und wer, glauben Sie, ist der andere?«

»Ehringer?«

»Richtig. Der ist auch tot.«

»Die beiden haben Sie mit der Bilanzmanipulation … erpresst?« Laura war auf die Kante ihres Stuhls gerückt. Sie fragte sich, wer hier der Schuldige war: Fischer und Ehringer, weil sie Hortinger erpresst hatten, oder Hortinger, weil er von allem wusste und vielleicht sogar die beiden aus der Welt geschafft hatte? Sie nippte an ihrem Rotwein und trank danach einen Schluck Wasser.

Hortinger nickte. »Ich wusste, was die beiden wussten. Dass die Bilanzen in Singapur, Dubai und vor allem Liechtenstein nur Luftbuchungen waren.«

»Dann wollte Fischer tatsächlich mit dem Wort *Schuld!* am Arm genau darauf hinweisen?«

Hortinger nickte. »Um der Bank ein letztes Mal eins auszuwischen, nachdem seine Xenotech-Sache nicht funktioniert hatte.«

»Und die ganze Sache mit der manipulierten Bilanz und den Konten in Liechtenstein: Das haben Sie auch gewusst?«, fragte Laura. Sie erinnerte sich noch an das Gesicht von Hortinger in London. Überrascht war er, wütend, hatte herumgebrüllt und seinen Investor-Relations-Chef, diesen Jeff Walker, zur Sau gemacht.

Hortinger nickte. Ein wenig verbittert. »Ja, ich wusste es.«

»Und die Sache mit den Schauspielern? Und den Servern?«

»Wusste ich auch.«

»Aber Sie wirkten so, als wären Sie völlig aus dem Häuschen!«

Er lächelte kurz. »Ich bin vielleicht zu alledem ein guter Schauspieler. Manchmal muss man, um Vorstandschef zu sein, ein guter Schauspieler sein. Leider öfter, als einem lieb ist.« Er griff jetzt doch zur Zigarre und nahm einen Zug. »Aber das konnte ich Ihnen natürlich in London nicht sagen. Das könnte mich meinen Vorstandsposten kosten.«

»Kann es auch so«, sagte Laura. Und ertappte sich gleich dabei, dass das vielleicht eine etwas forsche Beurteilung der Lage ihres obersten Chefs war.

Doch Hortinger sagte: »Sie haben recht. Und da können Sie ruhig ehrlich sein.« Er trank noch einen Schluck. »Wissen Sie, man ist als oberster Chef immer von Jasagern umgeben, so ähnlich wie ein Diktator. Machiavelli sagte einmal: *Man erkennt die Qualität eines Fürsten an den Menschen, die ihn umgeben.* Je mehr Jasager, desto schlechter der Fürst. Oder der Vorstand. Keiner sagt einem, wenn man Mist macht. Das übernehmen vielleicht die Unternehmensberater, aber auch nur in Maßen, denn die wollen ja, dass ihre Projekte für viel Geld verlängert werden, und wenn sie dem Vorstand zu deutlich machen, dass er ein Idiot ist, wird das mit der Verlängerung schwierig.«

Cui bono, sagte sich Laura. Die Frage, die man sich immer stellte. *Wem nützt es?*

»Herr Dr. Hortinger«, sagte Laura, »was hatten Sie davon, dass die Sache bisher nicht aufgeflogen ist?«

Hortinger faltete die Hände, als wollte er tatsächlich beichten. »Berechtigte Frage. Zunächst einmal gute Zahlen. Die Luftbuchungen waren gut für die Gewinne. Auf dem Papier jedenfalls. Und der Aktienkurs war deutlich höher, als er eigentlich gewesen wäre. Das war gut für unsere Aktienoptionen.«

»Aber das musste doch irgendwann auffliegen?«

»Tja, solange die Musik spielt, muss man tanzen. Und das haben wir.« Er nickte zur Bestätigung, griff noch einmal zur Zigarre und paffte ein paar Züge.

»Interessant«, sagte Laura, »das hat Ehringer in Vaduz auch gesagt.«

»Und er hat recht. Man hofft immer, dass der Nachfolger den Schlamassel erbt, dass man selbst noch heil davonkommt. Aber spätestens seit der Sache mit Althaus, mit dem Mord im Adlon ...«, er schaute Laura an, »da wusste ich, dass das alles zu weit geht. Deswegen habe ich Sie geholt.«

»Sind Sie davon ausgegangen, dass es mir auffällt?«

Hortinger zuckte die Schultern und trank einen Schluck Wein. Dann ging er mit dem leeren Glas zum Dekanter. »Sie haben noch?«, fragte er und hob das Glas.

Laura nickte.

Er schenkte sich aus dem Dekanter nach und setzte sich wieder. »In der Tat, weil ich dachte, dass es Ihnen auffallen könnte. Dann wäre ich gezwungen gewesen, reinen Tisch zu machen. Und dazu bin ich ja jetzt auch gezwungen.«

»Abwarten war keine Option mehr?«

»Die Strafe wird umso größer, je länger wir das laufen lassen. Irgendwann muss man, wie an der Börse, den Stoppkurs setzen und die Aktie konsequent verkaufen. Was vorbei ist, ist vorbei.«

Laura dachte einen Moment nach. Sie trank noch einen kleinen Schluck Rotwein und merkte, wie nicht die Migräne, sondern bleierne Müdigkeit in ihren Kopf stieg wie ein Stein, der in ihrer Schädelhöhle lag und immer schwerer und schwerer wurde, bis sie irgendwann nach vorne kippen und einschlafen würde.

»Ehringer und Fischer haben Geld beiseitegeschafft«, sagte Laura, »dadurch wurden die Aktienoptionen mehr wert, aber die beiden haben sich zudem Geld in die eigene Tasche gesteckt. Das haben Sie doch nicht getan?«

Hortinger lächelte kurz. »Mein Gehalt ist auch so recht hoch, aber nein, das extra Geld habe ich mir nicht in die Tasche gesteckt.«

»Dann haben Fischer und Ehringer das Bargeld bekommen, das sie abgezweigt haben, und konnten gleichzeitig noch auf hohe Aktienkurse bei ihren Optionen hoffen?«

»Ersteres haben Sie bekommen, Letzteres wäre erst Ende des Jahres fällig geworden. Das ist jetzt vorbei.«

»Dann war«, sagte Laura, »der scheinbare Erfolg der Bank durch die geschönten Zahlen etwas, was Sie hinnehmen mussten, selbst zu dem Preis, dass Fischer und Ehringer sich Geld in die eigene Tasche steckten?«

»So blöd das klingt«, sagte Hortinger, und das erste Mal gähnte jetzt auch er. Laura fielen fast die Augen zu, und sie wusste nicht, wie sie Hortinger klarmachen konnte, dass sie jetzt dringend schlafen musste. Aber wie sollte sie das so schnell hinbekommen? Sie hatte ihren Koffer und alles im Büro am Pariser Platz stehen. Sie wollte heute Nacht nach Hause fahren und dort schlafen.

»So blöd das klingt, aber genau so war das.«

Laura nahm alle Konzentration zusammen. Die letzte Frage. Die Frage, die sie stellen musste. Die Frage, die alles entschied.

»Hätten Sie Fischer und Ehringer schon früher enttarnt«, sagte Laura, »was wäre passiert? Abgesehen davon, dass der Skandal früher auffliegt?«

»Es wäre nicht nur der Skandal gewesen«, sagte Hortinger. Er griff zur Zigarre und zog daran. Scheinbar hatte er keine Kontrolle mehr darüber, jetzt auf die Zigarre zu verzichten. Doch die Zigarre war ausgegangen. Die Asche war verglüht, genauso wie die Hoffnung darauf, dass dieser Kelch an ihm vorübergehen würde. Er suchte nach dem Anzünder, fand ihn nicht und legte die kalte Zigarre zurück in den Aschenbecher.

»Da war noch etwas«, sagte er. »Etwas Schlimmeres. Etwas viel Schlimmeres. Etwas, was …«

Laura sah Hortinger an. Hörte etwas.

Dann verschwamm ihr die Sicht.

Und sie sank zu Boden.

SAMSTAG

KAPITEL 46

CHARITÉ-KLINIKUM, CAMPUS MITTE, BERLIN

Laura wachte auf. Draußen war es hell geworden. War es der nächste Tag? Oder wie viel Zeit war vergangen? Sie sah vor ihrem inneren Auge Hortinger, der umrisshaft vor ihr saß. Konfuse Schemen des Traumes, den sie eben noch hatte, waberten durch ihren Geist. Sie kam sich vor wie Gregor Samsa in Kafkas Erzählung *Die Verwandlung*, eine der wenigen Geschichten aus dem Deutschunterricht, die bei Laura einen bleibenden Eindruck hinterlassen hatten. Dort fand sich Gregor Samsa eines Morgens zu einem »ungeheuren Ungeziefer«, einem Käfer, verwandelt. Die Geschichte hatte sogar die Macher des Horrorfilms *Die Fliege* inspiriert, und Laura kam sich ähnlich verloren und hilflos vor wie der Held in Kafkas Kurzgeschichte. Es war ein Furcht einflößender Traum gewesen, wenn sie sich auch nicht an ihn erinnern konnte. Sie blinzelte. Vor ihr stand ein Mann. Sie erkannte die Konturen. Sie kannte das Gesicht, konnte es aber nicht zuordnen. Und wo war sie? Sie lag in einem Bett. Nur wo? War sie noch im Hotel?

»Wo bin ich?«, fragte Laura. Sie fixierte den Mann, der neben ihr am Bett saß. Dunkle Haare, kantiges Gesicht mit dunkelbrauner Lederjacke. Um im nächsten Moment zu wissen, wo sie war. Jedenfalls ungefähr. Es sah ganz klar nicht wie ein Hotel aus, schon gar nicht wie ein Luxushotel.

»Charité-Klinikum, Campus Mitte«, sagte Hauptkommissar Deckhard. »Linus Haller war auch bis eben hier. Er wollte Sie nicht wecken.«

Mitte-Klinikum der Charité, dachte Laura. Sie war im Krankenhaus. Sie blickte sich um. Ein Einzelzimmer. Im Hotel war sie tatsächlich nicht. Sie sah sich um. Die altbackenen Möbel. Der Tisch mit zwei Stühlen, der abgewetzte Ledersessel, auf dem Deckhard saß. Der Fernseher, der oben an der Wand über dem Fußende des Bettes befestigt war und bei dem man immer dachte, er würde jeden Moment herunterfallen und einem die Füße zerschmettern. Die Anschlüsse über dem Bett. Der Nachttisch mit den Tabletten, der Wasserflasche. Aber kein Blumenstrauß, wie es sonst bei Kranken der Fall war.

Sie war also in einem Krankenhaus.

In einem Krankenhaus aufzuwachen, ohne zu wissen, wie sie dorthin gekommen war, das kannte Laura eigentlich nur aus den Krimis, die sie immer in Heikes Buchhandlung kaufte. Dort wachten die Helden immer auf und konnten sich erst einmal an nichts erinnern. Um dann etwas ganz Schlimmes zu erfahren. Aber genau so ging es Laura. Und hier war es kein Traum, bei dem sie sich sagen konnte: *Ich habe darauf jetzt keine Lust,* um das Problem verschwinden zu lassen. Das hier war real. Und das Problem, das immer auch gleich kommen würde, war es leider ebenso.

Laura versuchte, etwas zu sagen, und krächzte nur. Dann merkte sie, dass sich ihr Mund anfühlte, als sei er mit Sand gefüllt. Sie nahm einen Schluck Wasser.

»Warum«, fragte sie, »warum bin ich hier?«

»Sie hatten einen Kreislaufzusammenbruch«, sagte Deckhard. Laura merkte, dass er zum förmlichen *Sie* übergangen war. Das war mit Sicherheit kein gutes Zeichen. Sie war sicher, dass jetzt etwas Schlimmes kommen würde.

»Und«, man merkte, dass es ihm schwerfiel, das, was er sagte, auszusprechen: »Wir gehen davon aus, dass Sie versucht haben, einen erweiterten oder einen gemeinsamen Suizid zu begehen.«

KAPITEL 47

CHARITÉ-KLINIKUM, CAMPUS MITTE, BERLIN

Sie sind verdächtig, einen gemeinsamen Suizid zu begehen, hörte Laura die Worte.

Sie hatte erwartet, dass etwas Schlimmes kommen würde, aber nicht etwas *derart* Schlimmes.

Sie saß kerzengerade im Bett. »Ich?«

Deckhard nickte nur, ohne etwas zu sagen.

»Ein erweiterter oder gemeinsamer Suizid?« Lauras Gehirn versuchte, die Informationen zu verarbeiten. Was sollte das bedeuten? Sie sollte versucht haben, sich entweder gemeinschaftlich mit jemandem oder erst jemand anderen und dann sich selbst zu töten? Was glaubte Deckhard, was sie war? Eine Selbstmordattentäterin?

»Mit«, begann sie, »mit wem soll ich das versucht haben?«

»Mit Dr. Heinrich Hortinger, dem Vorstandschef der BWG Bank.«

»Er ist tot?«, fragte Laura.

Deckhard nickte wieder.

Hortinger ist tot, dachte Laura. Sie dachte kurz an das, was ihr Hortinger gestern alles gesagt hatte. Er hatte geredet *wie einer, der kurz vor dem Tod mit sich im Reinen sein will.* Wie recht er mit dieser Art gehabt hatte … War das Vorsehung? War er tatsächlich tot? Hatte er sich etwa selbst getötet? Wie Fischer und Ehringer? Wobei es auch bei denen nicht sicher war, ob nicht im Hintergrund jemand nachgeholfen hatte. Und wieso ging Deckhard davon aus, dass sie, Laura, damit etwas zu tun hatte?

Sie zwinkerte. Oder war Laura noch immer in einem Albtraum gefangen? Denn es waren zwei Abrissbirnen, die gerade ihre Welt zerstörten: Ihr oberster Chef, den sie gestern Nacht noch gesehen hatte, war tot.

Und die zweite: Die Kraft dahinter, die vielleicht auch hinter Fischers und Ehringers Tod steckte, war … sie! Laura! Ihr, Laura, wurde vorgeworfen, ihn umgebracht zu haben. Und sich selbst gleich mit. Sie erinnerte sich nur an nichts. Hatte sie ihn tatsächlich umgebracht, ohne es zu wissen? Der Tod Hortingers war allein schon eine üble Überraschung. Aber dass sie, Laura, das getan haben sollte, war noch viel schlimmer.

Sie stand auf.

»Wo wollen Sie hin?«, fragte Deckhard und stand ebenfalls auf. »Sie können noch nicht aufstehen.«

»Ich muss rumlaufen. Sonst werde ich verrückt.« Laura wurde kurz schwarz vor Augen, dann hatte sie sich wieder gefangen und wankte zur Tür.

Sie öffnete die Tür. Vor der Tür saß ein Polizist.

»Sie dürfen das Zimmer nicht verlassen«, sagte der Mann.

Lauras Blick flog zu Deckhard. Der machte eine Geste, als wollte er seinem Kollegen sagen: *übertreib mal nicht.*

»Jedenfalls nicht«, sagte Deckhard, »bevor wir nicht ein paar Dinge besprochen haben.«

»Okay.« Laura entfernte sich von der Tür und ließ die Tür zufallen. Der Türspalt wurde immer enger und zeigte immer weniger das Gesicht des Polizisten, bis die Zimmertür ins Schloss fiel.

Laura legte beide Hände auf die Griffschiene am Fußende des Bettes. »Hortinger ist tot. Und man verdächtigt mich also, mit Heinrich Hortingers Tod etwas zu tun zu haben?« Sie streckte die Arme, schaute nach unten auf die zerwühlte Bettdecke und dann zur Seite auf Deckhard. Sie kam sich vor, als würde sie nach dem Sport Dehnübungen machen, doch sie musste sich irgendwo festhalten, sonst würde sie zusammenklappen. Passiv im Bett liegen zu bleiben, war aber auch keine Lösung, da fühlte sie sich noch machtloser als ohnehin schon. Doch Lauras Gehirn schaffte es, die Panik zu unterdrücken und die Dinge sachlich anzugehen. Ein Faktum nach dem anderen. Hellwach war sie ohnehin. Durch das Adrenalin war das gar nicht anders möglich.

»Ich soll Hortinger umgebracht haben?«, fragte sie. »Warum glauben Sie das? Warum sollte ich das getan haben? Und wie?«

»Aufgrund der Situation, die wir am Tatort fanden«, sagte Deckhard. »Der Zimmerservice des Hotels hat Sie beide, also Hortinger und Sie, Laura, gegen Morgen bewusstlos im Hotel gefunden. Sie lagen beide auf dem Boden vor den Stühlen. Hortinger war bereits tot, Sie waren tief komatös. Der Notarzt konnte Sie stabilisieren und hierherbringen. Für Hortinger kam jede Hilfe zu spät. »Hier.«

Deckhard zeigte ihr mehrere Fotos. Es war die Suite von gestern. Der Tisch, auf dem noch das bauchige Glas von Laura stand. Hortingers Glas war auf den Boden gefallen, der Inhalt hatte sich über den teuren Teppich ergossen. Beide lagen auf dem Boden vor den Sesseln wie schlafend.

»Hortinger ist tot?«, fragte Laura. Sie konnte es immer noch nicht glauben.

Deckhard nickte. »Er ist durch eine Intoxikation gestorben. Durch Medikamente, wie es aussieht.« Deckhard schaute auf einen Bericht, offenbar aus der Rechtsmedizin. »Ein Schnelltest konnte Secobarbital in tödlicher Dosis nachweisen.«

»Secobarbital?«

»Secobarbital-Tabletten. Secobarbital ist ein verschreibungspflichtiges Medikament, das in hohen Dosen tödlich sein kann. Deshalb wird das Medikament fast nur noch in Kliniken eingesetzt und nicht mehr verschrieben. In den USA wird es zur Sterbehilfe, also dem assistierten Suizid, eingesetzt. Aber das wissen Sie ja anscheinend.«

Laura überhörte seinen letzten Satz. »Und davon hat Hortinger etwas eingenommen?«

»*Etwas* ist gut«, sagte Deckhard, »eine ganze Menge.«

»Okay, das habe ich verstanden«, sagte Laura, »aber was hat das mit *mir* zu tun?«

»Wir gehen davon aus, dass Sie das Secobarbital mitgebracht und im Rotwein aufgelöst haben. Der Rotwein, den Hortinger getrunken hat, erhielt davon größere Mengen.«

»Ich habe doch selbst davon getrunken!«, sagte Laura.

»Viel oder wenig?«, fragte Deckhard.

»Sehr wenig. Ich hatte eine furchtbare Migräne und vertrage da keinen Alkohol und erst recht keinen Rotwein.«

»Dafür haben wir aber keine Beweise.« Er hielt kurz inne und schaute zur Decke, als müsste er sich für den Satz, den er gleich aussprechen würde, gedanklich sammeln.

Schließlich sprach er: »Wir würden auch nicht unbedingt auf die Idee kommen, dass Sie ihn vergiftet haben oder einen gemeinsamen Suizid anstrebten, wenn es da nicht eine Sache gäbe, die es dem gutmütigsten Menschen schwer machen würde, zu glauben, dass Sie mit der Sache gar nichts zu tun haben.«

»Und das wäre?« Laura wurde langsam wütend. »Ich habe doch selbst den Wein getrunken, zum Glück aber wegen meiner Migräne deutlich weniger als Hortinger. Das dürfte wohl auch der Grund sein, warum ich überlebt habe und er nicht! Also müssten Sie ihn verdächtigen, einen erweiterten Suizid durchgeführt zu haben, und nicht mich, oder?«

»Wollte Dr. Hortinger denn sterben?«, fragte Deckhard. »Wollten Sie vielleicht Ihr Leben gemeinsam beenden, nachdem in der Bank alles zusammengebrochen ist?« Deckhards Stimme wurde sanfter.

»So ein Schwachsinn!«, schimpfte Laura. »Das war ein megastressiges Scheißprojekt, und die ganze Sache mit der Adhoc-Info war richtig übel. Aber deswegen würde ich mich nie umbringen und einen anderen schon gar nicht. Wie kommen Sie überhaupt auf die Idee, dass ich die Tabletten mitgebracht habe?«

»Das hier.« Deckhard zeigte noch ein Foto. Ein Foto von Lauras Handtasche. Und darin ein Blister mit irgendwelchen Tabletten.

»Es fehlen fünf Tabletten aus dem Blister«, sagte Deckhard. »Aus dem Blister aus Ihrer Handtasche. Mit Ihren und nur Ihren Fingerabdrücken drauf. Was spricht dagegen, dass Sie die Tabletten zerbröselt und in den Rotwein gestreut haben?«

»Ich? In den Rotwein?«

Deckhard nickte wieder. »Im Rotwein sieht man das Pulver nicht. Im Weißwein würde man es sehen. Dass Hortinger lieber Rotwein trinkt, wussten Sie vielleicht?«

Laura sagte nichts. Aber sie erinnerte sich an das Mittagessen in der BWG, bei dem Hortinger Rotwein getrunken hatte. Wusste irgendjemand, dass Laura mit Hortinger mittagessen war? Und dass sie bei diesem Anlass gesehen hatte, dass er dort Rotwein getrunken hatte? Damals Nero d'Avola, jetzt Château Pétrus. Beides Rotweine.

Aber das durfte sie auf keinen Fall sagen, das würde zusätzlich gegen sie sprechen.

»Die hat mir da jemand reingetan. Ich habe nie so etwas besessen!« Ihre Stimme wurde lauter.

»Laura«, sagte Deckhard, »in aller Freundschaft, du solltest dir jetzt einen Anwalt nehmen.« Er war kurz zum *Du* übergegangen. Für Laura aber kein Zeichen von freundschaftlicher Lockerheit, sondern ein Zeichen dafür, dass die Sache wirklich ernst war. »Ein erweiterter Suizid ist ein Tötungsdelikt.«

Laura hätte weinen, schreien oder komplett verzweifelt sein müssen. Aber das war sie nicht. Oder vielleicht: noch nicht.

»Und jetzt?«, fragte sie.

»Jetzt sind Sie des Mordes verdächtig«, sagte Deckhard. Er war wieder zum *Sie* zurückgekehrt. »Sie dürfen nicht reisen und sich nicht aus Berlin herausbewegen. Ansonsten droht Ihnen sofortige Untersuchungshaft.«

KAPITEL 48

CHARITÉ-KLINIKUM, CAMPUS MITTE, BERLIN

Frank«, sagte Laura, »weiß Sophie von dem Fall?«

Deckhard wand sich. »Ein wenig. Aber nicht offiziell.«

»Dann rufe ich sie jetzt an«, sagte Laura. »Wo ist mein Handy?«

»Dort drüben im Safe. Das hat der Notarzt alles mitgenommen, als dich der Zimmerservice im Hotel gefunden hat. Die Handtasche ist da auch.«

Laura ging benommen mit dem Schlüssel zum Safe. Sie nahm ihr Handy, stellte auf laut und rief Sophie an. Deckhard saß auf seinem Stuhl und sagte nichts. Laura sah ihm an, wie er hin- und hergerissen war zwischen seiner Funktion als Hauptkommissar und Bekannter von Laura.

Zum Glück erreichte sie Sophie sofort. »Wenn ich beweisen will, dass ich auch von dem Wein getrunken habe«, sagte Laura, »was mache ich dann?«

»Du bist doch gerade im Krankenhaus. Sag denen, die sollen eine Blutprobe machen. Und die gleich bei uns vorbeibringen. In Moabit.«

»Und wer bringt die vorbei?«

»Wie wäre es mit Frank? Der sitzt doch bei dir?« Deckhard verdrehte die Augen.

»Das ist aber nicht der geregelte Ablauf in einem Ermittlungsverfahren«, sagte Deckhard. »Laura war mit einem Menschen zusammen, der zu Beginn noch lebte und am Ende tot war. Und es war Gift im Spiel. Ich will nicht der Spielverderber sein, aber die Beweislage sieht nicht gut aus.«

Laura spürte einen Stich in ihrem Herzen. Sie musste zugeben, dass Deckhard mit seiner Betrachtung recht hatte.

»Frank«, sagte Sophie, »glaubst du ernsthaft, Laura hat ihren obersten Chef vergiftet?«

»Es kommt bei der Ermittlung nicht darauf an, was man glaubt, sondern was die Beweismittel sagen«, sagte Deckhard. »Aber wir können gern die Blutprobe machen, ich nehme sie mit nach Moabit, und dann werden wir ja sehen, was im Blut ist und was nicht. Okay?«

»Für mich völlig okay«, sagte Laura und atmete innerlich auf. Sie hasste es, wenn ihr Blut abgenommen wurde, und musste dabei immer bewusst wegschauen, ansonsten war die Gefahr groß, dass sie beim Anblick ihres Blutes umkippte.

Was sie aber noch mehr hasste, war die Ungewissheit. Oder der Umstand, gar als Mörderin zu gelten.

Sie fragte sich, was noch alles auf sie einprasseln würde: Erst die Bilanzlücke, dann wurde ihr Outlook gehackt, dann war ihr Chef tot, und die Ermittler glaubten, dass sie, Laura, versucht hatte, erst ihn und anschließend sich selbst zu töten. Oder dass beide versucht hatten, sich gemeinsam umzubringen.

Es kommt nicht selten vor, dass ein Suizid mit Tabletten misslingt, auch wenn zwei Personen beteiligt sind, hatte Deckhard ihr erklärt. *Ein gemeinschaftlicher Suizid ist nicht strafbar, ein erweiterter hingegen schon. Deshalb werden wir weiter ermitteln. Da Sie ein stabiles Umfeld und einen festen Job haben, sieht der Richter aktuell keinen Haftgrund. Sie dürfen aber die Stadt und das Land nicht verlassen.*

Fester Job, stabiles Umfeld, dachte Laura. Selbst wenn sie die Anklage erfolgreich abwenden könnte: Wenn so etwas an die Öffentlichkeit käme, wäre ihre Karriere endgültig vorbei.

KAPITEL 49

VOR DEM CHARITÉ-KLINIKUM,
CAMPUS MITTE, LUISENSTRASSE, BERLIN

Gegen Mittag war Laura aus dem Krankenhaus entlassen worden. Sie hatte zuvor ein langes Gespräch mit einem Psychiater führen müssen, um sicherzustellen, dass sie nach ihrem angeblichen Suizidversuch nicht mehr »akut eigengefährdet« war, wie es so schön hieß. Es war ihr gelungen, den Psychiater von ihrer mentalen Stabilität zu überzeugen, zumal in ihrem Blut keine lebensbedrohliche Menge an Secobarbital nachgewiesen werden konnte.

Laura grübelte die ganze Zeit, wie das Medikament in den Wein und der Blister in die Tasche gekommen war. Hatte Hortinger versucht, sich umzubringen, und Laura war dabei nur ein nicht beabsichtigter Kollateralschaden gewesen? Aber warum hatte Hortinger in dem Fall den Blister in ihre Handtasche gesteckt? Und warum waren seine Fingerabdrücke auf dem Blister nirgends zu sehen? Und überhaupt, dachte sie: drei Suizide bei der Bank, relativ kurz hintereinander. Erst Fischer, dann Ehringer, dann Hortinger. Da stimmt doch etwas nicht.

Wahrscheinlich war es irgendjemand anders, der die Blister dort platziert und die ganze Sache eingefädelt hatte.

Doch Laura waren die Hände gebunden. Sie hatte die Auflage, sich gleich Montag wieder bei der Polizei zu melden und die Stadt nicht zu verlassen. Wie sie das mit ihrer Delegation nach Frankfurt vereinbaren sollte, wusste sie noch nicht, aber jetzt waren erst einmal andere Dinge wichtig. Wenn sie tatsächlich im Knast landen würde, hatte sich die Sache mit der Delegation und auch mit ihrer Karriere ohnehin für immer erledigt.

Sie hatte vorher Linus angerufen, der sie auf der Station abgeholt hatte. Linus hatte es vorher schon ein paarmal bei ihr probiert, aber da hatte Laura gerade mit dem Psychiater geredet. Sie hatte sich fest vorgenommen, Timo anzurufen, den sie bislang nicht erreicht hatte. Sie musste ihm sagen, was passiert war. Er hatte sich bei ihr seit gestern nicht mehr gemeldet. Ob er schmollte? Dass man in ihrer Situation erst einmal andere Dinge zu tun hatte, als sich die Marotten des Ehemannes anzuhören, sollte selbst Timo verstehen, dachte Laura.

Laura und Linus hatten sich bei einem der nächsten Bäcker in der Luisenstraße einen Kaffee geholt, und Laura hatte einen Berliner Pfannkuchen verschlungen. Sie brauchte jetzt dringend Zucker. Gegenüber auf der anderen Straßenseite erhob sich das Institut für Psychiatrie und dahinter, Richtung Schumannstraße, das historische Charité-Gebäude, in dem auch der Klinikvorstand saß.

Linus war keine Sekunde davon überzeugt, dass Laura tatsächlich verantwortlich für den Tod von Hortinger war, nachdem sie ihm alles erzählt hatte.

»Ich glaube«, sagte er, suchte nach der Trinköffnung in seinem Take-away-Becher und pustete in den kochend heißen Kaffee. »Ich glaube, das will dir jemand andichten, um dich aus dem Verkehr zu ziehen.«

»Sind es die, von denen wir glauben, dass sie es sind?«, fragte Laura kauend. Eigentlich, dachte sie, war es wahnsinnig, jetzt munter vor sich hin zu mümmeln, aber sie wusste:

Wenn sie jetzt nichts aß, bekam sie gleich wieder eine Migräne oder brach wieder zusammen. »Das, wie haben wir sie noch genannt, *Konsortium?* Die auf die Grundstücke scharf sind und auf den Kursverfall der Bank wetten?«

Sie gingen ein paar Schritte Richtung Innenhof, wo sich linker Seite der alte Hörsaal der Rechtsmedizin erhob. Über ihnen ragte das neu renovierte Charité-Klinikum Mitte in die Höhe.

»Wer sonst? Wir sind ihnen etwas zu nah auf die Pelle gerückt. Hatte Hortinger nicht gesagt, er sei erleichtert gewesen, dass er jetzt endlich reinen Tisch machen muss?«

»Ja, er hat wohl geglaubt, dass der Kelch noch an ihm vorübergeht, solange er Vorstandschef ist und sein Nachfolger den ganzen Schlamassel erbt. Aber ihm wurde wahrscheinlich mit der Zeit immer klarer, dass das nicht funktionieren wird und die Bombe irgendwann platzt.«

Laura schluckte den Rest des Pfannkuchens, den man nur in Berlin »Pfannkuchen« nannte und sonst überall »Berliner«, hinunter. »Linus, du bist beim BKA«, sagte sie. »Du weißt, was mir vorgeworfen wird. Du sagst, dass du dir nicht vorstellen kannst, dass ich eine Mörderin bin. Sophie auch nicht und Deckhard, wenn er ehrlich ist, auch nicht.«

Linus schüttelte den Kopf, während er nachdenklich und langsam den Kaffee trank. »Kann ich mir nicht vorstellen, dass das wirklich jemand glaubt«, sagte er dann. »Macht die Sache aber nicht einfacher. Man wird mich vielleicht vernehmen, und da werde ich auch drauf drängen, und ich kann sehr zu deinen Gunsten aussagen. Aber keiner von uns ist der Staatsanwalt, der den Fall auf den Tisch bekommt. Der hat keine besondere Sympathie für dich, und da zählen dann allein die Beweismittel.«

Laura spürte ein Zucken in ihrem Magen.

»Ehringer«, sagte sie. »Jetzt, wo die Story an der Öffentlichkeit ist, können wir doch …?«

»Könnten wir. Er ist aber leider schon kremiert worden.«

»Verdammt!« Laura ballte die Fäuste. »Da war das Konsortium in der Lage, es so aussehen zu lassen, als hätte er sich eindeutig selber getötet, sodass keine weiteren Ermittlungen erfolgt sind. Hier sind sie vielleicht …?«

»… genauso geschickt gewesen?« Linus presste die Lippen aufeinander und nickte. »Das hat ja auch fast geklappt. Es konnte ja keiner wissen, dass du wegen deiner Migräne so wenig Wein trinkst. Wahrscheinlich hatten sie geplant, euch beide aus dem Weg zu räumen und es wie einen gemeinsamen Suizid aussehen zu lassen.«

Laura spürte wieder Tränen in ihren Augen. »Das hat fast geklappt.«

Linus nahm Laura spontan in den Arm. Sie versank kurz und dankbar in seiner Umarmung.

»Wir werden alles versuchen, Laura, die Wahrheit ans Licht zu bringen«, sagte er. »Es kann nämlich durchaus sein, dass sie dich initial gar nicht auf dem Schirm hatten. Ich habe dazu mit einigen Forensikern in Wiesbaden gesprochen.«

»Wie meinst du das?«

»Das, was jetzt passiert ist, war nur eine Notlösung.«

»Dass Hortinger stirbt?«

»Dass der stirbt, war gewollt. Er war geläutert, hatte das Büßerhemd angezogen und wollte aussagen. Da hat irgendjemand etwas dagegen gehabt.«

»Dass die Sache zu früh auffliegt?«

»Genau.«

»Deswegen haben sie seinen Rotwein vergiftet?«

Linus nickte. »Sie wussten, dass Hortinger in Stresssituationen gerne sehr viel guten Rotwein trinkt. Ohne dass er betrunken wird oder am nächsten Tag einen Kater hat. Das ist in der Bank bekannt. Jedenfalls in der obersten Managementetage der Bank. Geht bei ihm aber nur bei Rotwein.«

»Ich kriege schon von einem Glas Rotwein Migräne«, sagte Laura.

Linus hob den Zeigefinger. »Sehr guter Punkt, dazu kommen wir gleich! Machen wir erst mal hier weiter: Das Konsortium hat den Rotwein mit dem Mittel versetzt, indem es die Pillen geöffnet und den Inhalt in den Wein gestreut hat. Daher musste es Rotwein sein, da man das Pulver im Weißwein besser gesehen hätte.«

»Da kannst du recht haben. Und ein Glück, dass Hortinger gern Rotwein trinkt. Oder besser Pech«, verbesserte sie sich schnell. Dann fiel ihr etwas ein. »Was war mit Fink?«

»Fink?«, fragte Linus. »Der war bis nach ein Uhr im Büro. Ich auch.« Er gähnte kurz.

»Welches Hotel?«, fragte Laura.

»Hilton, hat er mir extra erzählt«, sagte Linus. »Da ist er immer. Sind ja auch gut, und er ist *Hilton Honors Gold*-Mitglied und wird bald Platin-Mitglied, wenn er dort noch öfter übernachtet.«

Laura dachte angestrengt nach. »Wann ist Hortinger gestorben?«

»Laut Rechtsmedizin kurz nach Mitternacht. Aber warum sollte Fink da seine Finger drin haben?«

»Warum sollte ich?«, fragte Laura.

»Na ja, du warst dummerweise da. Und der Tablettenblister mit deinen Fingerabdrücken war in deiner Tasche. Da kann ich die Kollegen durchaus verstehen, dass sie erst mal an dich denken in dieser Konstellation.«

Laura wollte sich schon über diese flapsige Aussage ärgern. *Du warst dummerweise da. Warst da … Wer war noch da …?*

»Dieser Page«, sagte sie plötzlich.

»In der Hotelsuite?«

Laura nickte.

»Hat der euch den Wein serviert?«

»Ja, das hat er.«

»Vielleicht war dieser Page gekauft«, sagte Linus, »und hat das Mittel direkt in den Dekanter gefüllt. Kann doch sein?«

»Kann sehr gut sein«, sagte Laura.

»Dann brauchen wir von dir ganz schnell eine Personenbeschreibung des Pagen«, sagte Linus. »Machen wir mit Deckhard.«

»Sagst du ihm Bescheid?«, fragte Laura.

Linus nickte.

Laura sprach weiter. »Aber zu deiner Theorie: Was war dann die beste Lösung? Die nicht zustande kam?«

»Sorry, wenn ich das so direkt sage«, sagte Linus, »aber sie wollten, dass du auch stirbst.«

Laura dachte einen Moment nach. Und musste zugeben, dass das am plausibelsten klang.

»Hätte ich mehr Wein getrunken, wäre ich das auch?« Darüber hatte Laura noch gar nicht nachgedacht, wie ihr jetzt einfiel. Was wäre gewesen, wenn sie ebenfalls so viel Rotwein getrunken hätte? Dann würde sie jetzt neben Hortinger in der Rechtsmedizin liegen. Sie war dankbar, dass sie gestern Abend eine so starke Migräne gehabt hatte, dass sie so gut wie keinen Rotwein getrunken hatte. Auch wenn das die Höflichkeit vielleicht geboten hätte. Ein Mann hätte vielleicht kumpelhaft mitgesoffen. Und würde jetzt tot neben Hortinger auf dem Stahltisch liegen.

»Du«, sagte Linus, »hast nur sehr wenig getrunken und bist dadurch *nur* bewusstlos geworden.«

»Aber zu deinen Ideen«, sagte Laura. »Dass Hortinger stirbt und ich lebe, das war jetzt die zweitbeste Lösung?«

»Ganz genau. Hortinger tot. Und du verdächtig. Weil dieser Page dir, als ihr beide bewusstlos wart oder Hortinger schon tot, den Blister mit Secobarbital in die Handtasche gesteckt hat. Vorher hat er wahrscheinlich noch deine Fingerabdrücke da draufgedrückt. Das würde die Abdrücke erklären. Du konntest dich ja nicht wehren.«

Laura ballte die Fäuste. »Ich wusste es.« Sie trank von ihrem Kaffee, der immer noch kochend heiß war. Take-away-Kaffee hatte irgendwie die Angewohnheit, zu Beginn unglaublich heiß zu sein, sodass man ihn kaum halten konnte, dann aber mit verblüffender Geschwindigkeit kalt zu werden. »Wo ist dieser verdammte Page?«

»Die Suche läuft schon. Nur, wenn wir Pech haben, war er im Hotel de Rome gar kein Page.«

Laura hasste es, dass sie warten musste, bis irgendwelche Dinge geklärt waren, die am Ende nur eines zeigten: Dass sie unschuldig war. Sie dachte nach.

»Das war also der Plan.« Laura ballte die Fäuste. »Sie wollten Hortinger nach Berlin lotsen, indem sie meinen Account gehackt und die Bilanzmeldung an die Presse gegeben haben.«

»Über diesen Marc Schneider«, sagte Linus, »den wir noch nicht erreicht haben. Die Kollegen versuchen gerade, sich Zugang zu seiner Wohnung zu verschaffen, ohne dass die Feuerwehr die Tür aushebeln muss.«

»Es sollte so aussehen, als ob mein Leak hinsichtlich der Bilanzmeldung Hortinger in den Suizid getrieben hat«, folgerte Laura, »und die Sache mit dem Rotwein war perfekt, um auf alle Fälle Hortinger aus der Welt zu schaffen …«

»… und entweder dich auch«, ergänzte Linus, »oder dir

ansonsten einen Mord anzuhängen und dich auf diese Weise aus dem Verkehr zu ziehen.«

Laura dachte an die Sache mit Althaus. Der Mord an der Prostituierten. Das blutverschmierte Zimmer im Adlon. Ja, das war ganz die Handschrift des Konsortiums. Immer in geschützten Räumen und besonders in Luxushotels, wo niemand etwas Derartiges erwartete.

»Linus«, sagte Laura, als ihr klar wurde, wie knapp sie selbst dem Tod von der Schippe gesprungen war. »Das wären dann ja, wenn es mich auch erwischt hätte, zwei Morde auf einmal.«

»Nein«, sagte Linus, »wenn es dich auch erwischt hätte, wären es vier Morde auf einmal. So waren es nur drei.«

»Nur drei?«, fragte Laura. »Wer sind denn die anderen zwei Toten?«

»Hier«, sagte Linus und zog zwei Fotos hervor.

KAPITEL 50

VOR DEM CHARITÉ-KLINIKUM,
CAMPUS MITTE, LUISENSTRASSE, BERLIN

Laura starrte auf die zwei Fotos.

»Ich erspare dir den Anblick auf den Rest der Körper«, sagte Linus. »Beide sind von einem Zug überrollt worden, einer von einem Regionalexpress, der andere von einem ICE.«

»Wo? Hier?«

»Ja, beide in Berlin. Einer nahe Gesundbrunnen, der andere am Südkreuz. Tödlich war beides. Offiziell ist die Identität beider Leichen noch nicht geklärt, da beide keine Ausweispapiere dabeihatten und DNA, Zahnstatus oder was auch immer bei denen seine Zeit dauert.

»Daher auf dem kurzen Dienstweg«, beendete Linus seine Rede. »Kennst du den?« Er zeigt auf das erste Foto. Der Kopf der Leiche, die vom Regionalexpress am Gesundbrunnen überrollt wurde.

Laura stockte kurz. Sie bekam erst kein Wort heraus. »Das ist er!«, rief sie dann.

»Wer?«

»Der Page! Das ist der Page! Mit dem Ziegenbart!«, begann sie aufgeregt zu erklären. »Der kam immer mit einem neuen Dekanter um die Ecke und hat den auf dem Tisch abgestellt. Mit Knabberzeug und kleinen Snacks. Und ein bisschen Wasser.«

»Klar, damit ihr durstig werdet und ordentlich trinkt und esst und dann, weil ihr ja was gegessen habt, weiter trinkt. Je mehr Wein, desto mehr Secobarbital.« Linus schaute selbst auf das Foto. »Also das ist der Page?«

»Ja«, sagte Laura. »Das ist er. Sind die Leichen schon in der Rechtsmedizin?«

»Ich vermute. Oder auf dem Weg dorthin.«

»Trotzdem ist die Sache mit dem Pagen schlecht«, sagte Laura. »Und nicht nur, weil das ethisch böse ist, den umzubringen und so weiter. Er kann uns nichts mehr sagen. Wen er vielleicht gesehen hat. Oder wer ihn dazu angestiftet hat. Die Hintermänner und so weiter.«

»Vielleicht steckte er tiefer drin, als er sollte«, sagte Linus. »Dann gilt der alte Hobbit-Spruch: Wer den Drachen streichelt, wird im Feuer umkommen.«

»Das kommt vom Hobbit?«

»Nein, aber so ähnlich ergeht es da ja einigen. Du hast allerdings recht: Schlecht, dass er tot ist. Von dem werden wir nichts mehr erfahren.« Sie spürte wieder die Verzweiflung. Sie hatte Hortinger das Gift nicht untergemischt, und der Einzige, der mehr darüber wusste, war der Page. Und der war jetzt genauso tot wie Hortinger.

»Weswegen diejenigen, die dahinterstecken, ihn auch umgebracht haben. Und ich stecke immer noch in der Scheiße.«

»Wir werden schon was anderes finden, um da rauszukommen«, sagte Linus.

Laura hob das Kinn. »Du hast eine zweite Leiche?« Sie kam sich ein bisschen vor wie bei einem Vortrag von Steve Jobs, der mit einem *one more thing – noch eine Sache* 2007 das brandneue iPhone aus der Hosentasche zog.

»Richtig, das ist die vom Südkreuz mit dem ICE.« Er blickte sich um, damit niemand auf das Foto schauen konnte. »Bei dem weiß überhaupt niemand, wer das ist.«

Laura blickte auf das Foto. Und fühlte eine schwarze Welle der Angst und der Verzweiflung in sich aufsteigen.

»Aber ich«, sagte sie tonlos.

»Nämlich?« Linus hob die Augenbrauen.

»Rolf Wennig, der Bürgermeister von Blankenfelde-Mahlow.«

KAPITEL 51

UNTERWEGS ZUM PARISER PLATZ, BERLIN

Laura und Linus saßen in Linus' Leihwagen, einem BMW Hybrid. Sie waren auf dem Weg zum Büro am Pariser Platz. Sina war dabei, den Investmentbankern in den Hintern zu treten, um herauszufinden, ob Wennig vor seinem Tod noch irgendetwas hinsichtlich der Wandelanleihe für die Siedlungen unterschrieben hatte. Falls dem so war, folgerte Laura, hatte er wie Ehringer für das Konsortium seine Schuldigkeit getan und konnte gehen. Und zwar ebenso wie Fischer, Ehringer, Hortinger und auch Laura, wenn sie mehr von dem Rotwein getrunken hätte: für immer.

Glücklicherweise war für viele Investmentbanker der Samstag ein normaler Arbeitstag, sodass Sina zuversichtlich war, bald mehr Informationen zu haben.

Sie hatten gerade das Gespräch mit Sina über die Freisprechanlage im Wagen beendet, als Lauras Handy klingelte. Es war Sophie.

»Kannst du sprechen?«, fragte Sophie.

»Ja, wir sind im Auto. Linus ist hier. Okay, wenn ich laut stelle?«

»Kein Problem.«

Laura versuchte, ihr Handy mit dem Bordcomputer und der Audioanlage per Bluetooth zu verbinden, doch als das nicht funktionierte, gab sie genervt auf und schaltete einfach ihr Handy auf laut. »So, jetzt geht es.«

»Teilweise gute Nachrichten«, sagte Sophie. »Wir haben deine Blutprobe analysiert. Auch in deinem Blut sind Spuren von Secobarbital, allerdings sehr viel weniger als bei Hortinger.«

»Ist der bei euch?«, fragte Laura. »Ich meine, seine Leiche?«

»Ähm ja, der liegt hier gerade auf dem Tisch«, sagte Sophie. »Das mit dem Secobarbital in deinem Blut entschärft die Lage aber nur ein wenig, denn man kann dir immer noch vorwerfen, dass du, um keinen Verdacht zu erregen, aus dem gleichen Dekanter wie Hortinger Wein getrunken hat. Natürlich deutlich weniger als er, weil du ja um die Wirkung wusstest.«

»Was ich natürlich nicht wusste«, sagte Laura. »Aber klar, wenn man will, kann man es denken.« Sie dachte an eine Geschichte über Ludwig XIV., die sie einmal gehört hatte. Der hatte sich angeblich mit Gift immunisiert, um dann Leuten, die ihm nicht passten, aus der gleichen Flasche einzuschenken, aus der er auch trank, damit sie keinen Verdacht schöpften.

»Wer war denn noch involviert, soll ich von Deckhard fragen.«

»Der Page«, sagte Laura.

»Der aus dem Hotel?«

»Ja, der uns bedient hat. Allerdings …«

»Allerdings gibt's den jetzt mehrmals«, ergänzte Linus.

»Was?«

»Er ist vom Zug überrollt worden. Die Leiche müsste auch bald bei euch eintreffen. Zusammen mit einem weiteren, aber dazu später.«

»Der Page ist tot?«, fragte Sophie. »Und woher weißt du das so schnell?«

»Na ja, einen Vorteil muss es ja haben, beim BKA zu sein«, sagte Linus.

»Und wie ist er gestorben?«

»Entweder Suizid, wie bei Ehringer, oder Mord, der wie Suizid aussieht ...«

»... auch wie bei Ehringer«, beendete Laura den Satz.

»Das ist blöd«, sagte Sophie, »der hätte uns einiges erzählen können. Wer war denn noch in der Nähe?«

»Hortingers Fahrer«, sagte Laura. An den hatte sie gar nicht mehr gedacht. »Gustavson oder so.«

»Hat Deckhard schon verhört«, sagte Sophie, »der ist danach zurück zum Pariser Platz gefahren und hat den Wagen dort abgestellt. Gibt sogar Kameraaufnahmen. Und dann nach Hause.«

»Hm«, sagte Laura. »Ist auch nicht komplett wasserdicht.«

»Stimmt«, sagte Sophie, »aber gegen ihn spricht von den Beweisen her deutlich weniger als gegen dich.« Sie raschelte mit irgendwelchen Papieren. »Hilft euch das erst mal? So auf dem kurzen Dienstweg?«

»Ja, tut es«, sagte Laura, »danke!« Sie beendete das Gespräch.

»Es hilft nichts«, sagte Linus, »wir müssen entweder klarmachen, dass du es nicht warst, oder wir müssen andere finden, bei denen die Beweislage klarer ist.«

»Und das schnell«, sagte Laura. »Die Uhr tickt. Wenn die Hiobsbotschaft der Bankbilanz am Montag offenbar wird und dann noch rauskommt, dass die so ehrliche Whistleblowerin, nämlich ich, verdächtigt wird, ihren Chef getötet zu haben, wird das eine Riesenschmutzstory. Selbst wenn ich doch nicht in den Knast komme, aus Deutschland kann ich dann auswandern.«

»Kann, aber muss nicht«, sagte Linus.

»Kann, aber muss nicht? Das musst du eigentlich wissen? Du bist beim BKA, immerhin die ganz große Nummer in

Deutschland, was Verbrechensbekämpfung angeht! Schleierfahndung, RAF und so weiter, das wart doch alles ihr?«

»Zu viel der Ehre«, sagte Linus, »war alles vor meiner Zeit.«

»Trotzdem!« Laura merkte, wie Wut in ihr aufstieg. »Der Page ist tot. Wenn der also auch nur ein nützlicher Idiot war, so wie Fischer, hat ihn irgendwer gesteuert und ihm das Gift gegeben, damit er es in den Wein kippt, oder?«

Linus nickte.

»Wer also«, fuhr Laura fort, »war in der Nähe des Pagen und hat ihm das Mittel übergeben oder selbst in den Wein geschüttet? Und wie kann man von dieser Person möglichst schnell erfahren, ohne das gesamte Hotel interviewen zu müssen, so wie das Deckhard gerade macht?«

»Recht viel auf einmal«, sagte Linus.

»Wir haben auch recht viele Probleme auf einmal«, sagte Laura, »besonders ich.«

Linus schwieg eine Weile.

»Ich glaube, ich habe vielleicht eine Lösung«, murmelte er und blickte angestrengt auf die Straße.

»Offiziell?«

Er lächelte. »Ist *offiziell* normalerweise eine Lösung?«

»Nein.« Auch Laura lächelte. »Legal?«

Linus lächelte noch breiter. »Ist Schnee weiß?«

KAPITEL 52

BWG BANK, PARISER PLATZ, BERLIN

Also«, fragte Laura, als beide wieder im großen Teamraum am Pariser Platz waren. Hier hatte sie Gustavson, der Fahrer, gestern abgeholt. Laura hatte sich die aktuellen Neuigkeiten über den Kursverlust der Bank gar nicht mehr angehört. Aber am Wochenende wurde an den Börsen ohnehin nicht gehandelt. Nach- oder vorbörslich war die Aktie der BWG nach wie vor um mehr als 40 Prozent abgesackt.

Das BKA hatte sich zudem bei Linus gemeldet. Die Kollegen waren gemeinsam mit dem LKA Wiesbaden gewaltsam in die Wohnung von Marc Schneider eingedrungen. Er war weg, ebenso sein Laptop und seine Geldbörse. Oben auf dem Dach hatten die Beamten Asche von CDs und Festplatten gefunden. Marc hatte bei Lauras erstem Besuch davon erzählt, dass er oben auf dem Dach oft die Sterne angeschaut hatte. Einer davon hieß Antares oder so ähnlich. Dass er dort Feuer gemacht hatte, war aber sicher das einzige Mal. Hatte er dort Beweismittel verbrannt? Die Fahndung war ausgeschrieben, und die Kollegen würden sich melden. Jetzt waren andere Dinge wichtiger.

»Also«, fragte Laura, »was ist das für eine Idee, die du hast?«

»Du hast mich darauf gebracht, als du das Wort *Rasterfahndung* erwähnt hast.«

»Ist es so was Ähnliches?«

Linus nickte. »In etwa. Es wurde in der Zeit aufgesetzt, als täglich Terrorwarnungen von al-Qaida eingingen. Es muss so um 2010 gewesen sein. Das Ganze nannte sich Gridshark.«

»Gridshark?«, fragte Laura, »also Netzhai?«

»Ja, weil ein Hai Blut über Kilometer riechen kann. Und dieses Tool sollte, oder soll, terroristische Aktivität aufdecken. Der Prototyp kommt vom NSA. Israelisches Know-how steckt wohl auch mit drin.«

»Und den hat das BKA?«

»Einen gewissen Zugriff, ja, aber eigentlich nur, wenn Gefahr im Verzug ist.«

»Das ist ja wohl hier der Fall!«, rief Laura. »Oder willst du, dass ich in den Knast gehe?«

»Natürlich nicht. Wir müssen nur überlegen, wie wir das möglichst schnell für unsere Anliegen nutzen, ohne zu viel Staub aufzuwirbeln.«

»Und wie funktioniert das?«

»Eigentlich war es dafür gedacht, um Handydaten von Terroristen auszuwerten. Sobald sich mehrere verdächtige Subjekte an einem Ort versammeln, von denen über GPS die Ortsdaten gemeldet wurden, sprach das für einen möglichen terroristischen Plan.«

»So wie die Kofferbomber damals?«

»Die sind damit auch hochgenommen worden. Der Tipp kam ja vom US-Geheimdienst.«

»Es kann aber doch sein«, sagte Laura, »dass die Terroristen verschiedene SIM-Karten haben. Oder die immer wechseln.«

»Das haben die Terroristen ziemlich schnell gemerkt. Deswegen hat Gridshark in der Form nicht so funktioniert, wie es sollte.«

»Aber es funktioniert bei dem, was wir vorhaben?« Laura ärgerte sich ein wenig, dass sie Linus alles aus der Nase ziehen musste. In dieser Hinsicht war er ähnlich wie Timo. Der konnte auch stundenlang über irgendwelche Science-Fiction-

Spiele referieren, was Laura keinen Deut interessierte, aber wenn es wirklich mal wichtig war, bekam er den Mund nicht auf.

Linus nickte. »Man kann damit per Handyortung Menschen einem gewissen geografischen Quadranten zuordnen.« Er räusperte sich. »Das Ganze geht über die Telekom-Firmen. Die speichern die geografischen Daten eine Weile. Gridshark kann darauf zugreifen, ähnlich wie die Kontenabrufe der Steuerbehörde bei Banken.«

Laura Augen leuchteten auf. »Damit können wir erfahren, wer wo war? Zum Beispiel im Hotel de Rome gestern Abend? Wir wüssten durch die Handydaten, wer sich dort ab 23 Uhr oder etwas vorher aufgehalten hatte?«

»Richtig. Das alles muss allerdings äußerst begrenzt erfolgen, denn allein die Nutzung ist ohne richterlichen Beschluss strafbar.«

»Haben wir die Zeit, am Samstag auf einen Richter zu warten?«

»Wenn wir einen Bereitschaftsrichter finden, der das schnell macht, dann ja. Sonst nein.«

»Wir wär's«, sagte Laura und klatschte in die Hände. »Du rufst in Wiesbaden an, dass die zwei Sachen machen sollen: Bereitschaftsrichter fragen und gleichzeitig diese Wunderwaffe aktivieren?«

»Okay«, sagte Linus, »ich rufe Johannes Trautmann an, der kennt das Ding am besten. Er kriegt einen Uhrzeitkorridor von gestern Abend und die Geodaten.« Er blickte Laura mit ernster Miene an. »Und dazu wirklich kein Wort an Deckhard oder sonst wen, solange wir nichts Näheres wissen. Sonst landest du im Knast, und Trautmann und ich können unsere BKA-Laufbahn an den Nagel hängen.«

KAPITEL 53

BWG BANK, PARISER PLATZ, BERLIN

Auf einem der großen Monitore im Teamraum der BWG sah man in einer Ecke Johannes Trautmann. Er hatte bürstenartige, kastanienbraune Haare. Er wurde, wie Linus Laura gesagt hatte, nicht nur wegen der bürstenartigen Frisur, sondern auch wegen seiner Fähigkeit, selbst in den saubersten Ecken und weißesten Westen Dreck zu finden, BKA-intern *der Schrubber* genannt. Trautmann war, als Linus anrief, so schnell wie möglich ins BKA gefahren.

Auf dem anderen Teil des Monitors konnte man den Bereich von Trautmanns Monitor sehen, den er geteilt hatte.

Man sah, wie bei Google Maps, die Landkarte von Berlin, die man über Geokoordinaten steuern konnte. Der Bereich ließ sich eingrenzen oder erweitern.

»Wir nehmen bitte nur das Hotel de Rome«, sagte Trautmann, »okay? Alles andere würde nicht nur zu viele Daten fressen, sondern wäre auch noch illegaler als ohnehin schon.«

»Klar«, sagte Linus. »Ist aber noch nichts zu sehen.«

»Kann auch nicht«, sagte Trautmann, »wir haben die Zeit noch nicht bestimmt.« Oben rechts konnte man, wie bei einem Outlook-Kalender oder bei einer Plattform, auf der man die Wirksamkeit von Werbeanzeigen prüfen möchte, einen Zeithorizont einstellen.

»Also, das war gestern«, sagte Trautmann, »Freitag …«

»… und heute«, ergänzte Laura.

»Freitag, Samstag«, murmelte Trautmann, »welche Zeit? 22 Uhr?«

»Vielleicht etwas früher«, sagte Linus, »21 Uhr bis … sagen wir, ein Uhr nachts?« Er schaute Laura an. Die nickte.

Als Trautmann den Regler aktivierte, blitzten plötzlich Telefonnummern auf dem Bildschirm auf. Sie bewegten sich, als er 21 Uhr, 21 Uhr fünf, 21 Uhr zehn eingab. Es waren Hunderte. Wenn nicht gar Tausende.

»Ganz schön viele«, sagte Linus.

»Na klar«, sagte Trautmann, »jeder hat ein Smartphone. Und es ist Freitagabend in Berlin.«

»Puh«, sagte Linus, »kannst du uns da eine Liste schicken? Wir … alles okay?«

Linus blickte Laura erschrocken an. »Alles okay, Laura?«

Laura nickte. Aber es war gar nichts okay. Ihr Gehirn hatte in dem Gewirr von Telefonnummern, die wie kleine Codes über die Landkarte sprangen, eine Nummer erkannt. Eine Nummer, die sie schon oft gewählt hatte. Eine Nummer, die sie hier nie erwarten würde.

»Laura, was ist denn?«, fragte Linus.

Trautmann wollte etwas sagen, schwieg dann aber.

»Geht mal zurück auf 21:05«, sagte Laura, »ich habe was gesehen.«

»So?« Trautmann schob den Regler zurück.

Die Nummer war zurück.

»Da ist sie«, sagte Laura. Sie fragte sich, ob sie es überhaupt sagen sollte. Aber was sollte sie machen? Es war die Wahrheit, auch wenn sie es nicht glauben wollte und nicht glauben durfte.

»Kennst du die Nummer?«, fragte Linus.

Laura nickte nur.

»Es ist die Nummer von Timo«, sagte sie mit brüchiger Stimme, »meinem Ehemann.«

KAPITEL 54

BLANKENFELDE-MAHLOW, BEI BERLIN

Telefonieren war zu riskant. Laura saß am Steuer und trat den Wagen Richtung Stern und dann nach Süden. Linus hatte versucht, sie zu überreden, ihn fahren zu lassen, aber das war zwecklos. Laura kannte den Weg besser und würde wahnsinnig werden, wenn sie nur tatenlos im Auto saß.

»Timo?«, fragte sie sich. »Ausgerechnet Timo? Was hat er da gemacht? Er war dort, während ich dort war?«, rief sie.

»Werden wir gleich erfahren. Ist er zu Hause?«

»Das hoffe ich. Es ist ja Samstag, ich wüsste nicht, warum er nicht da sein sollte.«

Laura schloss die Tür auf. »Timo?«, rief sie.

»Ja«, kam die knappe Antwort. Seine Stimme klang nicht allzu erfreut. Warum das so war, sah Laura, als sie mit Linus das Wohnzimmer betrat. Dort stand nicht nur ein Lego-Roboter, sondern auf der Dachterrasse stand auch eine Darth-Vader-Büste, die Timo vorher mit schwarzer Farbe angesprüht hatte. Der Rasen war noch nass vom gestrigen Regen, aber jetzt schien wieder die Sonne. Linus blickte interessiert auf den Roboter.

»Was machst du hier?«, fragte Timo.

»Stell dir vor, ich wohne hier«, sagte Laura.

»Ich dachte, du bist in Frankfurt?«, fragte Timo. »Du hast doch extra gestern Vormittag angerufen und gesagt, dass ihr *gaaaanz* viel zu tun habt?« Er blickte Linus an. »Ist das dein Kollege?«

»Ja, Linus, freut mich«, sagte der und streckte seine Hand aus. Timo ergriff sie.

»Gestern angerufen?«, fragte Laura. Und dann fiel ihr auf, dass Timo recht hatte. Sie hatte ihn vom Flughafen angerufen, danach hatten sie die stressige Präsentation in Berlin, es folgte die Horrormeldung mit der Bilanz, die Sache mit Laura und dem gehackten Account, und schließlich war sie mit Hortinger im Hotel. Heute hatte sie es einmal kurz versucht, ihn aber nicht erreicht.

»Außerdem«, sagte Timo, »habe ich gedacht, dass du in Frankfurt arbeitest und nicht in Berlin.« Er blickte mit entschuldigendem Dackelblick auf den Roboter. »Bist du heute angekommen?«

»Nein, gestern«, sagte Laura kurz.

»Gestern … Und wo … wo hast du übernachtet?«, fragte Timo. »In der Bank auf dem Sofa?«

Fast, dachte Laura. Und eigentlich hätte sie am liebsten gesagt: *Ich stelle hier die Fragen.* Aber Timo hatte recht: Sie war ihm eine Erklärung schuldig.

»Ganz kurz«, sagte Laura, »ich hatte einen Kreislaufzusammenbruch und war die Nacht im Krankenhaus.«

»Was?« Er hob instinktiv die Hände, als wollte er Laura auffangen.

»Es geht mir wieder besser. Ich habe aber ein Riesenproblem, von dem du leider ein Teil bist.«

»Ich bin was? Was den Roboter angeht, der …«

»Der Roboter ist mir völlig wurscht.«

»Der wäre auch morgen Abend wieder in meinem Hobbyraum«, sagte Timo.

»Timo, es geht nicht um Roboter. Man wirft mir etwas Schlimmes vor.«

»Die Bilanzlücke geleakt zu haben?«

»Das ist das Geringste.«

»Aha«, machte Timo. »Was wirft man dir noch vor?«

»Man wirft mir vor, meinen Chef getötet zu haben!«

Timos Antwort war typisch Timo. »Welchen?«

»Den ganz oben. Den Vorstandsvorsitzenden!«

Timo stand der Mund offen. »Dir wirft man das vor? Wer?« Er starrte kurz in die Luft. »Die Typen mit Althaus? Sind die immer noch aktiv?«

Laura wackelte mit dem Kopf. »Ja und nein. Das dauert jetzt aber zu lange. Wir müssen dich nur eine Sache fragen: *Was* hast du gestern Abend im Hotel de Rome gemacht?«

»Spionierst du mir hinterher?«, rief Timo als Gegenfrage. »Hast du deswegen so getan, als müsstest du lange arbeiten, um mich zu überwachen?«

»Nein, nein, nein!« Lauras Stimme wurde lauter. »Aber ich muss es dringend wissen, sonst habe ich ein Riesenproblem und lande vielleicht im Gefängnis.« Sie legte Timo beide Hände auf die Schultern. »Was hast du dort gemacht?«

»Ich war da … auf der Dachterrasse war Italienische Nacht. Du warst ja nicht da. Ich werde ja wohl mal was unternehmen können, ohne immer um Erlaubnis zu fragen.«

»Du kannst machen, was du willst, aber heute muss ich es leider genau wissen.« Es tat Laura leid, wie sie Timo hier ausfragen musste, als wäre er der Verdächtige, und nicht sie. »Warst du allein?«

Timo druckste herum. Man sah ihm an, dass ihm die Fragerei nicht recht war.

»Nein«, sagte er. »Mit Juliane. Und Robert. Unseren Nachbarn.« Er bewegte den Kopf rüber Richtung Nachbarhaus. »Robert kam auch dazu«, sagte er dann, als wollte er gleich den Vorwurf entkräften, er wäre in Lauras Abwesenheit mit anderen Frauen auf Tour. Wobei Laura das ohnehin nicht nachprüfen konnte, da Timo oft genug auf Montage in Deutschland unterwegs war.

Laura schaute erst Timo und dann Linus entgeistert an.

»Juliane und Robert«, sagte sie. »Waren sie die ganze Zeit bei dir?«

»Ja.« Timo zuckte die Schultern. »Und keine Sorge, ich werd schon nicht fremdgehen!«

Laura schüttelte den Kopf. »Timo, darum geht es überhaupt nicht. Wann wart ihr dort?«

»So ab 23 Uhr. Früher konnten die nicht. Aber hier war ja eh niemand.«

Laura verdrehte die Augen. »Timo, du musst dich nicht rechtfertigen. War einer von den beiden zwischendurch länger weg?«

Timo überlegte kurz. »Hm, jeder von uns war halt mal aufm Klo, wie das so ist …« Er blickte nach oben. »Aber warte mal«, sagte er dann und kniff die Augen zusammen. »Juliane war zwischendrin zehn Minuten weg. Für ein Telefonat mit einem Kunden, wie sie sagte. Die ist ja Maklerin. Der hatte sich wohl endlich entschieden, zu kaufen, und die Gunst der Stunde wollte sie nutzen, um ihn dann auch festzunageln.«

»Aha. Und weißt du noch, wann?«

»Gegen 23 Uhr.«

KAPITEL 55

BLANKENFELDE-MAHLOW, BEI BERLIN

Linus schaute Laura an, als hätte Timo gerade gebeichtet, dass er mit dem Hexenkönig von Angmar einen trinken gewesen war. »Was ist denn an dieser Juliane so schlimm?«, fragte er Laura. Laura schaute ihn an, als wollte sie sagen: *Jetzt fang du nicht auch noch an mit den blöden Fragen.*

»Keine Ahnung!« Timos Stimme wurde lauter. »Heute muss ich mich für alles rechtfertigen. Außerdem war Robert dabei!«

»Schrei nicht so, ich steh neben dir«, sagte Laura. »Außerdem wohnen die gleich nebenan.«

»Okay«, sagte Linus, »aber was macht gerade Juliane so verdächtig?«

»Sie sind unsere neuen Nachbarn«, sagte Laura.

»Ich wusste nicht, dass das verboten ist«, sagte Timo. »Na ja, in einer Bank, in der Mord legal ist, gelten vielleicht andere Regeln. Da sind dann Straftaten okay und legale Sachen verboten.« Timo schnaubte. »Banker sind halt Henker.«

»Also gut«, sagte Laura, »das war blöd formuliert. Ich meinte, die Nähe, die sie zu uns suchten. Sie haben uns ja fast mit Liebe erdrückt.«

»Und das ist schlimm? Oder ist nett sein neuerdings verboten?«, fragte Timo. »Klar, kann ja nicht jeder so nett sein wie deine Bankkumpel, die dich das Wochenende arbeiten lassen und dir zum Dank obendrauf einen Mord anhängen.«

»Das waren *nicht* meine Bankkumpel, das waren *die.*« Sie schaute Timo an. »Du erinnerst dich doch an die Sache in der

Koppenstraße? Wo mich zwei von denen fast abknallen wollten? Und Jörg die ganze Situation gerade so gerettet hat!«

»Ich habe die Sache auch gerettet«, sagte Timo, »wenn meine Kameras nicht gewesen wären …«

»Das hast du super gemacht«, sagte Laura, »wenn ihr nicht gewesen wärt, wäre ich nicht mehr.«

»Umso schlimmer. Aber mich beschuldigen, wenn ich was trinken gehe!« Wirklich leiser wurde Timo nicht. »Und was sollen Juliane und Robert mit denen zu tun haben?«, fragte er dann, immer noch recht laut. »Die haben uns sogar ihren Schlüssel überlassen, damit wir mal nach dem Rechten sehen, wenn die nicht da sind.« Er sprach noch lauter. »Das macht doch kein Mensch, der Dreck am Stecken hat!«

»Leise! Die sind bestimmt zu Hause. Es ist Wochenende«, zischte Laura. Dann fiel ihr ein, dass ein Coach ihr gesagt hatte, dass es so gut wie gar nichts brachte, wenn man eine brüllende Person aufforderte, leiser zu sprechen. Meist wurden sie im Gegenteil noch lauter. Auch die BWG hatte in ihrem Callcenter schon einmal mit Callcenter-Agenten experimentiert, die sich, wenn sich ein Kunde über die Bank aufregte, ihrerseits über die Bank aufregten, nach dem Motto: *Das kann ich verstehen, das würde mich auch total ärgern, was für ein Mist! Das müssen wir jetzt lösen.* Die Bank hatte damit in Testphasen sogar gute Erfahrungen gemacht, hatte das Projekt dann aus Ängstlichkeit aber doch eingestellt. Jetzt saßen im BWG-Callcenter wieder die gleichen Mensch-Automaten, bei denen keiner traurig wäre, wenn sie eines Tages durch Maschinen ersetzt würden, da sie sich heute schon genauso verhielten.

»Das frage ich mich auch«, sagte Linus. »Was haben die denn damit zu tun?«

»Jetzt fang du nicht noch an«, sagte Laura. Sie senkte ihre

Stimme und flüsterte fast. »Sie wohnen nebenan. Da, wo Sandra gewohnt hatte.«

»Was flüsterst du denn so?«, fragte Timo. »Wie einer, der im Keller einen Heißluftballon für die Flucht zusammennäht.«

Laura verdrehte die Augen. Politisch unkorrekte Witze brauchte sie jetzt am wenigstens. Sie wandte sich an Linus. »Linus«, sagte sie, »im Nachbarhaus wohnten vorher Sandra Wichert und ihr Freund Ralf. Sandra wurde von einem der Bankräuber zu Boden geschlagen, der für das Konsortium arbeitete. Um hier die Mieter zu vergraulen und weniger Ärger bei der Übernahme der Grundstücke zu haben, haben sie Schläger geschickt. Die sind bei Sandra ins Haus eingedrungen, haben sie begrapscht und ihre Katze getötet. Sie hatte es hier nicht mehr ausgehalten, und die beiden sind Hals über Kopf weggezogen.«

»Und die wohnten vorher genau da?« Linus machte mit dem Kinn eine Geste zum Nachbarhaus.

»Jaaaa«, sagte Laura lang gezogen und trotzdem gedämpft. »Und kaum zehn Sekunden nachdem die ausgezogen sind, ziehen Juliane und Robert hier ein. Und sprechen uns sofort an! Das ist doch kein Zufall!«

»Hm …« Linus kratzte sich am Kinn. »Das alles macht sie aber noch nicht verdächtig, irgendeinen Pagen geschmiert und ihm das Gift für den Wein gegeben zu haben.«

Laura blickte in den Garten, auf die Darth-Vader-Maske und weiter hinten an der Hecke auf das Grab von ihrem Kater Morpheus. Darth Vader und Morpheus, Star Wars und Matrix, dachte sie. Passte das zusammen? Dann kam ihr eine Idee!

»Aber wenn sie ziemlich nahe an dem Pagen dran waren, macht sie das doch verdächtig?«

Linus nickte. »Schon.«

»Dann brauchen wir nur die Handynummer von dem Pagen und die von Juliane, geben das an Trautmann, und der soll das in seiner Wundermaschine, wie hieß die noch …?«

»Gridshark«, sagte Linus.

»… genau, der soll das damit abgleichen. Und zwar schnell!«

»Welche Wundermaschine?«, fragte Timo. Seine Augen leuchteten.

»Timo«, sagte Laura, »du hörst jetzt mal weg. Das Ganze ist nicht ganz legal.« Sie kam sich vor wie eine Mutter, die ihre Kinder in dem Moment, als alle gemütlich zusammensitzen, gnadenlos ins Bett schickt.

»Okay«, sagte Linus, »dann brauchen wir die Handynummer von Juliane …«

»Die hab ich«, sagte Timo. »Da ich ja scheinbar eine Affäre mit ihr habe, habe ich natürlich auch ihre Handynummer.«

Laura streckte ihm die Zunge heraus.

»Die brauche ich«, sagte Linus. »Und bei der Nummer des Pagen frage ich beim LKA nach.«

»Ist der beim LKA?«, fragte Timo.

»Nein, der ist tot. Und jetzt wahrscheinlich unterwegs zu einer kostenlosen OP auf einem Stahltisch. Allerdings post mortem.«

»Was?«, fragte Timo.

»Timo, erklären wir dir alles später.«

»Was ist das eigentlich für ein Bankprojekt, bei dem du gelandet bist?«, murmelte Timo halb zu sich, schüttelte den Kopf und blickte nach draußen auf die Darth-Vader-Maske, deren frische Farbe in der Sonne glänzte. »Man wirft dir ein Tötungsdelikt vor, alle anderen um dich herum sterben, und ich muss mich rechtfertigen, wenn ich abends was trinken gehe.« Er blickte Laura an. »Wenn das hier vorbei ist, kündigst du bei dieser Scheißbank und wirst Bäckerin wie meine Schwester.«

Laura wackelte mit dem Kopf. »Vielleicht mache ich das tatsächlich.«

»Ist aber schlechter bezahlt«, bemerkte Linus. »Timo, äh, wir sagen *du,* oder?«

»Klar, bei der Arbeit sagen auch alle du.«

»Gib mir mal die Nummer von dieser Juliane«, sagte Linus, »dann rufen wir das LKA an wegen der Telefonnummer von dem Pagen, und dann geht die Sache in Trautmanns Höllenmaschine.«

»Okay, ich such mal die Nummer raus«, sagte Timo. »Es wird dich überraschen, Laura, ich habe sie noch nicht unter *Favoriten.*«

Er steckte ihr die Zunge heraus.

Linus notierte die Nummer von Juliane und rief Deckhard an. Er sprach ein paar Worte mit ihm, legte dann auf. »Es geht los. Wir sollen alle nach Moabit in die Rechtsmedizin kommen.«

»Moment«, sagte Laura. »Wie fahren wir da am besten hin? Wenn wir jetzt alle mit dem Leihwagen fahren, schöpfen Juliane und Robert vielleicht Verdacht.«

»Willst du ein Taxi nehmen?«

»Nein, wir fahren mit deinem VW-Bus.«

»Der gehört der Firma!«, gab Timo zu bedenken.

»Ja, aber so denken die, du hast Bereitschaft und fährst weg.«

»Aber in Wirklichkeit fahrt ihr?«

»Richtig!« Laura atmete aus.

»Und wenn die selbst wegwollen?« Er bewegte das Kinn zum Nachbarhaus. »Also Juliane oder Robert?«

»Dann verwickele sie am besten in ein Gespräch. Behalte sie im Auge.«

»Und was sage ich?«, fragte Timo. »Die denken immerhin, dass ich weggefahren bin.«

Laura verdrehte die Augen. »Mein Gott, du hast doch gestern auch mit ihnen gesprochen. Da musst du halt improvisieren und denen erzählen, dass ein Kollege von dir den Wagen für einen Umzug braucht. Sag, du hast einen Kater von gestern und hast keine Kopfschmerztabletten mehr. Ob sie schnell welche haben oder so was …«

»Ein wenig Kater habe ich sogar«, stellte Timo fest. Dann schaute er nach draußen zu dem Wagen. »Kannst du so ein Ding überhaupt fahren?«

»Das werde ich schon hinkriegen. Ist ja kein Lkw!«

»Und ich bleibe hier?«

»Du bleibst hier. Und behältst die beiden im Auge.«

»Hm.« Das passte Timo gar nicht. »Ich hab doch die ganzen Kameras hier.«

»Ja«, sagte Laura und gab ihm einen Kuss. »Und die beste ist die organische Kamera!«

»Okay, meinetwegen.«

»Du musst aber hier drinbleiben. Sonst schöpfen die Verdacht. Die sollten ja erst mal denken, dass du weggefahren bist. Wir steigen direkt an der Garage ein, von da aus sehen sie uns nicht.«

»Okay, du bist der Boss«, sagte Timo, »kommt heil wieder zurück.«

Laura schaute Linus an. »Das klappt doch, oder?«

Linus nickte. »Du bist zwar leider noch verdächtig, aber wir sind ja dabei, den Fall aufzuklären. Das regle ich schon mit dem LKA.«

»Okay«, sagte Laura, »dann los!«

KAPITEL 56

RECHTSMEDIZIN MOABIT, BERLIN

Der Wagen ließ sich einfacher steuern, als Laura dachte. Kurz darauf trafen sie in der Rechtsmedizin auf Deckhard und Sophie. Linus erklärte ihnen den Zusammenhang.

Auf den Stahltischen lagen drei Leichen. Der Page und die Leiche, bei der Laura sicher war, dass es sich um Rolf Wennig handelte, waren gerade reingekommen. Die Leiche von Hortinger war schon am frühen Morgen geliefert worden.

»Gibt es zu Hortinger etwas Neues?«, fragte Laura. Ihr früherer Vorstandschef lag nackt auf dem Stahltisch. Er hatte ein Hundetattoo am linken Oberarm, was sicherlich niemand wusste. Wahrscheinlich das Ergebnis einer spontanen, Jahre zurückliegenden Aktion mit besoffenem Kopf im Urlaub bei irgendeinem Tätowierer am Hafen auf den Malediven.

»Ganz kurz«, sagte Sophie, »Hortinger war schon stark dehydriert, sodass die Vergiftung zu einem Kreislaufzusammenbruch mit Todesfall führte. Wir sprechen hier von *Zeichen des zentralen Todes,* wie sie typisch bei einer Vergiftung sind.« Sophie zeigte auf Teile des Gehirns, die in einer Schale lagen. Laura sah die grau-rosa Masse, die man sonst immer nur in Horrorfilmen sah. Das Gehirn nimmt nur zwei Prozent des menschlichen Körpergewichts ein, verbraucht aber zwanzig Prozent der Energie. Und für Laura war es noch immer völlig unerklärlich, wie diese komische Masse funktionierte. Eine Lunge konnte man sich vorstellen, die war wie ein Blasebalg, der Darm war wie ein Schlauch, aber das Gehirn? Sophie sprach weiter. »Hirnschwellung, Lungenödem, also Überwässerung, und erweiterte Hohlorgane wie Enddarm, Blase und so weiter.« Auch diese Organe lagen in verschiedenen Behältern. Laura schluckte. »Sein Mageninhalt«, fuhr Sophie fort, »riecht *aromatisch*.«

»Aromatisch?«, fragte Laura.

»So nennt man das, wenn es nach Alkohol riecht.«

»Davon gehe ich aus«, sagte Laura, »so viel wie der getrunken hat.«

»So«, sagte Deckhard dann und stemmte die Hände in die Hüften. »So viel zu den Leichen. Die laufen ja nicht weg.« Er wandte sich an Linus. »Jetzt zu euch: Was ist das für eine Story mit der BKA-Maschine?«

Linus erläuterte ihm die Funktion von Gridshark.

»Dein Ernst?« Deckhard kratzte sich aufgeregt am Kopf.

»Ja«, sagte Linus, »man kann damit herausfinden, wer wo gewesen ist.«

Laura hätte erwartet, dass Deckhard jetzt gegen die Illegalität wetterte, dass man doch Menschen nicht einfach so überwachen könne. Stattdessen sagte er: »Und wieso kriegen wir das nicht? Beim LKA?«

»Warten wir mal, bis mal wieder eine Bombe irgendwo hochgeht oder ein Lkw in einen Weihnachtsmarkt fährt«, sagte Linus, »in Deutschland muss es ja immer erst mal knallen, bevor die dösigen Politiker aufwachen.«

»Leider wahr«, sagte Deckhard.

»Apropos Politiker«, sagte Sophie, »das hier ist Rolf Wennig?« Sie wandte sich an Laura. Linus hatte dem LKA bereits die Vermutungen von Laura durchgegeben. Laura trat an die Leiche heran. Nur der Kopf war zu sehen, der Rest war abgedeckt.

»Wir dachten, der Kopf reicht«, sagte Sophie. »Der Rest, na ja, ist wie bei dem Pagen …«

»Sag's ruhig«, sagte Deckhard, »der ist in mehrere Teile aufgeteilt. Wie eine antike Gottheit. Kann an mehreren Orten gleichzeitig sein. Sieht nur nicht so schön aus wie Zeus, und wie die anderen alle heißen.«

Laura schaute auf das Gesicht von Rolf Wennig. Wie eine Gottheit sah er nicht aus. Der Kopf war unbeschadet, genau wie bei dem Pagen, der daneben lag. Sie nickte. »Ja, das ist er.«

Wennigs Gesicht hatte eine friedliche, aber auch irgendwie anklagende Aura, als wollte er der Welt sagen: *Es war nicht so, wie ihr denkt. Ich konnte nicht anders.*

Sophie hatte ihr einmal erzählt, dass Angehörige gar nicht in die Rechtsmedizin kamen, um die Toten zu identifizieren, so wie das in Filmen geschah. Der eine Grund war, dass die Rechtsmedizin über Zahnstatus und DNA und manchmal auch nur Ausweispapiere und Fotovergleich sehr gut feststellen konnte, um welche Person es sich bei der Leiche handelte. Wenn eine Leiche noch einigermaßen frisch war, ging das sogar über einen Vergleich mit dem Foto im Ausweis. Der andere Grund war erschreckender: Die meisten Menschen wurden von Leuten, die sie kannten, oder gar ihren Angehörigen ermordet. Nun gerade *die* Angehörigen, die statistisch am häufigsten die Mörder waren, zur Identifizierung der Leiche zu bitten, hieß dann nichts anderes als den Bock zum Gärtner zu machen.

»Interessant ist«, sagte Sophie, »dass bei beiden Leichen der Kopf unbeschadet ist. Das könnte darauf hinweisen dass, ähnlich wie Ehringer, die beiden vorher ermordet und dann auf einem Gleis abgelegt worden sind.«

»Wissen wir das schon genau?«, fragte Linus.

»Nein, dafür müssen wir erst mit der Sektion komplett durch sein«, sagte Sophie. Sie wandte sich an Deckhard. »Wir haben als Erstes die DNA des Pagen in der Suite analysiert, um herauszufinden, ob er es wirklich ist.«

»Und?«

»Dieser Typ«, sagte Deckhard und zeigte auf die Leiche, »war auf jeden Fall in der Suite. Er trug zwar Stoffhandschuhe, wie das Pagen in gehobenen Kreisen tun, aber in der Suite und auch am Dekanter und dem Knabberzeug waren trotzdem DNA-Spuren von ihm.«

»Und?«

»Er war es.«

»Und ist tot«, sagte Linus.

»Geschieht ihm ganz recht«, meinte Deckhard. »Es könnte sein, dass er wirklich das Gift in den Wein getan hat, wie Laura sagte. Und wir haben seine DNA. Hilft uns aber nicht, denn wenn ich mich nicht irre, wollt ihr wissen, ob diese Juliane in seiner Nähe war? Wir können ja nicht von seiner DNA auf seine Begegnungen schließen.«

»Nein«, sagte Linus, »wir sind ja nicht in China. Wir könnten es aber wissen, wenn wir seine Handynummer haben. Die können wir dann bei Gridshark eingeben.«

»Beziehungsweise wir müssen überhaupt wissen, wer er ist«, sagte Laura.

»Der hat kein Handy dabei.«

»Und was sagt das Hotel?«

»Die haben uns Namenslisten gegeben. Laut Abgleich mit den Ausweisfotos in der Datenbank ist er aber keiner der Mitarbeiter auf der Liste.«

»Hat sich schon ein Kollege die Leiche angesehen?«

»Der war ja in der Nachtschicht. Die anderen zwei Mitarbeiter aus der Schicht geben an, dass sie ihn noch nie gesehen haben. Wir warten noch auf eine Rückmeldung vom Personalchef. An den anderen sind wir dran.«

»Kann das also sein, dass dieser Page gar nicht im Hotel arbeitet?«

Deckhard zuckte die Schultern. »Kann durchaus sein. Dann haben wir aber ein Problem.«

»Verdammt«, sagte Sophie, »wie kriegen wir von ihm denn auf die Schnelle die Handynummer? Das wäre das Einfachste.«

»Ein Handy hatte er ja nicht dabei?«, fragte Linus.

»Nein, genauso wenig wie Wennig.«

»So ein Mist«, sagte Sophie.

Laura dachte an die Begegnung in der Suite. Der Dekanter, Hortinger am Fenster. Und der Page. Etwas hatte geleuchtet. Er hatte eine Smartwatch. Genau wie Timo.

»Sophie«, sagte Laura, »habt ihr schon die Arme angeschaut?«

»*Die Arme* ist gut«, sagte Sophie, »der rechte Arm ist abgetrennt.«

»Zeig ihn mir.«

»Das sieht aber nicht hübsch aus.«

»Was ist schon hübsch?«

Sie traten an den Stahltisch, und Laura zog die Abdeckung zurück. Laura sah Fleisch und Knochen, Muskeln und Blut. Die Gelenkpfanne ragte ihr grellweiß entgegen. Stoffreste, weiter unten herausgequollene Innereien und ... Sophie zog die Abdeckung nach oben. »Hier ist der Arm«, sagte sie.

»Darf ich mal?« Laura zog sich Handschuhe an, hielt den abgetrennten Arm fest und streifte mit der anderen Hand das Revers zurück. Nichts.

»Jetzt der linke Arm«, sagte Laura.

Sophie zog die Abdeckung zurück und legte den linken Arm auf den Oberkörper der Leiche. Laura zog auch hier das Revers zurück.

»Treffer«, sagte sie. Der Mann hatte noch seine Smartwatch am Handgelenk. »Die haben die Täter vergessen! Wahrscheinlich, weil das Revers die Uhr verdeckte.«

»Aber was bringt uns diese Uhr?«, fragte Deckhard.

»Damit könnte er telefoniert haben, oder?«, fragte Sophie.

»Richtig«, sagte Linus. »Mit vielen modernen Smartwatches kann man telefonieren, weil sie eine E-SIM-Karte enthalten.«

»Okay«, sagte Deckhard, »das muss sofort in die Kriminaltechnik. Die sollen rausfinden, ob man über die Smartwatch die Nummer rausfinden kann. Wenn …«, er lächelte, »… dann war das echt ein Treffer!«

Laura zog ihr Handy. »Ich ruf kurz Timo an. Darf ich ihm sagen, dass sich alles klärt? Er sitzt bestimmt auf heißen Kohlen.«

Deckhard nickte. »Okay, aber keine Einzelheiten.«

»Klar.« Laura ging nach draußen auf den Balkon, wo ein übervoller Aschenbecher stand, daneben einige vertrocknete Balkonpflanzen. Sie wählte Timos Kurzwahl. Es klingelte. Fünfmal, zehnmal. *Verdammt,* sagte sie. *Hört wieder laut Musik oder bastelt an irgendwas und hat den »Nicht stören«-Modus eingestellt. Jetzt, wo es wichtig ist.* Sie steckte das Handy ein und ging zurück in den Saal.

KAPITEL 57

RECHTSMEDIZIN MOABIT, BERLIN

Nach dreißig Minuten kam der Anruf von der Kriminaltechnik. Die Smartwatch war tatsächlich mit der SIM-Karte in einem Mobiltelefon verbunden. Und damit konnte man die Telefonnummer herausfinden. Der Mann hieß Bernd Osram, neunundzwanzig Jahre alt. All das hatten sie anhand seiner Mobilnummer herausgefunden, die Linus sofort an Trautmann weitergab.

Alle saßen an einem Tisch im Büro der Rechtsmedizin, das Handy auf laut gestellt, während Trautmann die Handynummer in sein Programm eingab. Laura versuchte, sich auf das Gespräch zu konzentrieren. Sie hatte es weitere zweimal bei Timo versucht, ihn aber nicht erreicht. Sie war noch nicht ganz so weit, aber sie begann, sich Sorgen zu machen. Sie zwang sich dazu, sich auf das Gespräch zu fokussieren. Timo war halt manchmal unzuverlässig, das wusste sie schließlich nicht erst seit heute.

»23 Uhr, 23:05, 23:10«, murmelte Trautmann, »ich fass den Raum noch etwas enger.« Kurz herrschte Stille.

»Ich hab's !«, rief er dann. »23:10 Uhr. Juliane Westermann und Bernd Osram, Nähe zueinander fünfzehn Zentimeter. Irgendwo im Hotel de Rome. Reicht das?«

Linus blickte Deckhard an. »Was sagst du?«

»Ich denke, das reicht. Fünfzehn Zentimeter schafft man nur, wenn man dem anderen etwas gibt oder ihn küsst oder ihm eine runterhaut«, sagte Deckhard. Er schaute auf sein

Handy. »Wir haben das Go vom Bereitschaftsrichter«, sagte er. »Wir dürfen die Wundermaschine offiziell nutzen. Kam gerade per SMS, Rest wird gefaxt.«

»Das heißt, wir können loslegen?«, fragte Laura. »Juliane einsammeln?«

»Und Robert vielleicht auch«, sagte Deckhard. »Los geht's! Die Jagdsaison ist eröffnet!«

KAPITEL 58

BLANKENFELDE-MAHLOW, BEI BERLIN

Laura fuhr in Timos Wagen nach Hause.

Deckhard und die Ermittler fuhren einige Hundert Meter vor ihr. Es war so abgestimmt, dass Laura bei dem Zugriff außer Sichtweite blieb und Deckhard ihr erst Bescheid gab, wenn Juliane und Robert in Gewahrsam waren.

Sie wählte Timos Nummer. Wieder einmal.

Es klingelte bestimmt zehnmal.

Timo ging nicht ans Telefon. Wieder einmal.

»Typisch«, knurrte Laura. »Wenn es wichtig ist, hat er sein Handy auf lautlos.« Sie wollte Timo unbedingt sagen, dass sich der Fall löste. Dass sie nicht mehr verdächtig war und er ohnehin nicht. Aber sie merkte, dass sie sich mit dieser flapsigen Antwort selbst beruhigen wollte und allmählich mehr Angst hatte, als sie sich eingestehen wollte. *Wo war Timo?*, fragte sie sich. *Wollte Timo jetzt etwa auf eigene Faust ermitteln? Machte er irgendwelche Dummheiten?*

Sie legte das Handy auf den Beifahrersitz und seufzte. Sie wollte nach der Sonnenbrille angeln, aber das hier war nicht ihr Auto, und sie fand keine Sonnenbrille. Sie seufzte noch einmal.

Ihr Handy klingelte.

Endlich!

Sie legte es neben sich und stellte auf laut. Schielte auf das Handy. Aber es war nicht Timo. Es war eine Nummer aus der Bank.

»Jacobs«, sagte sie.

»Fink hier, grüße Sie«, sagte Sören Fink.

Fink, dachte Laura, den hatte sie total vergessen. Sie musste sich anstrengen, um in ihrem Kopf auf ein völlig neues Thema umzuschalten. *Timo, ruf zurück,* schallte es noch durch ihren Kopf.

»Wie ist es bei Ihnen?«, fragte er. »Wir konnten gar nicht mehr sprechen. Vor allem, da ich zum Verhör ins LKA musste. Ich glaube aber, wir haben uns einiges zu erzählen.«

»Das glaube ich auch«, antwortete sie.

»Ich entnehme dem, dass Sie aus der Sache gut rausgekommen sind?«, fragte Fink. »Damit wir uns nicht missverstehen, die ganze Sache ist eine Tragödie ohnegleichen, aber dazu noch als Tatverdächtiger oder Verdächtige zu gelten, macht es nicht erträglicher.«

»Das kann man so sagen«, sagte Laura. »Dann hatten die Ermittler Sie auch in der Mangel?«

»Natürlich, alle, derer sie habhaft werden konnten.« Er machte eine kurze Pause. »Wissen Sie, wie da der aktuelle Stand ist?«

Und ob sie das wusste. Aber hier war Schweigen Gold und Reden Dummheit. »Nur, dass sie in alle Richtungen ermitteln und wir uns melden sollen, wenn wir das Land verlassen.«

»Das haben sie mir auch gesagt.« Fink sagte ein paar Sekunden nichts.

»Ähm, können wir uns gleich am Montag treffen und alles Weitere besprechen?«, fragte Laura. »Ich glaube, ich werde den Rest des Wochenendes schlafen.« *Wobei ich mal hoffe,* dachte sie, *dass tatsächlich alles erledigt ist.*

»Bei dem, was Sie durchgemacht haben, kein Wunder«, sagte Fink. »Ich bin Montag auch in Berlin. Ich schick gleich einen Terminvorschlag.«

»Gibt es zu der Bilanzmeldung was Neues?«, fragte Laura.

»Ja, deswegen rufe ich an«, sagte Fink. »Wir waren gerade beim Finanzminister. Erst beim LKA und dann beim Finanzministerium. Muss man erst mal an einem Tag schaffen.« Er lachte kurz. »Die Sitzung ist erfreulich verlaufen, Wilhelmi möchte, dass ich die Geschäfte der Bank kommissarisch leite.«

Das ist in jedem Fall für ihn erfreulich, dachte Laura. *Die Frage lautete, wie es für die Bank gelaufen war.*

»Da gratuliere ich«, sagte Laura. »Gibt es eine Kapitalspritze?«

»Gibt es und muss es geben. Sieht Wilhelmi genauso. Und auch das Thema Konsolidierung des europäischen Bankenmarktes steht wieder auf der Agenda.«

»Also eine Fusion?«

»Ja, aber die BWG wird dabei nicht Seniorpartner.«

»Die Märkte scheinen aber etwas entspannter zu sein«, sagte Laura.

»Das sind sie. Und unter uns gesprochen«, sagte Fink, »wir wussten ja alle, dass Hortinger von dem ganzen Bilanzskandal mehr wusste, als er sich eingestehen wollte.«

»Ich wusste das nicht.«

»Ihr guter Glauben in allen Ehren«, sagte Fink, »aber der Kapitalmarkt sieht das so. Der Aktienkurs der Bank erholt sich vorbörslich wieder ein wenig. Man glaubt, jetzt wird mal reiner Tisch gemacht. Einfach wird es trotzdem nicht.«

»Sie müssen reinen Tisch machen?«, fragte Laura.

Lauras Wagen näherte sich der Siedlung. Sie verlangsamte die Geschwindigkeit und hielt an einem Seitenweg.

»Ja, wir müssen Milliarden abschreiben«, sagte Fink, »eine Bad Bank für die faulen Kredite aufbauen, Stellenabbau, den ganzen Kasten der Grausamkeiten. Alles, um die Bank für eine Fusion beziehungsweise Übernahme aufzuhübschen.

Aber es geht halt nicht anders. Jetzt noch weniger als vorher. Ich hoffe sehr, dass wir dabei weiterhin das Vergnügen haben.«

»Sehr gern«, sagte Laura. »Dann Montag in Berlin und ab Dienstag Frankfurt?«

»Wahrscheinlich«, sagte Fink. »Machen Sie Ihre Reiseplanung am besten erst Montag nach unserem Gespräch. Können Sie überhaupt irgendwo hin? Ich meine vom Stresslevel her, gesundheitlich und so weiter? Oder wie geht es Ihnen?«

»Montag sollte wieder möglich sein«, antwortete Laura. Sie wüsste auch nicht, was sie die ganze Zeit zu Hause machen sollte. »Ehrlich gesagt kann ich das nicht genau absehen, da ich mich Montag noch einmal bei der Polizei melden muss.«

»Ja, das ist unerfreulich«, meinte Fink. »Kommen Sie trotzdem ein bisschen zur Ruhe. Vielleicht werden wir noch in Berlin gebraucht. Später in der Woche müssen wir sicher nach Frankfurt.«

»Zu unserem Team?«

»Und zu einer nicht sehr erfreulichen Sache«, sagte Fink, »der Beerdigung von Hortinger. Die wird in Frankfurt stattfinden.«

»Natürlich.«

»Ich will Sie nicht zutexten«, sagte Fink. »Genießen Sie Ihr Wochenende oder das, was davon übrig ist. Ich stelle einen Termin für Montagnachmittag rein. Vorher am Montag müssen Sie auch nicht in die Bank kommen. Bis dahin!«

»Bis Montag!« Laura beendete das Gespräch. *Der Kurs erholte sich,* dachte sie. Vielleicht machten die Leerverkäufer doch nicht so ein gutes Geschäft? Aber sie merkte, dass sie das Ganze im Moment eher wenig interessierte. Sollten doch irgendwelche Spekulanten entweder hohe Gewinne oder hohe Verluste machen. Jetzt ging es um Lauras Freiheit.

Laura manövrierte den Wagen an die Abbiegung nahe der Straße, die zu ihrem Haus führte. Bald würde es dämmern. Doch im Haus von Juliane und Robert war nichts zu sehen. Kein Licht, keine Bewegung, nichts. Es war etwas gruselig.

Endlich zu Hause, hätte sie gern gedacht, als sie den Motor abstellte.

Ihr Handy klingelte.

Deckhard.

Es war abgesprochen, dass er sich melden würde, wenn die Luft rein war und Laura näher kommen konnte.

»Ja.« Sie ging inmitten des Klingelns ans Telefon.

»Hier ist niemand«, sagte Deckhard. »Wirklich niemand. Sie können kommen.«

»Wirklich niemand? Und was ist mit Timo?«

»Der«, sagte Deckhard, »ist auch nicht da.«

KAPITEL 59

BLANKENFELDE-MAHLOW, BEI BERLIN

Laura fuhr den Wagen in die Einfahrt und stieg aus. Deckhard stand mit drei Polizisten vor einem der beiden Einsatzwagen. Einer der Männer rauchte, eine Polizistin stellte etwas an ihrem Funkgerät um.

»Timo ist auch weg?«, fragte sie statt einer Begrüßung.

Deckhard nickte. »Ja. Wir dachten, du wüsstest, wo er ist?«

Laura schüttelte den Kopf. »Nein, keine Ahnung. Ich habe ihn vorhin mehrmals vergeblich angerufen.«

Deckhard zog die Brauen zusammen. »Das gefällt mir nicht.«

»Mir auch nicht«, sagte Laura.

»Kann es sein«, sagte Deckhard, »dass er die beiden gewarnt hat? Er war ja mit ihnen was trinken.«

»Mein Mann ist vielleicht manchmal etwas dämlich«, sagte Laura, »aber er schützt keine Kriminellen. Vor allem sind beide weg.«

»Nicht nur beide«, sagte die Polizistin, »Timo Jacobs auch.«

Laura ignorierte den Hinweis und blickte zum Nachbarhaus. »Wart ihr schon drin?«

»Sind wir noch«, sagte Deckhard. »Drei Kollegen durchsuchen das Haus. Die Tür war nicht allzu schwer aufzukriegen. Ich glaube aber nicht, dass die sich im Schrank verstecken.«

Nach etwa zehn Minuten quälenden Wartens kamen die drei Kollegen aus dem Haus. Ihre Gesichter sahen nicht so aus, als hätten sie etwas gefunden. Eher wie Kinder, die beim Ostereiersuchen leer ausgegangen waren.

»Nichts«, sagte einer der drei, ein etwas untersetzter Mann mit kurzem Bart, »die sind verschwunden. Allerdings sind keine Koffer weggeräumt.«

»Sieht also nicht so aus, als hätten sie eine große Abreise geplant?«

»Scheinbar nicht«, sagte der mit dem Bart. »Was sie genau vorhaben, wissen wir natürlich nicht.«

Es knackte im Einsatzwagen.

»Wartet mal«, sagte die Polizistin, »da kommt ein Funkspruch für uns.« Sie warf das Gerät auf die Rückbank des Wagens. »Das Scheißding geht wieder nicht.«

»Nur für uns, Britta?«, fragte Deckhard die Kollegin. »Nicht wieder eine allgemeine Meldung, dass irgendwo die tausendste Demo am Tag stattfindet?«

»Nein«, sagte Britta und setzte sich auf den Fahrersitz und schloss die Tür. »Nur für uns.«

Die restlichen Worte waren kaum mehr zu hören. Sie sah Brittas Gesicht, sah ihren blonden Pferdeschwanz und hörte einzelne Sätze.

Dann zog Britta ihr Handy hervor. Und fixierte das Bild auf dem Handy. Länger, als man es normalerweise tut.

Sie öffnete die Tür und schaute nach oben Richtung Deckhard und Laura.

»Schlechte Nachrichten?«, fragte Deckhard.

»Sehr schlechte.«

KAPITEL 60

BLANKENFELDE-MAHLOW, BEI BERLIN

Britta reichte Deckhard das Handy.

»Ich weiß«, sagte sie, »ist eigentlich verboten. Aber wenn wir uns an den ganzen Scheißdatenschutz halten, können wir gleich die Arbeit einstellen.«

»Stimmt«, knurrte Deckhard. »Das ist die Erklärung«, sagte er und zeigte Laura das Foto auf dem Handy.

Laura merkte, wie alle Feuchtigkeit aus ihrem Mund verschwand. Auf dem Foto sah man ein Auto. Am Steuer ein schlafender Mann. Man sah seine Augen nicht, weil er sich auf das Lenkrad gelehnt hatte. Aber Laura erkannte auch so, wer es war.

»Timo«, sagte sie. Sie schluckte und schaute Deckhard an. »Wo ist das?«

»Britta?«, sagte der, als wollte er die Befehlskette um jeden Preis einhalten.

»Rudolstädter Straße«, sagte sie. »Parkplatz unter der Stadtautobahn.«

»Rudolstädter Straße?«, fragte Deckhard. »Da ist doch die Polizeidirektion drei in der Nähe, oder?«

»Direktion zwei«, sagte Britta.

Deckhard verdrehte die Augen.

»Aber ja, das stimmt.«

»Moment«, sagte Laura. »Und da sitzt Timo reglos am Steuer von irgendeinem Auto?« Sie konnte auf dem Bild nicht die Marke des Wagens erkennen, aber sie wusste, dass es nicht ihr Wagen war. Abgesehen davon, dass ihr Wagen wie immer in der Einfahrt neben dem Haus stand. Dann schoss ein furchtbarer Gedanke durch ihren Kopf.

»Er ist aber nicht …?«, begann sie.

»Nein, er lebt«, sagte Britta. »Die Beamten haben schon versucht, ihn zu wecken. Er schläft sehr tief.«

Schläft sehr tief, dachte Laura. *So wie es auch bei Althaus war. Und dann bei Hortinger. Das Ganze war noch nicht vorbei. Es war noch lange nicht vorbei.*

»Das klingt doch so«, sagte Laura, »als hätten sie ihm irgendwas eingeflößt.«

»Wer sind *sie?*«, fragte Britta.

»Hauptkommissar Deckhard weiß, wen ich meine«, sagte Laura. »Was meinst du?«

»Am besten, wir fahren sofort hin«, sagte Deckhard statt einer Antwort. »Hoffentlich ist Timo bis dahin wach.«

KAPITEL 61

PARKPLATZ RUDOLSTÄDTER STRASSE, BERLIN

Der Wagen stoppte.

Der Parkplatz an der Rudolstädter Straße befand sich unter der A 100, die im Norden neben dem Friedhof Wilmersdorf abrupt endete. Laura hörte das Brausen der Autos und Lkws über sich. Es sah aus, wie in diesen Gangsterfilmen wie *Heat,* wo an solchen Orten entweder Schießereien stattfanden oder Geldübergaben. Oder manchmal auch beides.

Als sie ausstieg, sah Laura, dass Timo wach war. Er saß bei geöffneter Tür auf dem Fahrersitz und rieb sich die Augen. Der Wagen war ein ziemlich schmutziger, sehr großer grauer Volvo, der schon bessere Zeiten gesehen hatte. Drei Polizisten standen um ihn herum. Einer der drei stellte sich als Wachtmeister Richards vor.

Laura stürzte auf Timo zu. Einer der Beamten wollte sie zurückhalten, aber Deckhard hob die Hand, so als wollte er sagen: *Lass gut sein.*

»Timo«, rief Laura und umarmte ihn. »Was machst du hier? Wieso bist du nicht zu Hause? Und was machst du vor allem in diesem Wagen?«

»Ganz kurz«, sagte Deckhard, an Timo gewandt. »Ich würde mir überlegen, was ich jetzt sage. Das kann alles verwendet werden, um …«

»Timo hat doch nichts getan«, schrie Laura.

»Davon gehe ich auch aus«, sagte Deckhard. »Aber rätselhaft ist die Sache schon.« Er wandte sich an Richards. »Wieso habt ihr ihn so schnell gefunden?«

»Tja«, sagte Richards, »Falschparker kennen diesen Parkplatz. Wer im Bereich Schöneberg, Tiergarten und Ku'damm so illegal parkt, dass er abgeschleppt werden muss, dessen Wagen landet oft hier. Dieser Wagen«, sagte er dann, »stand wohl so komisch, dass keiner mehr seinen Wagen von dem Parkplatz bekam und alle halb über die Wiese fahren mussten. Das hat einem Autofahrer nicht gepasst, und der hat hinten im Abschnitt Bescheid gesagt. Sind ja nur fünf Minuten von hier.«

»Weiß ich, und dann?«

»Dann sind wir hierher und haben Herrn Jacobs im Wagen gefunden. Wir haben dort keine Fahrzeugunterlagen gefunden, aber Papiere von Herrn Jacobs in seiner Brieftasche.« Laura fixierte Timo, während Richards sprach. Der saß da wie ein Lamm auf der Schlachtbank und sagte nichts. *Klingt so, als sollte Timo hier gefunden werden,* dachte Laura.

»Und?«, fragte sie.

»Und da war sein Ausweis. Da Herr Jacobs nicht ansprechbar war, haben wir den Namen in die Datenbank eingegeben. Und da ploppte sofort auf, dass die Ehefrau von Herrn Jacobs Beschuldigte eines Tötungsdelikts ist. Ihr wird vorgeworfen, einen gewissen Herrn Hortinger, seines Zeichens Bankvorstand, vergiftet zu haben.«

»Die Ehefrau von Herrn Jacobs ist hier«, platzte es aus Laura heraus. Deckhard hob alarmiert die Brauen. »Und sie ist nicht verdächtig, weil sich alles gerade aufklärt.«

»Ah, das sind Sie«, sagte Richards, und man sah an seinen Augen, wie sich in seinem Kopf gerade einige Puzzleteile zusammensetzten. »Dann haben wir ja auch die zweite Verdächtige.«

»Frau Jacobs ist nicht mehr verdächtig«, sagte Deckhard.

»Steht hier aber so«, sagte Richards.

»Jedenfalls weniger als zuvor«, sagte Deckhard genervt

und hob die Hand, als wollte er eine Fliege verscheuchen. »Weiter im Text.«

»Jedenfalls haben wir auf Ihrer Dienststelle angerufen und erfahren, dass Sie«, Richards wies auf Deckhard, »gerade hinsichtlich des Falls unterwegs sind, und haben dann die Kollegin Gassmann angefunkt.«

»Britta Gassmann?«, fragte Deckhard.

»Richtig.« Richards stemmte die Hände in die Hüfte. »Und nun sind wir hier.«

Alle schwiegen und wichen dem Blick des anderen aus.

»Und was hast du dazu zu sagen?«, fragte Laura Timo. »Ach nein, sag erst mal nichts.«

»Was soll's«, sagte Timo. »Es hilft ja nichts. Ich wollte Juliane und Robert zur Rede stellen.«

»Du wolltest *was?*«, fragte Laura. Manchmal glaubte sie, sie müsste alle Überzeugungen, ihren Mann zu kennen, endgültig über den Haufen werfen. »Die beiden sollten in einer polizeilichen Aktion festgenommen werden! Und zwar von der Polizei! Nicht von dir!«

Laura hätte am liebsten in die Polsterung des Fahrersitzes gebissen, auf dem Timo saß. Es war immer dasselbe: Wenn sie ihn allein ließ, machte er irgendwelchen Mist. Er zockte mit Aktien und verlor Geld, er ermittelte auf eigene Faust – und wachte irgendwo in einem fremden Auto auf.

»Ich weiß«, sagte Timo, seine Augen gläsern von der Müdigkeit. »Aber ich konnte das nicht auf mir sitzen lassen. Dass die mich mit ins Hotel de Rome nehmen und dann das Ganze so hinstellen, als wäre ich irgendwie an der Sache mit Hortinger beteiligt gewesen …«

»Wie? Sie auch?«, fragte Richards.

Deckhard schüttelte den Kopf, als wollte er seinen Kollegen anweisen: *jetzt nicht.*

»Und dann hast du was gemacht?«

»Dann bin ich zu ihnen hingegangen.«

Lauras Kopf zuckte nach vorne. »Du bist zu ihnen … rübergegangen?«

»Sie waren eh nicht da.« Timo schüttelte den Kopf. »Also hätte auch die Festnahme nicht geklappt.«

»Das weißt du nicht. Vielleicht haben die ja einfach nicht aufgemacht.«

»Ich habe extra nachgesehen.«

»Wie, nachgesehen?«, fragte jetzt Deckhard.

»Wir haben doch einen Schlüssel von denen«, sagte Timo, »hat mir Juliane letztens gegeben. Was du so blöd und übergriffig fandest.«

Laura merkte, wie sich eine Migräne in ihr aufbaute. »Du bist mit dem Schlüssel in die Wohnung gegangen?«

Timo nickte.

Richards sagte nichts, hörte nur sehr genau hin.

»Und dann?«

»Das war's.«

»Wie? Das war's?«

»Dann war ich hier. Und bin hier aufgewacht.«

Die Ermittler schauten sich ratlos an. Laura verkniff sich sämtliche Vorwürfe, die sie Timo am liebsten mit Windstärke 10 um die Ohren gehauen hätte. Nur, was brachte das? Irgendwas lief hier grundsätzlich schief. Aber sie musste erst einmal Timo aus der Schusslinie bringen. Vielleicht war die fast schon dumme Ehrlichkeit von ihm tatsächlich ein Weg, um genau das zu schaffen. Deckhard fand als Erster seine Worte.

»Sie haben also einen Schlüssel für das Haus der beiden?«

Timo nickte. »Ja.« Laura fragte sich erneut, ob es klug war, so ehrlich zu sein. Aber vielleicht war es wirklich genau richtig.

»Haben Sie auch einen Schlüssel für diesen Pkw?«, fragte Deckhard weiter. Er war jetzt wiederholt zum Sie übergegangen.

Timo schüttelte den Kopf.

Richards räusperte sich. »Als wir vorhin in den Taschen von Herrn Jacobs nach der Brieftasche suchten, fühlte sich etwas wie ein Autoschlüssel an.«

»Würden Sie bitte Ihre Taschen leeren?«, fragte Deckhard.

Laura spürte das Pochen in ihrem Kopf.

Timo nickte mit belämmertem Blick. »Klar. Mein Portemonnaie geben Sie mir bitte noch wieder?«

»Natürlich«, sagte Richards. »Hier.« Er legte es auf die Ablage zwischen Windschutzscheibe und Lenkrad. »Jetzt Sie.«

Timo kramte benommen und träge in seinen Taschen. »Der Hausschlüssel«, sagte er.

Richards nickte, wie ein Unteroffizier bei der Spindkontrolle.

»Der Schlüssel von gegenüber.«

»Wie *von gegenüber?*«

»Von den Nachbarn, in deren Haus ich war.«

Laura wurde fast schwarz vor Augen. Aber was sollte sie tun? Wenn sie zu sehr einschritt, machte sie das auch noch verdächtig. »Das war eine Übersprungshandlung meines Mannes«, sagte sie. »Es ist …«

»Alles gut«, sagte Deckhard. »Bitte weiter.«

Timo wühlte weiter in den Taschen. »Und hier mein …« Er stutzte kurz und blickte auf den Autoschlüssel. »Nein, das ist nicht meiner.« Er schaute Laura an. »Du bist doch mit dem Van gefahren.«

»Und dieser Schlüssel«, sagte Richards, »ist von einem Volvo. Darf ich mal?« Er nahm den Schlüssel, ging zur Hintertür und schloss sie auf. »Passt«, sagte er.

»Sie haben mit dem Wagen nichts zu tun«, sagte Deckhard, »aber Sie haben den Schlüssel in Ihrer Tasche?« Er fixierte Timo.

»Ich habe das Bewusstsein verloren«, sagte Timo, und Laura sah Tränen in seinen Augen. »Ich weiß, das war dumm, zu den Nachbarn zu gehen, aber irgendwer hat mich betäubt. Wie sollte ich sonst hier sein?«

»Sie sind nicht gefahren?«, fragte Richards.

»Nein«, brüllte Timo. Jetzt glitzerten die Tränen in seinen Augen.

»Sie saßen aber am Lenkrad? Mit dem Schlüssel in der Tasche?«

»Okay, das kann inszeniert sein«, sagte Deckhard.

»Vielleicht passt der Schlüssel auch nur zufällig an der Hintertür«, sagte Timo trotzig.

»Hmmm«, machte Richards gedehnt, »ich probiere gern zusätzlich den Kofferraum aus.« Dieser Wagen hatte noch kein Keyless Go oder ähnliche elektronische Mechanismen. Der Beamte ließ den Schlüssel einrasten und drehte ihn herum. »Passt«, sagte er. »Wollen wir doch mal schauen, ob Warndreieck und Verbandskasten da sind.« Er lachte kurz über seinen wenig gelungenen Witz.

Laura hörte, wie sich der Kofferraum quietschend öffnete. Gleichzeitig war kurz ein Geruch in ihrer Nase, der ihr endgültig zeigte, dass hier irgendwas komplett schieflief. Sie fixierte Richards. Der hatte die Augen weit geöffnet.

»Deckhard«, sagte er. »Schau mal her. Das ist jetzt nicht mehr witzig!«

KAPITEL 62

PARKPLATZ RUDOLSTÄDTER STRASSE, BERLIN

Laura stürzte nach vorne. Deckhard versuchte, sie zu halten, aber sie war schneller. Irgendein uralter Teil in ihrem Gehirn, sei es das Reptiliengehirn, Steinzeitgehirn, oder wie immer man es nennen wollte, hatte ihr schon gemeldet, dass irgendetwas nicht stimmte. Dass irgendetwas überhaupt nicht stimmte. *Das ist jetzt nicht mehr witzig,* hatte Richards gesagt, und das war sicher nicht übertrieben.

Es war der Geruch, den sie, sobald sich der Kofferraum öffnete, wahrgenommen hatte, dieser süßliche Geruch, der unserem Gehirn sofort meldet, dass hier irgendetwas nicht stimmt. In einem Psychologie-Seminar der Bank hatte sie einmal von der Amygdala gehört, dem Mandelkern im Gehirn, die als eine Art Chefsekretärin bestimmte, wer zum Bewusstsein vorgelassen wurde und wer nicht. Auch Dozent Hermann hatte damals in dem Führungskräfteseminar davon erzählt. Wenn die Amygdala aufwachte, war das ein Zeichen für Alarm. Der Mensch hatte fünf Sinne. Und nur ein Sinn ging direkt und ungefiltert in die Amygdala – der Geruch!

Sie stürzte nach hinten zum Kofferraum, sah Deckhard, der ihr hinterhersprang, sah Richards, der dort mit offenem Mund und noch weiter aufgerissenen Augen stand, und sah in den Kofferraum.

Geschlossene Augen, offene Münder, orangenartige Haut, Haare. Ein Mann und eine Frau. In den Kofferraum gestopft, die Frau mit dem Kopf nach rechts, der Mann mit dem Kopf nach links. Die rotbraunen Haare der Frau, wieder eine weiße Bluse. Jeans. Der Mann hatte die Haare kurz rasiert.

Das Bild der Leichen. Und der Geruch. Laura griff nach einem Taschentuch und hielt es sich vor den Mund. Hustete. Und musste sich fast übergeben. Nicht wegen der Leichen. Sondern wegen etwas anderem. Kurz blitzten die Bilder der beiden vor ihrem inneren Auge auf. Auf dem Nachbarschaftsfest. Und dann später beim Grillen. Und jetzt hier im Kofferraum.

»Kennen Sie die beiden?«, fragte Richards.

Die Frage war nicht unberechtigt. Denn zwar hatten die Leichen schon begonnen, den klassischen süßlichen Geruch des Todes abzusondern, der Lauras Amygdala sofort gewarnt hatte, doch sie waren noch nicht so fäulnisverändert, dass man sie nicht mehr erkannte.

Timo saß weiterhin vorne auf dem Fahrersitz, die Füße auf dem Parkplatz. Er schaute zu Laura auf und machte Anstalten, sich ebenfalls zu erheben. Dann schaute Laura wieder auf Richards.

Kennen Sie die?

»Ich fürchte, ja«, sagte Laura, »es sind unsere Nachbarn. Juliane und Robert.«

Deckhard trat neben sie. Blickte sie an, dann Timo.

»Herr Jacobs«, sagte er, an Timo gewandt, »ich bin leider gezwungen, Sie vorläufig festzunehmen.«

KAPITEL 63

UNTERSUCHUNGSHAFT,
LKA BERLIN, TEMPELHOFER DAMM

Timo saß in der Zelle wie ein Häufchen Elend, als Laura und Sophie zu ihm kamen. Es trennten Timo nur Gitterstäbe von dem Korridor, was einerseits jedem Gefängnisklischee entsprach, andererseits aber auch die Hoffnung nährte, dass die Unterbringung von Timo hier nur temporär war.

»Konntet ihr alles regeln?«, fragte Timo statt einer Begrüßung.

»Ja«, sagte Laura, »mehr oder weniger.« Sie griff seine Hand durch die Gitterstäbe.

Vorher hatten sie schon miteinander gesprochen. Timo erinnerte sich an gar nichts. Nicht, wie er in den Wagen gekommen war, nicht, wie er auf den Parkplatz gekommen war, und am wenigsten daran, wie die Leichen in den Kofferraum gekommen waren, und auch nicht, wer sie umgebracht hatte. Er hatte nur gebrüllt und geweint und immer wiederholt, dass er es nicht gewesen war. Sophie hatte zum Glück auf einer sofortigen Blutuntersuchung bestanden, bei der immerhin Reste von GHB gefunden worden waren. Gammahydroxybuttersäure, dasselbe Zeug, mit dem sie Althaus, den früheren Regionalleiter, auch kaltgestellt hatten, um ihm dann den Mord an einer Prostituierten in die Schuhe zu schieben.

»Das Liquid Ecstasy im Blut spricht schon mal für deine Unschuld, weil es handlungsunfähig macht und deine Erinnerungslücke erklärt«, sagte Sophie, »besonders, weil es wieder das typische Vorgehen dieses Konsortiums ist, falls die wirklich dahinterstecken.«

Laura nickte. »Ich fürchte, ja. So ähnlich wie bei mir und Hortinger. Timo hat sie gestört, genauso wie ich, und sollte deshalb handlungsunfähig gemacht werden. Das ist die Rache. Sie schieben nicht nur mir etwas in die Schuhe. Sie gehen auch an die, die mir am liebsten sind. Hätten sie mich zusammen mit Hortinger vergiftet, wäre das wahrscheinlich nicht Strafe genug gewesen.«

»Sie hätten mich auch umbringen können«, sagte Timo. »Ich war doch völlig wehrlos!«

Laura nickte und drückte seine Hand fester. Sie dachte daran, dass sie hätte sterben können. Ohne ihre Migräne hätte sie vielleicht eine tödliche Dosis von dem Wein getrunken. Und Timo? Den hätten sie umbringen können. Aber Timo im Gefängnis, am besten für viele Jahre, das war für Laura vielleicht schlimmer, als wenn ihr Mann tot wäre. So haben sie womöglich gedacht.

Irgendwem, dachte sie und hatte Angst vor ihren eigenen Gedanken, *irgendwem sind wir zu nahe gekommen, und diese Person ist anscheinend bereit, über Leichen zu gehen, um nicht entdeckt zu werden. Und dieser jemand will sich rächen. Und hat gerade erst angefangen.*

»Was ist mit den Kameras vor unserem Haus?«, fragte Timo. »Haben die etwas aufgenommen?« Timo hatte am Eingang ihres Hauses einige Webcams installiert, die Laura schon einmal das Leben gerettet hatten.

Sie schüttelte den Kopf. »Nichts. Die müssen dich durch den Hinterausgang getragen haben und dann Richtung Querstraße.«

»Klar«, sagte Timo, vor sich hin brütend. »Die haben beim letzten Mal gelernt, dass da die Kameras sind.«

»Habt ihr mir einen Anwalt besorgt?«, fragte Timo.

»Der beste, den es gibt«, sagte Laura, »Niels Frehse. Der hat auch Althaus vertreten.«

»Freispruch Frehse«, ergänzte Sophie.

»Das klingt so, als ob du mich für schuldig hältst«, sagte Timo.

»Wir wissen, dass du es nicht bist. Frehses Aufgabe ist es, die anderen dazu zu bringen, das auch zu wissen. Oder erst mal zu glauben.«

Timo schaute sich um, und Tränen waren in seinen Augen. »Wie lange bin ich noch hier?«, fragte er. »In dieser Scheißzelle? Es ist Samstag. Ich dachte, wir grillen heute Abend, Steaks, Würstchen und dazu Bier und Weißwein.«

»Ja«, sagte Laura. »Das machen wir sehr bald.« Sie schaute auf die Uhr. »Hör zu, Timo, ich würde zu gern bei dir bleiben. Aber ich muss sofort zu dem Anwalt.«

»Der arbeitet am Samstag?«

»Bei achthundert Euro pro Stunde natürlich«, sagte Laura.

»Müssen wir das privat bezahlen?«

»Wenn alles glattgeht, zahlt das die Rechtsschutz. Die haben wir ja zum Glück damals abgeschlossen, als die Sache mit der Lkw-Umleitung aufploppte.«

»Gott sei Dank.« Timo schaute eine Weile an die Decke. »Wenn ich wieder zurück bin, stelle ich den Lego-Roboter und die Darth-Vader-Maske beiseite.«

»Ist schon okay.«

»Und dann sitzen wir auf der Terrasse, essen Steaks, Pommes aus der Heißluftfritteuse und Salat. Ich trinke Bier und du Grauburgunder. Und die Steaks werden gesmokt.«

Laura lächelte. »Damit sich der alte Nachbar wieder aufregt, weil du den gesamten Garten in ein Nebelgebiet verwandelst.«

»Na ja«, sagte Timo, »rechts von uns ist kein Haus, und das links ist … leer.« Er hatte wieder Tränen in den Augen. Dann heiterte sich seine Miene auf, als er den alten Nachbarn nachmachte: »Is ja forchbar, dieser Qualm! Ick dachte, Ihr habt ’nen Gasgrill.«

Auf einmal setzte sich Timo abrupt auf, als hätte ihn eine Wespe gestochen.

»Wo ist eigentlich meine Hilti?«, fragte er.

»Deine was?«, fragte Laura.

»Die Hilti TE 2 A22! Die aus dem Showroom in Schaan?«

»Du hast keine anderen Probleme?«

»Ich habe so viele Probleme«, sagte Timo, »dass ich mich freue, wenn ich mal eine Lösung kriege.«

»Verdammt«, sagte Laura, »die liegt noch im Bankappartement in Frankfurt. Aber in einem schönen roten Hilti-Koffer.«

»Na immerhin«, sagte Timo.

»Du wolltest doch nicht, sobald du raus bist, damit rumbohren.« Sie atmete aus. »Wir müssen schauen, wie sich alles entwickelt. Ich bin wohl nächste Woche noch mal in Frankfurt. Da kannst du dich im Haus austoben.«

»Ja, aber dann habe ich ja die Hilti trotzdem nicht.« Sie merkte Timo an, dass es ihm guttat, so zu tun, als wäre er schnell wieder aus der U-Haft raus.

»Das stimmt. Ich bringe sie am nächsten Wochenende mit.«

»Abgesehen davon«, sagte Timo. »*Austoben* passt wohl eher zu dem, was wir sonst machen: Vier Tote, Aktienkurs im Keller, und man will uns beiden einen Mord in die Schuhe schieben.«

»Das ist jetzt aber nicht meine Schuld«, sagte Laura.

»Umso schlimmer. Du holst nächste Woche die Hilti aus

Frankfurt, dann kündigst du wie gesagt bei dieser Scheißbank und wirst Bäckerin wie meine Schwester. Oder meinetwegen auch Buchhändlerin wie Heike.«

»Timo«, sagte Laura und lächelte, »so gefällst du mir schon besser. Und glaub es oder nicht: Genau das mache ich, wenn das hier durch ist!«

Sie nahm Timos Hände und weinte ebenfalls.

»Ich muss los«, sagte sie. Sie riss sich fast von ihm los. Nicht, weil sie es wollte, sondern weil sie es musste. »Sobald ich mit Frehse gesprochen habe, komme ich wieder.«

KAPITEL 64

UNTERSUCHUNGSHAFT, LKA BERLIN,
TEMPELHOFER DAMM

Frehse war direkt zum LKA gekommen. Laura holte ihn an der Tür ab. Frehse trug einen blauen Anzug und ein blütenweißes Hemd mit blauer Krawatte. Seine schmale Aktentasche hatte er unter den Arm geklemmt. Alles sah teuer aus und hatte eine Aura von Macht.

»Unter uns«, sagte er leise. »Hat er es getan?«

»Nein, natürlich nicht«, sagte Laura. »Was denken Sie?«

»Es geht nicht darum, was ich denke«, sagte Frehse, »es geht darum, was der Richter denkt. Mein Job ist es, Ihren Mann rauszuhauen. Egal, ob er es getan hat oder nicht.«

»Er hat es nicht getan, und es gibt einige Beweise, die dagegen sprechen.«

Ein kurzes Lächeln huschte über Frehses Lippen. »Das macht es um einiges einfacher.«

Sie blieben vor dem Eingang stehen. Frehse zog ein Notizbuch und einen Montblanc-Kugelschreiber.

»Was ist Ihr Plan?«, fragte Laura.

»Erst einmal ein Eilantrag auf sofortige Entlassung aus der U-Haft. Alles Weitere dann.« Er schlug das Buch auf. »Bevor wir Herrn Jacobs treffen«, sagte er, »was muss ich wissen?«

Sie liefen vor dem LKA auf und ab, und Laura erzählte ihm die ganze Geschichte. Irgendwer hatte ihr mal erzählt, dass Dinge einfacher gingen, wenn man sie im Laufen machte. Das schien zu stimmen.

»Okay«, sagte Frehse, als Laura mit ihrem Bericht am Ende war. Er zog seine weißen Manschetten zurecht. »Dann auf in den Kampf.«

Sie betraten beide den Haupteingang des LKA. Wie zwei Gladiatoren, die in die Arena gingen.

MONTAG

EPILOG

PARISER PLATZ

Laura hatte sich vorschriftsmäßig bei der Polizei gemeldet und zwei Stunden mit Frehse und Timo die nächsten Schritte geplant. Es ging voran, langsam, aber sicher, oder *slowly but surely,* wie die Engländer sagten. Wobei das *langsam* eher zutraf als das *sicher.*

Danach hatte sie sich eine Stunde mit Sören Fink über die nächsten Schritte des Projekts unterhalten. Die Finanzspritze vom Staat, die Sanierung der Bank und die Dinge, die noch immer im Dunkeln lagen oder jetzt erst aufgeklärt wurden: die möglichen Leerverkäufer, die Grundstücke und auch der mysteriöse Tod von Rolf Wennig.

Linus war am Samstagabend nach Frankfurt geflogen, um einen Rest des Wochenendes bei seiner Familie in Wiesbaden zu verbringen. Spätestens Mittwoch würden sie sich alle, wenn alles gut ging und Timo aus der Untersuchungshaft befreit war, in der Bank wiedersehen.

Sie lief gerade die Treppen herunter, als ihr Handy klingelte. Es war Sina.

»Sina, grüß dich«, sagte Laura.

»Laura, wir müssen uns nächste Woche auf ein bis zwei Drinks treffen«, sagte sie. »Was du an einem Abend erlebst, erleben andere im ganzen Leben nicht.«

»Eine Sache ist leider noch nicht erledigt«, sagte Laura, »von daher weiß ich nicht, wann ich wo bin. Aber Drinks sehr gern. Wobei ich es Samstagabend etwas übertrieben habe.«

Laura hatte am Sonntag dann doch einen Kater gehabt. Aber irgendwie musste sie die Anspannung der Tage hinunterspülen. Und das ging am besten mit Grauburgunder. Ab 22 Uhr hatte sie geschlafen bis elf Uhr am Sonntagmorgen. Sie hatte ein furchtbar schlechtes Gewissen gehabt und war dann gleich zu Timo gefahren. Von dem Zwischenfall mit Timo hatte sie nichts gesagt. Je weniger davon wussten, desto besser konnte Frehse seinen Job und seinem Namen *Freispruch-Frehse* hoffentlich alle Ehre machen.

»Hör zu, Laura«, sagte Sina, »ich habe Clemens Weber jetzt noch mal in den Arsch getreten. Wennig hat einer Umwandlung der Anleihe und einer Fristverkürzung zugestimmt.«

»Wann?«

»Freitag irgendwann. Wir haben das schriftlich.«

»Das heißt, das Konsortium kann die Grundstücke wieder zurückbekommen?«

»Leider, ja. Dass Wennig tot ist, ändert nichts an der Rechtswirksamkeit seiner Unterschrift.«

Klar, dachte Laura, *sie haben ihn Freitag unterschreiben lassen und dann umgelegt.* Sie fragte sich, ob es nicht wirklich Zeit war, Bäckerin, Buchhändlerin oder was auch immer zu werden, wie Timo es ihr vorschlagen hatte. Sonst war sie vielleicht die Nächste, die nicht nur tot sein sollte, wie in der Hotelsuite, sondern tatsächlich tot war.

»Und wann?«

»Sie können in frühestens sechs Monaten wandeln«, sagte Sina. »Aber dann gehören die Grundstücke de facto denen.«

»Okay, danke«, sagte Laura. »Wir sehen uns die Woche.«

Geht alles wieder von vorn los?, fragte sie sich. *Die Grundstücke, das Haus, das sie verlieren, die Serverfarmen oder was auch immer dort hinkommen sollte?*

Sie schaute über den Pariser Platz. Links die französische Botschaft, vor ihr das Adlon, rechts das Brandenburger Tor. Irgendwer sprach da in ein Megafon. Es war eine von diesen Minidemos, für die Berlin offenbar ein besonderes Faible hatte. Einige Polizisten liefen vor den Demonstranten, dann kamen zehn Demonstranten mit Megafon und Bannern und dann im Gänsemarsch ein paar weitere Polizisten. Wäre das nicht real, dachte Laura, hätte es eine Performance des absurden Theaters sein können.

Sie dachte nach. Sie wusste noch nicht genau, ob Timo heute oder morgen aus der U-Haft kommen würde. Frehse hatte sein Möglichstes getan, jetzt hieß es, auf die Entscheidung warten. Und ganz war Laura auch noch nicht vom Haken, wie man es in der Bank so schön sagte. Abgesehen davon, dass die Tatsache, dass Timo aus der U-Haft kam, nicht hieß, dass die Beschuldigungen gegen ihn fallen gelassen wurden. Laura hatte alles mit Jochen, Timos Chef, geklärt, ohne natürlich die wahren Begebenheiten zu erwähnen. Sie hatte es dabei belassen, dass er eine schwere Kehlkopfentzündung habe und nicht sprechen könne.

Die Ermittler hatten DNA von Timo an den Leichen gefunden, aber die Griffspuren, durch die man Juliane und Robert in den Kofferraum bugsiert hatte, passten nicht zu Timos Händen und DNA. Es war nun einmal schwierig, den Eindruck zu erwecken, dass ein bewusstloser Mensch zwei Leichen in einen Kofferraum gestopft hatte. Das Konsortium war nicht dumm, aber es konnte nicht alles. Ebenso sprach das Liquid Esctasy in Timos Blut klar dagegen, dass Timo der Mörder war.

Frehse und Laura kamen voran. Eher langsam als sicher, aber sie kamen voran.

Laura atmete aus und ging Richtung U-Bahn. Eine Lösung hatte sie noch nicht, und die Ungewissheit, was aus ihr und besonders Timo werden würde, nagte an ihren Gedanken wie ein Krebsgeschwür. Doch sie ging weiter.

Nach Tempelhof zum LKA. Zu Timo.

Sie musste an den Spruch denken, den Stieglitz in der BaFin gesagt hatte.

If you're going through hell, keep going.

Wenn du durch die Hölle gehst, geh weiter.

Etwas anderes blieb ihr auch nicht übrig.

»Frau Jacobs?«

Laura zuckte zusammen, als sie die Stimme hinter sich hörte.

Der Mann, der vor ihr stand, hatte dunkle Haare, war glatt rasiert, und sein Anzug sah teuer aus. Maßgeschneidert, blau, Nadelstreifen mit Weste; gab es eher in Rom oder London als in Berlin.

»Ja?«, fragte Laura.

»Verzeihen Sie, dass ich Sie einfach anspreche. Ich bin Rüdiger Lange, Partner einer großen Kanzlei. Einer meiner Mandanten möchte mit Ihnen sprechen.«

Schon wieder ein Anwalt, dachte sie. *Ist hier irgendwo ein Nest?*

»Für wen arbeiten Sie?«, fragte Laura.

»Für einen internationalen Konzern«, sagte der Mann und reichte Laura seine Karte. Laura nahm die Karte.

»Und da will mich einer sprechen?«, fragte Laura. »Und wann?«

»Jetzt.«

»Jetzt?«

»Wenn es sich einrichten lässt. Die Sache ist etwas eilig.«

»Und wo?«

»Dort«, sagte Lange und zeigte auf das Hotel Adlon.

»Aber nur in der Lobby«, sagte Laura. »Ich gehe in keine Suite.« Sie dachte an die tote Prostituierte in der Suite des Adlon und an ihr tödliches Gespräch mit Hortinger im Hotel de Rome.

»Selbstverständlich«, sagte Lange. »Ich sage den Herrschaften Bescheid, dass wir uns unten treffen.«

In der Lobby des Adlon war gerade die berühmte Teestunde im Gange. Hier hatten vor einigen Wochen vor der Betriebsversammlung Dirty Harry Kienzle und Althaus gesessen.

An den Tischen saßen vornehmlich Geschäftsleute, einige, die nach Filmstars aussahen, und ein bis zwei Politiker, deren Gesichter Laura schon einmal gesehen hatte. Pagen fuhren mit Kofferwagen durch die Halle, und Laura merkte, wie sie zusammenzuckte, wenn ein Page an ihr vorbeilief.

An einem der größeren Tische, auf die Lange zusteuerte, saßen ein Mann und eine Frau, beide Mitte vierzig. Der Mann im grauen Anzug, mit kurzen grauen Haaren, braunen Augen und ohne Krawatte, die Frau mit strahlenden Zähnen, im sandfarbenen Kostüm, ihr Haar braun getönt. Beide standen auf und reichten Laura die Hand.

»Nichts vereint mehr als ein gemeinsamer Feind«, sagte der Mann und ließ dann Lauras Hand los. »Oder wie war die älteste Weisheit des Krieges? Der Feind meines Feindes ist mein Freund.«

Die Frau lächelte Laura an. *»I only speak English, but I trust he is right.«*[1]

»Das mag sein«, sagte Laura, »aber wer sind Sie?«

---

1 Ich spreche nur Englisch, aber ich bin sicher, er hat recht.

»Ich darf Ihnen die Herrschaften vorstellen«, sagte Lange. »Richard Kano und Miranda Waters.«

Als Laura mit diesen Namen offenbar nichts anfangen konnte, fügte er hinzu: »Der Deutschlandchef und die Europachefin … von Xenotech.«

DANKWORT

Viel hinzuzufügen gibt es diesmal nicht. Ich habe mich sehr gefreut, wie sehr Sie, liebe Fans (oder Veit Club Members), sich über die neue Reihe gefreut haben. Und manch einer sagte: »Spannend war der Etzold eigentlich immer, aber er schafft ja auch Spannung, ohne blutig zu sein.«

Es freut mich sehr, dass das gelungen ist. Gleichzeitig können sich die Clara-Vidalis-Fans natürlich auf den bald erscheinenden Nachfolger von »Höllenkind« freuen.

Danken möchte ich wieder Roman Hocke und Markus Michalek von der AVA und genauso meiner grandiosen Lektorin und Programmleiterin Michaela Kenklies von Droemer Knaur, die für das Projekt gleich Feuer und Flamme war. Ein ebenso großer Dank geht an Steffen Haselbach, Verlagsleiter Belletristik bei Droemer Knaur. Danke auch an Antje Steinhäuser für das grandiose finale Lektorat und den super Blick für die Details und all die kleinen Fehler, die Autoren machen. Falls noch etwas nicht stimmt, liegt es definitiv an mir! Und natürlich an die Geschäftsleitung von Droemer Knaur, Doris Janhsen und Josef Röckl, dann auch Katharina Ilgen, Monika Neudeck, Hanna Pfaffenwimmer und Christina Schneider. Und natürlich an das ganze Vertriebsteam von Droemer Knaur, die für die Buchhandlungen und für die Nebenmärkte, wo meine Bücher offenbar auch gern gesehen sind, alles geben.

Ein eigentlich mindestens ebenso großer Dank gilt dem Team von AVA International, nämlich Claudia von Hornstein, Cornelia Petersen-Laux und Ralph Gassmann; ebenso an Thomas Zorbach und sein Team von VM People für hochkreatives Marketing. Und an meine Managerin Brigitte Siegert, die bei allem den Überblick behält, und an Florian Pfänder, Denis Metten und Stefan Kemper, die den »Veit Club« technisch zum Leben erweckten. (Ihr wollt wissen, was der Veit Club ist? Erfahrt ihr unten.)

Und zuletzt an Michael Tsokos für eine tolle Instagram Story und Sebastian Fitzek für ein grandioses Interview!

Ein besonderer Dank geht an Stefan Rabben, Deutschlandchef des IT-Security-Anbieters Wallix für ausgesprochen spannende und beängstigende Informationen zum »Fernsteuern« von Industrierobotern. Ich will nichts verraten, aber wenn ihr die Stelle im Text seht, denkt an Stefan. Und falls ihr glaubt, das wäre die Fantasie eines Thriller-Autors, dann schaut euch die Beispiele auf der Website von Wallix an.

Übrigens habe ich nach einem längeren Gespräch mit Stefan angefangen, den Prolog zu »Die Zentrale« zu schreiben.

Ganz besonderer Dank gebührt allen Buchhändlerinnen und Buchhändlern! Durch Sie und nur durch Sie sind Bücher sichtbar, anfassbar, kaufbar und überhaupt vorhanden. Und wenn Sie mich zu Lesungen einladen, auch noch live für alle Fans erlebbar. Vielen, vielen Dank, dass es Sie gibt!

Meiner Frau Saskia ist dieses Buch, wie die vorherigen, gewidmet, dennoch möchte ich meinen herzlichen Dank aussprechen für Deine Geduld, liebe Saskia, das kritische Gegenlesen und vor allem wieder einmal für die medizinischen und fachlichen Tipps. Sollten Sie trotzdem Fehler in dem Buch finden, gehen die alle auf mein Konto.

Ein letzter Dank geht an tolle Kolleginnen und Kollegen bei der Dresdner Bank. Ihr wisst, wer gemeint ist.

Ich freue mich auf das Wiedersehen auf den nächsten Lesungen, live oder virtuell, oder auf www.veit-etzold-autor.de (hier könnt ihr auch Mitglied im Veit Club werden) oder auf facebook.de/veit.etzold oder bei Instagram auf etzoldveit

sowie auf https://www.linkedin.com/in/vetzold/.

Oder schreiben Sie mir an info@veit-etzold.de.

Ihr
Veit Etzold
Berlin, im Oktober 2022